第一辑

郭 丽/摄影

文学新视界

夏 寒◎主编

文学新视界

中国财富出版社

WENXUEXINSHIJIE

图书在版编目(CIP)数据

文学新视界. 第一辑／夏寒主编. — 北京：中国财富出版社，2017.1

ISBN 978-7-5047-6185-9

Ⅰ. ①文…　Ⅱ. ①夏…　Ⅲ. ①中国文学-当代文学-作品综合集　Ⅳ. ① I217.1

中国版本图书馆 CIP 数据核字(2016)第 142600 号

策划编辑　张彩霞　　**责任编辑**　刘瑞彩

责任印制　方朋远　　**责任校对**　梁　凡　张营营　　**责任发行**　张红燕

出版发行　中国财富出版社

社　　址　北京市丰台区南四环西路 188 号 5 区 20 楼　　**邮政编码**　100070

电　　话　010-52227568(发行部)　　010-52227588 转 307(总编室)

010-68589540(读者服务部)　　010-52227588 转 305(质检部)

网　　址　http://www.cfpress.com.cn

经　　销　新华书店

印　　刷　三河市同力彩印有限公司

书　　号　ISBN 978-7-5047-6185-9/I・0220

开　　本　787mm×1092mm　1/16　　**版　　次**　2017 年 1 月第 1 版

印　　张　12.75　　**印　　次**　2017 年 1 月第 1 次印刷

字　　数　335 千字　　**定　　价**　32.00 元

目 录

影像诗情

专栏主持/宋 虹 王杰民

三星鼎照

专栏主持/夏 寒 三色堇

散文诗界

专栏主持/刘 虔 潘志远 戴光耀

诗歌长廊

专栏主持/宫白云　任　立　戴光耀

散文慢读

专栏主持/张　帆　雨　霖

小说视点

专栏主持/纪洪平　栾承舟

特别视界

专栏主持/周鹏程　彭殿基

黔西南采风

会员阵地

专栏主持/彭林家　郭　丽

理论之窗

专栏主持/秦兆基　张无为

郭幼春／摄影　栏头题字／王猛仁

专栏主持／宋　虹　王杰民

影像诗情

禅的淡定

李洪涛／绘画 姚 园(美国)／配诗

——题旅美艺术大师李洪涛先生同名油画

那不是瞬间幻化而生的一缕跃过俗尘的红绿，却是经年雨打磨砺而出如一袭蓝似的平静；

那不是一抹色彩紧贴着一抹色彩俯身的倏忽诞生的传说，却是一种深邃到极致之后的洁净与透明与淡然的横空。

出世的是一朵或大或小的心愿。

在看得见与看不见的断层里穿越时空隧道的坚硬和柔软，悠然地挽起流年的一只云袖，不追不问半路邂逅的一卷风是白还是黑？

一切的一切都不过是欲望的囚徒；

一切的一切既可能缔造自己陌路，也可能让自己的远方在多彩中安宁。

五行出窍

李洪涛 / 绘画 姚 园(美国) / 配诗

——题旅美艺术大师李洪涛先生同名油画

河流铺开了视野的辽阔。

岁月在一朵目光的潮汐里起伏。

不定的是藏匿于光阴骨子中的一蓬火，是你受意念的每一道指纹的牵引，由已在弦上遐思羽翼的游走。

这可不是一种不满现状的起义，不是一种叛道引发的狂妄。

而是与昨天不一样的你的相遇，与古老而神秘的五行相生最后擦出的是什么，似乎不是问题的内核了。

没有什么是亘古不变的洪荒，变才是这个世界要的无限的波涛。

但最后都会回到初始的静，却不是热闹散场后的静，而是内心需要的那一缕。

渡 口

宋 虹／摄影并诗

渡口，这两个字宁静而旷远，这两个字是和远行、送别紧紧相连的。这两个字在荒城之外，这两个字在草木之中，这两个字在春天或者秋天，在清晨或者黄昏，走到最幽深处，这两个字就是离愁了。

渡口应该是有小船的，有披着蓑衣的船家，船家的腰间有一只酒葫芦，酒葫芦里有酒的声音。还有咿呀桨声，摇碎一江落日的光影。那远去的人立在船尾，一柄伞斜在身后，如同隐没江湖的青铜。青衫是一笔浅墨，洇染了此岸的眼睛。

这宽阔的江水上，依然有着古老的落日的余晖，但没有两个人的送别，就没有主题。

夫妻树

宋 虹 / 摄影并诗

在火山石砌筑的倘村，我见到了你。你在水畔，撑起一片浓荫—— 一片阳光下的凉爽，一片大雨中的晴空。

我见过许许多多的树，千年的、百年的。唯有你，让我怦然心动。你横向地伸展着的躯干和枝叶，就像两位历尽沧桑的老人，张开双臂，庇护后人。也像遥望的姿态，遥望着远方的子孙。

我多么粗心，竟不知道你的名字。风风雨雨，这一对夫妻，厮守着岁月的忠诚。

秋天，湖畔的白桦林

王杰民／摄影　夏　寒／配诗

湖水，丈量着天的高度。
天与地，堆垒成湖畔的相依，回放着天空的低语。
秋季，把色彩浓缩成夺目的极致。
枝杈的缝隙，藏满了温情；叶片的血管，渗进整个秋季的绚丽。
白鹅，在诗句中休闲。
白桦，倚在湖畔摇曳着秋色的迷蒙，一直寻找着林中鸟鸣的声音。
低垂的枝头，挽起一湖秋水，无限深情地叙述金色的日子。

白桦，撒着娇编织梦境。
光影，缠在树梢上，迎着云朵细细描绘浅醉的模样。
岁月的磨砺，在梦里研磨我的思绪。
云和水，在婀娜多姿的白桦身影里交融，迷人的气息使人沉醉。
山峦，起伏。温情，弥漫，曼妙着枝头牵挂无限。
歌声的翅膀在林间，缥缈成高原情的韵律，抚摸着白桦舞动的乐章。
是谁的思绪在林梢上飞翔？是谁把无尽的深情洒进湖里？

雪地，
树枝羞红了女孩的脸庞

吕学东 / 摄影　夏 寒 / 配诗

寒冬。北国大地，
一簇簇树木，长在洁白的梦里。
储藏已久的甜言蜜语，其实都在期盼那个临近的春季。
枝头的饥渴胀满红润，交头接耳地讲述，
与冰清玉洁的女孩相遇的故事。

雪地上，厚厚的白雪沉睡。
哪怕时光老去，也愿意一直拖着寒冬的尾音漫步，
泛着红润的树枝探着头，侧耳倾听姑娘脚下的碎语。
那碎语，就是冰雪撞击童话世界的声音。
那声音，是否为了让女孩给谁捎去春的消息？

雪地，并非是一片孤寂，
树的枝头暗藏着懵懂，一如女孩心中暗藏着春天的秘密。
寒冬的时空里，语言的音节在枝头拔节，
矜持，停在枝丫间，触动了冬季的暗香，
羞红了女孩想象的辞藻。

湖岸的倒影

缪静文 / 摄影　谢建平 / 配诗

有了风以后
这午后的影子肯定会潦草的
湖中的倒影看不到树丫更近的斑点
视力所及之处只是一些花儿干净的生活

它们在这个世上飘荡
心底的怀想依旧带着些许乡愁
和波纹静谧的耳语　它们躲避着疯狂
映着心里一丝战栗的念头

五月的湖面被歪斜的风吹着
我能感到它们的心思和生活的沧桑
有时候真想看到自己的影子走到哪里了
究竟是失落还是灵魂隐匿着惧怕的险恶而回避着

我轻抚树枝摇动落日的湖面
那些来自表面的温柔和沉思的光影
都能让我闻到世态的野味
我试着伸手去触碰它们隐约中对命运的感觉

大漠骆驼

王德成/摄影　夏 寒/配诗

驼铃阵阵，远去的声音，长过八百里瀚海，于茫茫天际抖落。
踩着日光的影子，远离，故乡总会在身后。
仿佛在讲述古老的故事，
深邃的话语是暮色里的绚丽，心底醒着的故乡。
一直静待天明……
信念，站立成远方的坐标，
金色的阳光爱抚苍凉，
旷野之上，表情显得自信从容，
征途上的苦难或温情在生命之桥上是梦的两极消隐了过去。

天山与蓝天

陈晓雷／摄影　夏 寒／配诗

天山
脚下，踏着历史的沧桑
一些奋进的思想，在头顶上崛起
身躯，藏着坚定的信念
无声地　挺起中华民族的脊梁

天山
把头，伸向天际
蓝天，怀抱天山
幻化出无法破译的誓言
誓言的回声，把天籁的寂静打穿

一种内在的动力
顶起向上的追求和千千万万个梦想
被惊醒的寰宇　鸟瞰
一股股奔腾不息的力量
那是　世界东方延伸的内涵

马儿啃出的牧歌

王德成 / 摄影　夏　寒 / 配诗

夏日。蓝天白云下，
蒙古高原的情感盛开，在花草间弥漫。
梦幻，在时光里发酵。
春天拖出的尾音，是无限深情的蔓延。
清新的草地上，绿草黄花特写的容颜凸显出诗意。
马儿，啃着草原的韵味，咽在了诗歌的意向里。
缜密的辞藻，让生命的写意站在草尖上，碧浪滚滚的牧歌
在马儿的唇齿间荡起。
清风洒落的芳香，是花瓣里的故事，是滴翠的欢歌笑语。
一个象征，从长调中滴出，醉了草原的往事。

草原。飘香的酥油茶，
蒸腾成绿草黄花的相伴相依，那些耳鬓厮磨的声音，
滴落在六月里碧浪的缝隙，化作了草尖的战栗。
蒙古长调由远及近，如天籁之音，
渗透了灵魂深处的记忆。
撬开，那些交头接耳的话语。是谁，采撷了一串串浓浓的诗句？
牧歌飘起乳香。是谁，拉起了马头琴的悠扬？
打开一扇门扉，夏日的细语四处弥漫，渗入草原的细节。
涌动的乳香，在沉醉的马蹄下种下断章。
高原的风景，是长在我心扉的草原。
牵引你心醉的目光。

春梦，在花瓣里

郭幼春 / 摄影　夏 寒 / 配诗

春梦，踏着碎步走过
燃烧着　裹不住的激情
那一树又一树枝头
伸出柔媚

一夜细雨，揉出
红的粉的白的点点新意
春风，扬着春之梦
竟惊扰了那赶趟的花儿
桃花梨花还有海棠花
不自觉地
争风吃醋

房前屋后，春意
点燃枝头，荡出的欢声笑语
是谁家的少女
怀春

风儿，在一起一伏中
悟透的少女的心事，其实
就在花瓣里

中国画《映日荷花》

石 君 / 绘画　冯明德 / 配诗

蜻蜓　啄食时光
伫立在浮躁的阳光下

蜜蜂　采撷时光
飞向鲜艳的花朵

只有你　静入
时光深处
让超脱凡尘的生命
在高雅和纯粹中
洗礼

中国画《蚂蚁子争花生》

冯明德 / 绘画并诗

是谁　将一粒花生
掰开
露出粉红色的诱惑

两只蚂蚁
跃跃欲试
是猎奇　还是猎艳

画外　窥视的眼睛
读不懂生命

禅心如雪（局部）

马萧萧／绘画　夏 寒／配诗

静谧中，漂浮的诗句，打捞闪动的波光。
幽远的意向，站成暮秋。
淑女的心底，在花枝里坠落颤动的心跳。

固守，碎了一卷水墨的江南。
抽象的残枝败叶，点亮一束花影流泻的春秋。
暮鼓晨钟，在一朵桃花的心跳里轻叹。

淑女，盘起的长发悬空，思念丢失的一枚滚烫的动词。
是《诗经》流出的古韵，浮荡的涟漪。
其实，这是禅心融化积雪的声音。

秋天的山谷，一棵树在沉思

张顺博／绘画　夏 寒／配诗

秋天的山谷，托起一个愿望。
一个愿望，在梦想的一瞥间。那一片片落叶，被秋水洗尽疲劳之后随风而去。
穿过惊鸿，想象一棵树一回眸，就像一个假设滴落在秋天的山涧。
梦里，曾经的日子穿行在河床之上。
孤树，在山水间摇曳着渴望的日子，而曾经的娇媚依然弥漫。
浸透原野的诗行，沉浮在树的筋骨里。枝头不断的细语，尚未溅起涟漪，
水中荡漾着岁月碾压着冬季临近的忧伤。

秋风渐凉，滑过大青山的深谷。
孤寂，渗入树的血管，吸尽天空的阴沉。
月光，会在夜晚挤进溪水，从童话中醒来。望穿秋水的情殇把凋零的碎片撒落塞外。
岁月，躲藏在树的阴影里，赤裸裸地彰显沧桑与季节的哲思。
忘不掉的忧伤，浸透了山野的诗行，鸟的踪影消失，树枝上依旧留着啁啾的心事。
残叶，在秋风中颤抖，脱落的痕迹依然在沉吟。
鸟纷纷归巢，彻悟旧事并把夏天的日子收起。

陈永明 / 摄影　栏头题字 / 鲁建飞

专栏主持 / 夏　寒　三色堇

三星鼎照

春 天(外七章)

◎龚学敏

龚学敏，男，1965 年生于四川九寨沟。八十年代开始诗歌创作。出版诗集《幻影》《雪山之上的雪》《长征》《九寨蓝》《紫禁城》《钢的城》。《星星》诗刊主编。

在藏历中开始怀春的那河，小巧，声音好听。丰盈，

自在我熟悉的地方，秘不示人。

鸟把羽毛插在水透明的枝上，我看见所有的水开始朝上生长。

村寨在树丛中越来越小，壁上暖暖的莲花，

越来越白，

像是诵经声中被风渐渐吹大的那句犬吠。

藏民把梅花鹿的面具戴在女人们涉过的河上。我也想簪，

想她漂在河面说话的珊瑚，和来自吐蕃的时间。

想着时间的插页中射过的那支箭，还有，月光一般清晰的

马蹄声。

清晨。迎春花坐在最后一枚雪花的门槛上读书。

枝头在厮守高处的水，藏语引领女人们的合唱，

阳光是歌声走在大地上的影子。

我用枝头们的水，在天空写字，炊烟是开始怀春的鱼。

春风一度，成为种子的青稞在背水的路上摇晃，

所有的路开始婀娜。

春风二度，我在一夜之间的河中净身，素食，让自己轻盈。

在风中，用春天的姿色，

给你们描绘无尽的树，草，或者爱情。只要你们爱，

三度之后，河水丰沛，

我就是周身的风韵了，花儿朵朵。

春天，像是我用诗歌熟悉过的村寨，村头的那声犬吠，

还有背水时和我说话的女人。已经来了。

万物生长，花朵们沿着我指引的河谷，可以开到天上。

可是，被春风招惹的我，已经

比水还老了。

在尕米寺，看见曾经掠过树梢的一曲藏歌

遍地开始荒凉。而我已经老去，空洞的衣衫，念过的书影，

浅薄，如同水走过的青石。你们未曾见过的青。

像是我牧养过的雪。

一座寺院长在我们都要回去的路上，像是我不名一文的生活。

我的放纵被藏语的栅栏，挡在荒草以外。

荒草不如的是满头的白发，以及苍老的羊子经年不遇的盐。

一样地白呵，她们在我再也看不见的天上。我匍匐得越低，她们的声音，

就离我越近。

阳光正在远去。斑驳的暮色晾晒在藏马鸡想要泛黄的树叶上。

在她们的家园，我只认识离家出走的那枚羽毛，望着，

心中的豹子，坐在干净的岩石上，翻检身边的云朵。还有，

我一天破败的行程。

我可以经见的事物，只有四面的红墙了。是他们豹子的爪，

开在大地上的花朵。像是我心脏周围的舞蹈，他们的喊声，

如此空旷，是我法号中的家居。风要吹过，

一吹，豹子会飞，四野茫茫。雪在你们的家中唱歌、饮酒等你。

我用诗歌喂养大的白马，看着一柄藏刀在树荫中发芽。

谁在收割英雄的粮食。我想要唱歌的气概，

弱不禁风，而且，被风吹散。你们要记着，漫无边际的经书，

是诗歌中的粮食，和藏刀。

我真的已经老去，我的拐杖是那一曲曾经风一样掠过树梢，

和你们灵魂的藏歌。

我的藏刀，在你们的家中，是种子。是你们的春天。

在拉萨玛吉阿米酒馆，听在那东山顶上……

我和想象着的巫师在雪地上飞翔。玛吉阿米，我们的酒开出，

青稞们恋爱的花朵来了。月光辽阔，男人们除了诵经，诅咒，

还要在自己的那枚雪花中哭泣。巫师说。

一首歌可以让我的青稞孤独在爱情的月色中。玛吉阿米，

在那东山顶上，一只叫作路的鸟，饮水，脱俗，还要，

无处可走。我的手臂，遇雪便化，

断成一朵朵莲花的影子了。

今日，成都的枯木被我悉数安置在壁上。足不出户，

不食鱼，不饮酒。玛吉阿米。形同莲花开

瓣时的光景，

是我前世的哀伤。和穿透了雪片的泪滴。

你是他月光中脱下衣衫的鸟鸣。你和他，一鸟一鸣。

可以把月光收敛成一块水晶的那一声鸟鸣。巫师在头发中，

我看见他和雪花一同飘落，像我的诗句。(这是，我和巫师生活在一起的唯一理由。)

包括他的衣衫，村寨，家族，和身上的疾病。

落在你皎洁的肌肤上，像是时光。玛吉阿米。

玛吉阿米。从你眼前划过的那一枚雪花，是我的死，

苍白，像是月光下，你描出的那朵莲花，被柏枝熏过，

在寺庙的壁上，已经一千年了。

在深圳宝安，用一艘感冒的船怀念伶仃洋

我要用“伶仃”一词最脆弱的蓝色，形容远处，和她还在活着的宋时。

早起，无力。鸡骨草在透明的杯子中哭泣。家乡的口音，

像是一顶旧帽子，闲散着。酒店的门反复打开。

一片被诗句支撑的水，如此简单。像是伶仃，是汉语中的瘦。

船舷上应是宋时的字体，貌若银针，正在逼近我的心脏。

让一首歌在洋面上生根，发芽，永世不结孤独二字。风吹不动。

祖国和女人一样，都会让我病入膏肓。

在深圳，树大招风，招四处的方言，卧在马路上反复地被碾压，

加工成袋装的自私。距宋一千年，那滴眼泪，足可救国，可是，

他们忘了。风声正紧，所有的感冒随着我衰败的诗歌，想要出海。

深圳空无一人。我是信息时代大街上唯一的铁匠铺，在沙井，

用声响，批发着伶仃。海鸥在井沿的虚词上打滑，

我坐在宋词的门槛上，身旁是一首歌透明的拐杖，

举目无亲。感冒是我唯一的亲人。

无风。渔家女子的衣衫，尽可入药，钟声一勺一勺地，喂进，

我写下的汉字中嘴里。须是银勺。再好也伶仃洋，不如我病着。

把伶仃一词种在我熟识的汉字四周，日出而作，培土，浇水，

开气节的花。日落，无事就感冒。伶仃洋。

时至今日，我的诗鼻塞、发烧、头痛、打喷嚏，病着，和最后的宋一样，

干脆，我就在劫中，想必也是过不去了。

用感冒怀念深圳。伶仃洋，你要改名，因为我孤自一人，才是伶仃。

一首与桃花的姿势有关的诗

其实，那一滴雨就要接近三月桃花状的水了。与我相隔只是一首诗，或者一个青青的词那么远了。

谁天生的鸟，用羽毛给我盛酒。用透明似水的喙，

让我念想古时的美玉，和今生的情人。

春风一夜。

一夜的春风，用琴声与鹤飞翔的传说，说服了

遍野的桃枝和当垆的女子说着话的细腰。

一夜的酒，轻波泛舟，那鱼红色的衣衫，被风一流，

在灯下，化成了水做的黎明。桃花似灯。

我说：掌灯。并且，用沉香木的手一拍，

她们就开了。

其实，一滴雨潜伏在桃花之中，就是一羽飞翔的词，

栖息在诗歌的枝上。

我看见遍野粉红的诗歌，和种植她们怀的诗人，正在下雨。

与桃花人面有关

——又读李清照《一剪梅》

一支残曲，在清晨我写过的浓雾，他们不知道的稠中，

飘了过来。坐在我的身旁。

线装的节气，用去年开始的清净铺路，

洒水，捡拾柴火和春天的声音。

桃花随雾散，姐姐，

你在那座叫作宋朝的园子里，给我裁剪西楼。

姐姐，云中谁寄锦书来？我站在前世的门槛上读着，

那枚可怜的雁字。

悉心喂养，到春天，便是，

泪洒衣衫，满楼的风月。和想着发芽的影子。

书生即使不潦，也是倒的命了。至少，偏安的偏。

只要迎风，就要落泪。姐姐，泪，

是我这棵老朽着的树，唯一能够开出的

桃花。

姐姐，你植的桃花，兀自飘零。水做的衣衫，

在残曲玉石的船上，铺陈开来。一声，雁字可以回头，

可是我无法回头呀。水天一色，我什么都没有了。

再一声，纤手摇素扇，

连这枚雁字也从我的诗中飘走了呀。姐姐。

桃花人面。姐姐，他们只是识得灼灼桃花，识得，

丽人颜容。他们解不得那万种风情，

和她在水中漫着的惆怅，相思。姐姐。我要用手指样清瘦的桃枝，

长成了成语的桃枝，

敲打他们。

在桫椤湖的船上望着远处的桃花

我的衣衫沾染上桃花水了。桫椤，在你的庇护下，

诗歌和鱼，像是水中开出的花朵。我置身远处。

春天，是我前世的一种姿势，简单。站在玉石的中央，

我读过千年的书，被空着的扇子，迎面摇成，

传说中翡翠哭泣时的，那片翡了。

这个春天，我唯一的劳作，就是把一只，

在词典中珍藏着的水鸟，

培植成一株叫作诗歌的桃树上，可以飞翔的桃花。而且，

要依山，良田万顷，我要用汉语为你置最

好的庄园。

春天凋落，便是归隐山林。

要傍水，碧波千里，我要为自己养育最好的水，

和放些桃花的鸣叫。舟，须是宣纸画成，算是洁癖。

天气再凉，我可以浪迹天涯。你们纵是终日操琴，也是，

清晨里，姓秦。抑或暮色中，姓楚。

桃花五瓣。龚学敏三个汉字便是三瓣了。可以用疼做成的顿号，

把他们分开。还有一瓣，

在天上鸣叫，我听过她的长发在水中的影子，

是一缕青烟，你们要焚香。

一瓣，我种在诗歌线装的纸中，是你们的粮食，

你们要熟读。

在桫椤湖的船上，我的名字站在春风的指尖上，摇晃不定。

落水，便是桃花无数，是诗歌中的汛。

在凌云山观音石窟看见春天里的第一枚桃花

像是病了。已经开过的那十九朵，躺在旧年的水做成的枝上。

菩萨。去年的那缕春风，你放在了哪里。

我的桃花病了。我站在比我还要苍老的暮色中，心神不宁，

随手一翻，便是唐诗中被水浸过的那一页。

第一枚的桃花，在我清瘦的目光中，力不从心。菩萨。

我是你炼成的那粒药，在春天，专治那株病了的桃。

菩萨。“芯”神不定，桃花们讲不出话来。我是她们的声音，

走了整整一夜，才听见少许的香。

朝思暮想。向阳的云朵，是你给她们的风骚。

那么多的鱼想要游进水做的骨朵中，桃花样开放的苍天在上。

菩萨。她们是你伸开的手指，我在听。

成吉思汗

◎洪 烛

洪烛，原名王军，1967年生于南京。1985年保送武汉大学，1989年分配到北京，现任中国文联出版社编辑室主任。中国作家协会会员。出版有诗集《蓝色的初恋》《南方音乐》《你是一张旧照片》《我的西域》《仓央嘉措心史》《仓央嘉措情史》，长篇小说《两栖人》，散文集《我的灵魂穿着草鞋》等40多部作品。另有《中国美味礼赞》《千年一梦紫禁城》《北京AtoZ》《北京往事》等在日本、美国、新加坡、中国台湾出版。被《女友》杂志评为“全国十佳青年作家”之一。获中国散文学会冰心散文奖、中国诗歌学会徐志摩诗歌奖、老舍文学奖散文奖、路遥青年文学大奖、央视电视诗歌散文大赛一等奖，2008年中国散文年度金奖，2013年《海外诗刊》年度诗人奖，《萌芽》文学奖及《中国青年》《诗刊》《星星》等奖项。

呼伦贝尔，成吉思汗的父亲

父亲用俘虏的塔塔儿部首领的名字，为我命名，用来庆祝一次胜利。我就是铁木真了，我的名字是父亲的战利品。父亲的名字叫也速该，毡子的意思。我一想起来就倍感温暖。他过早地战死，连一块毡子都没来得及留给我，留给我的只有一个名字。我就是铁木真了，铁木真从来不怕冷。父亲留下的宝刀，握在仇人的手中。父亲留下的牧场，也变换了主人。父亲的老部下，纷纷自立门户。父亲骑过的战马，悲伤而死。然而父亲留给我的名字，谁也夺不走，将陪伴我一生。我就是铁木真了，一个要为父亲报仇的孤儿。谁敢挡我的道试试？父亲用敌人的名字为我命名，我的身体里就住着一个敌人了。一个敢与自己为敌的人是可怕的，他已习惯了较劲。谁敢与我为敌那就试试？我就是铁木真了，一个不知道什么叫害怕的人。别人老问我为什么战无不胜？我只能客气地回答：一个从失败的耻辱中长大的孩子，绝不会允许父亲的悲剧在自己身上重演……我就是铁木真了，我有双倍的力量，是因为我精神上有两个父亲。

成吉思汗的母亲

母亲啊，你给我披上铠甲，我就无比坚强。浑身上下仿佛铜铸铁打，只有一颗心，很软。母亲啊，你把我扶上战马，我就下不来了。这匹马是父亲留下的遗产，我刚刚九岁啊，就学会在马背安家。母亲啊，你替我抽了一鞭，催我出发，我就出发了。虽然还没想好此行的目的，我已打定主意：走哪算哪。母亲啊，你目送我走向远方，说了一句话：“最有出息的孩子，都在风雨中长大。”我一点也不怕。怕的只是：回来的时候，你可别认不出我了。

成吉思汗的女人

成吉思汗拥有过无数的女人，只有她是唯一的。因为成吉思汗娶她的时候，还不叫作成吉思汗，而叫作铁木真，刚刚失去父亲与领地。铁木真的第一个女人，没谁可以代替。她为一无所有的男人做证：怎么变得应有尽有。成吉思汗占有过无数的珍宝，只有她是无价的。九岁时获得的新娘，一生中最好的礼物。弘吉剌部的美女，带来的嫁妆有什么，他全忘掉了，只记住了一件：好运气。一夜之间，他就由小男人变成大丈夫：为自己的女人冲锋陷阵，天经地义的事情。成吉思汗做过无数的美梦，只有她是真实的。扩张的版图，终将缩水。征服的城池，还会有新主人。抢来的东西，老天爷总要收回去的。只有她为成吉思汗打造的黄金血脉，是老天爷也无法斩断的，至今还在延续，构成蒙古人灵魂的缰绳。

成吉思汗的祈祷

大地很大，我只要一片草原，就可以伸缩自如。草原很大，我只要一条路，就可以来去自由。一条路没有尽头，我只要一匹马，就可以且走且歌。世界啊，如果你连一匹马也不给我，没关系，我只要一颗心，就不至于无路可走。马会迷路，心不会迷路。一颗饱经沧桑的心啊，好像空空如也，又好像想什么就有什么。我只要一滴水，你却给了我一杯酒。我只要一座蒙古包，你却给了我无边的苍穹，让我怎么看也看不穿，怎么想也想不够。

倾听蒙古长调的成吉思汗

一根无形的套马杆，没有套住跑在最前头的黑骏马，却套住了骑在马背上的我。也只有炊烟一样的忧愁，能让我低头。我低下头，马也就低头了。马低头是为了啃食地皮上的青草，我也有我的所爱啊，却怎么够也够不着。一根无形的套马杆，没有套住迷路的黑骏马，却套住了迷路的我。也只有故乡的海市蜃楼，能让我回头。我一回头，路也跟着回头了。回头路好走还是难走？绊倒过无数英雄。我也有我的所爱啊，却怎么爱也爱不够。

呼伦贝尔，成吉思汗的后花园

夏天的草原开满各种各样的花，有的我能叫得出名字，有的我叫不出名字。只能“啊”的一声，来称呼它们。夏天的草原开满各种各样的花，就像各个民族的美女。有的我知道属于哪个部落，有的我胡乱猜测，只能“啊”的一声，来向她所属的族群致敬。天南海北的美女，怎么全来到呼伦贝尔？没什么奇怪的：这里是成吉思汗的后花园。也只有它了，用天地的金屋来藏娇。夏天的草原笼罩着婚礼的气氛，我仿佛走进成吉思汗的后宫，想偷偷带走一朵，却又怕醉卧花丛的英雄醒来，提着刀要跟我决斗。毫无疑问，在他的领地上，盗花贼比盗马贼还要罪加一等。

题在成吉思汗纪念碑的背面

没有人相信：号称世界最美的草原，是一片古战场。没有人相信：沐浴阳光雨露的青草，曾经被血水浇灌。没有人相信：春耕的犁铧，用收缴的刀剑铸造。没有人相信：深埋地下的白骨，保持原有的姿态，可能还在彼此厮杀。没有人相信：高不可攀的纪念碑，正面看像凯旋门，背面却刻满墓志铭。高处不胜寒。没有人相信：我们赞叹不已的古老英雄，还有另一个名字——杀人魔王。伤口愈合了。伤疤也辉煌得像勋章。就真的没有人相信：疼痛最难忘？受害者都死光了。就真的没有人能记住苦难？不应该啊。苦难与光荣一样，都是遗产。这座纪念碑多么像一块刚出炉的蛋糕，如果历史也能被分割的话，我只能说：你选你们想要的那一半，我要剩下的那一半。如果被遮蔽的部分没人要了，才是真正的遗忘，才是彻底的背叛。

呼伦贝尔草原上的马

西征的骑手没有回来，可他的马回来了，在一点没变的草原上溜达，留下孤独的身影。西征的战马没有回来，可失去记忆的骑手回来了，在一点没变的草原上步行，留下孤独的身影。草原，确实一点没变，变了的，是我的心情。遇见一匹似曾相识的马，才恍然想起：自己也不是完整的，在一场遗忘的战争中，失去了坐骑。草原，确实一点没变，对于失去主人的马，青草却变味了。它的主人叫作成吉思汗，下落不明。它虽然完好无损地回到故乡，却怎么看怎么像一个亡灵。

呼伦贝尔草原的蒙古马

虽然不是食草动物，呼伦贝尔草原浓得化不开的绿，还是把我喂饱了。至少，不感到饿。虽然不是酒鬼，呼伦贝尔蓝得不能再蓝的天，还是把我灌醉了。至少，不愿意清醒。虽然不是歌手，套马杆般凌空飞过的蒙古长调，还是使我心痒了，偷偷跟着哼几句。虽然不是骑手，曾经帮助成吉思汗穿越欧亚的蒙古马，还是让我跃跃欲试，恨不得立刻骑上去跑一圈。并不是想试试这些名牌宝马有多大的脚力，难道真能日行千里？只是想考验自己有多大的胆量，是否可能与那老去的射雕英雄有一拼？虽然不是武士，手中没有刀剑，可毕竟还紧握着一杆笔。诗人的笔也是祖传的啊，也许无法征服疆土，但能征服心灵。

成吉思汗的战旗

我的战旗不需要旗手，自己就会行走。总是冲在队伍的最前面。我的战旗长着两条腿，可以跋山涉水。没有它去不了的地方。我的战旗也会骑马，在马背猎猎飘扬。那是给战马插上翅膀。谁说草原上只有小草没有大树，我的战旗插在哪里，哪里就有树荫，就有刀枪的森林。即使我的战士纷纷倒下，他们的腰杆还是跟旗杆一样，挺得笔直。即使我也倒下了，战旗却不会倒下。它和我的战马一样，连睡觉都站着啊。

呼伦贝尔草原，成吉思汗的梦乡

把你的弓箭留给我，我的目光会射得更远。把你的宝马留给我，我要踏平大地上的国界。把你的蒙古包留给我，夜幕四合，这就是最小的首都。我太累了，该好好睡一觉。把你的卫兵留给我，站在大门两边，提醒四方朝拜的宾客：“嘘——大汗还在梦乡。”把你征服的城池留给我，我要重起炉灶。把你的豪言壮语留给我，我倒要看看：哪些已兑现了，哪些还有待我来完成。你什么都带走了，只有草原是带不走的。你走之后，再美的草原也肃穆得像一笔遗产。那么，就把你造成的废墟留给我吧，你已用刀与火耕耘了一遍，收获的是血与泪。我再次播下种子，长出的野花，每一朵都像是微型的海市蜃楼。那是你没来得及做完的梦，要么留给想入非非的人，要么自生自灭。

追风英雄：成吉思汗的塑像

马跑得太快了，追上了风、变成了风，我从风声中听见激昂的马嘶。那是成吉思汗的坐骑？兜了一圈又一圈。英雄跑得太快了，累死了马、换乘了风，仍然不懈地挥动长鞭。横穿欧亚大陆的身影越来越像幽灵。风跑得太快了，快得能使时光倒流，裹挟着千军万马，攻城略地，沿途呼喊成吉思汗的名字。风往西吹，化干戈为玉帛。马往西追，丝绸之路上马蹄声碎。逐日的英雄，至今不曾离开马背。就在他想起故乡的那一瞬间，下意识地勒住缰绳：马扬起的前蹄，停止在半空，风也扎下了根。

星空下的成吉思汗塑像

在北斗七星的指引下上路，他一个人，就使七颗星星暗淡无光。整座星空都将臣服于他。出现在哪里哪里就是战场。他单枪匹马，却比千军万马更让人心惊胆战。一个人就是一个民族、一个国家。想要的太多。可什么都能要到手。他不是神，却能创造神话。你们爱也罢恨也罢，他就是他。从没有打过败仗，他只受了一次伤，却是致命伤。老天爷让他完蛋他才会完蛋。

立地成佛

在呼伦贝尔草原，我挨个走进九十九座蒙古包，里面都摆放着佛龛。只有第一百座蒙古包，悬挂着成吉思汗的画像。这一家人把成吉思汗的画像当作佛像？也许那真是一尊放下屠刀的佛，露出慈祥的微笑。踏平一千座城池之后幡然醒悟，甚至不忍心摧毁一顶小小的帐篷。他的追悔，是否来得太迟了一些？毕竟还是来了。

成吉思汗的马蹄铁

载沉载浮的马鞍，变成山了。一会儿是阴山，一会儿是天山。时紧时松的缰绳，变成路了。一会儿是草原之路，一会儿是丝绸之路。忽明忽暗的鞭子，变成河流了。一会儿是额尔古纳河，一会儿是额尔齐斯河。马背上的骑手，也在变啊，昨天还叫作铁木真，今天叫作成吉思汗。西征的战马消失，变成风了，还剩下什么？一块磨损的马蹄铁。骑手老去，变成影子了，能留下什么？一个生锈的名字。

成吉思汗的马蹄铁：最小的纪念碑

它是被马弄丢了，又是被路偷走的。最终，被骑手的追随者找到，如获至宝。那些追随者，没有追上西征的马队，更没有追上不回头的骑手，只追上了骑手的一次遗忘。埋在路边，只露出一半，怎么看怎么像一座为遗忘而立的最小的纪念碑。那匹马是蒙古马，很好认的。那条路叫丝绸之路，很有名的。那个骑手，却不仅忘掉来路与去路，还忘掉了自己的名字。他忘掉的，纪念碑都记着呢。

被成吉思汗俘虏的琴师

你有林立的刀枪，我有马头琴，一枝独秀。琴声会让你的战士们手变软的，心变软的，无力举起杀伐的武器。是你怕我，还是我怕你？你说呢？你有快马加鞭，我有马头琴，慢条斯理。琴弦鞭挞麻木的灵魂，使之比肉体更加警醒，却又不露痕迹。无法使人受伤，却能使人忧伤。是你在惩罚我，还是我在惩罚你？你说呢？你有重若雪山的王冠，我有马头琴，轻描淡写。你的权威让千万人低头，鸦雀无声。我却能让吓破胆的俘虏也情不自禁放开歌喉，进入忘我的境地，像变了个人似的。他们更喜欢我，还是更喜欢你？你说呢？

成吉思汗：追风英雄

他与我认识的夸父有着相同的性格。从日出的东方，追到日落的西山，每一天都离太阳更近一些。每一天都经历希望与失望。他的一生，就像一天那么短暂。他比夸父要聪明一些：

为了逐日，换乘无数匹马，就不至于累死或渴死。一场自我的接力赛。赢了还是输了？同样，与自虐的夸父相比，他残忍得多，更像是虐待狂：太阳落山，千万个人头落地，天空如同血染。这个狂人，究竟把太阳追到手没有？他终究像流星一样熄灭，可他的名字，至今仍和恒星一样炙手可热。他与我认识的后羿有着相同的性格。面朝天空，寻找自己的假想敌，灭掉了一个又一个，乐此不疲。别说他只识弯弓射大雕，后羿射下了九个太阳，还没完没了了呢。剩下的那一个，留给世上所有射手做靶子。他不过是在继续后羿的事业。他摧毁的国家远远超过了九个。即使只剩一个太阳，他也浑身热得直冒火啊：体内有一颗野心，在烘烤着自己。这个世界没有谁能把他打败，可他最终败给了自己的野心。他征服了一切，唯独无法征服时间。所谓英雄：一生，不过是一次自杀式的冲锋。

成吉思汗陵

离开马匹你就废了。甚至不会走路。或者说忘掉怎么走路了。即使迈着罗圈腿步行，也显得蹩脚，没走多远就迷路了。你不是你了，驰骋千里、万里，与胯下的坐骑血肉交融、长在一起。离开草原你就老了。度日如年，剩下的都是余生。看来人也是有根的，失去缰绳就失去根。失去记忆，分辨不出自己在哪里。你不是你了，落草为寇、逐水草而居，从那一天起，就与草原浑然一体。离开蒙古包你就睡不着觉。天如穹庐，笼罩四野，夜空的繁星就像一双双死者的眼睛，逼视着你：欠下了多少血债？怎么还啊？你不是你了，成为孤魂野鬼之后，才弄清楚年轻时干过多少荒唐的事情。放下武器你就胆怯了。你并不想放下，而是实在拿不动了。射雕的弓箭保佑你战无不胜，没别的窍门，仅仅因为你出于恐惧，总是先于强敌下手。你不是你了，只有自己知道，可谁能相信：成吉思汗，其实天生是个胆小鬼。

在额尔古纳河饮过马的人

在额尔古纳河饮过马的人，一辈子不会感到渴。他怎么会感到不满足呢？如同神灵附体，他骑着一条河流，奔向戈壁、沙漠。仍然是富有的。昂首朝天，总有唱不完的歌。唱完了牧歌唱战歌：“额尔古纳河啊，别哭。你一哭我就心软了。我只有硬起心肠，才能完成不可能完成的任务。”在呼伦贝尔草原喂过马的人，一辈子不会感到饿。他怎么会感到不满足呢？只要挥动长鞭，世界就是平的，没有什么是不可能的。席地而坐，总有唱不完的歌。唱完了战歌唱情歌：“呼伦贝尔草原啊，走得再远我也会想你的。我会回来的。因为走不动了的母亲，还在原地等我。”他的童年、青春，都在失败中度过。打一场大胜仗吧。哪怕胜利过后就老了。证明给别人看：这个本该被生活打垮的人，怎么一点点直起腰来。应有尽有了，他怎么却感到不满足呢？真的到了该凯旋的时候，才发现没有回头路了。“一千条河流、一万座草原，也填不满啊，填不满心灵的饥渴。”

腾格里沙漠，黄沙雕塑的成吉思汗像

用黄沙堆一座塔，站立不了太久，因为这座塔没有梁柱。用黄沙砌一座城，支撑不了太久，因为这座城没有砖头。用黄沙捏一个人，活不了太久，因为这个人没有骨头。然而，整座沙漠都在模仿一个巨人啊，像他那样快马加鞭，一点也不愿耽搁，像他那样东征西伐，醉心于开疆拓土。沙尘暴就是悍然发动的战争，横扫千军如卷席。你算是领教了什么叫“上帝之鞭”，抽打得没处躲。那个人是谁啊？天地之间，他的形象不仅不倒，而且不朽。成吉思汗曾打马走过。没留下什么，只在沙上书写了自己的名字。足够了。这个名字，构成腾格里沙漠的主心骨。

丝绸之路：成吉思汗射出的箭

悬挂在成吉思汗陵的那把弓，怎么看怎么像摆设。再没有人拉得动。弓弦是地平线。只有不服气的风，总想试一试。把弓弦当成琴弦。失去了马头的马头琴啊，发出六神无主的呜咽。那个力大无比的人，也只把地平线扳开过一次，射出丝绸之路：一支不会回头的箭。

成吉思汗的马头琴

肯定有一匹隐形的马，在琴弦上走钢丝。肯定有一个忘我的人，在马背上赌输赢。从阴山到天山，哪座山头是马头？哪条河流是马尾？丝绸之路上走过单枪匹马，别的都省略了，可蹄声如雷，怎么听也像有万马奔腾。累了。你只是勒住缰绳，琴声就戛然而止。还有谁舍得用不可一世的繁华，做一个交易：换取片刻的寂静？

成吉思汗致信
花剌子模国王摩诃末

早先我捎口信给你："你统治日落地方，我统治日升地方。"日出日落，就像你我互相举杯、彼此致意。不是很好吗？没想到你不识抬举。居然敢屠杀我的商队，侵吞货物。就那么点东西，值得你起贪心吗？难道你没估算过要付出多大代价？虽然闹崩了，我还是得打招呼：你的王国充其量是一只杯子，我高兴的话，让它斟满琼浆玉液，不高兴的话，就连杯子带酒摔碎在地，让沙漠去豪饮你的血。如果不信，那就试试？你既然选择硬碰硬，我只好奉陪。摧毁你的城池之后，你还得感谢我：我使你出名了。千百年后，还会有人记得，花剌子模国王的命运，曾被成吉思汗捏在手中，把玩许久，颇费踌躇。别怪我啊。我本连一滴酒都舍不得洒，是你逼得我硬起心肠。

新疆北屯，成吉思汗青铜雕塑

我有点怕那匹酷爱远足的马，从大理石的基座上醒过来，抖擞鬃毛，抖落浑身的绿锈。只要迈下一级台阶，就回到昔日的战场。发出一声嘶鸣，用铁蹄踏平人间的坎坷。我有点怕那个习惯了颠簸的人，从青铜的马背上醒过来，松开缰绳，重新开始未竟的事业。背对故乡，是为了面朝异乡？每一次离开都像为了归来。这是一座大理石的摇篮，拥抱着一块做梦的青铜。所有的梦都是真的——我有点怕啊，又有点期待。

成吉思汗：超越了英雄的极限

生前拥有无数的兵马，死后拥有无数的塑像，更难得的是，他的塑像、纪念碑还跨越国界，同时出现在许多相互为友或为敌的国家。没别的原因：和其他英雄不一样，他走得更远。超越了极限。用铁蹄耕耘，用血火播种，收获了最多的爱与最多的恨。在他挥霍一切之后，这消化不掉的爱与恨，还在继续生长、彼此厮杀。没谁能跟他比了：拥有最多的塑像，以及争议。他真该庆幸自己已经死了，这些塑像，不是谁都能驾驭得了，这些争议，也不是谁都能扛得动，足以把任何一位活着的英雄压垮。

成吉思汗，最远的游牧

他没觉得是打仗，只觉得在游牧。为了给羊群寻觅解渴的水源，他从没路的地方找到路。为了给牛群寻觅向阳的山坡，他从日出走到日落。为了让马群享受充分的自由，他没勒紧缰绳，无意间踏平一个又一个国家。这一回走得太远了。在不断扩大的羊群、牛群之外，还多了一群又一群俘虏。他扬起响鞭，原本催促马跑得快点，却发现大地上的羊群、牛群乃至人群，都在自己的鞭子下颤抖。他获得至高无上的权威，虽然并没想成为霸主。

英雄以传说为故居

游牧民族的英雄，没有故居，没有坟墓。所谓的陵园也是假的：明明是赝品，却怎么也找不到原型。生前就住在蒙古包里，或骑在马上，逐水草而居。死后用马革裹尸，随便埋在哪里，都不露痕迹。成吉思汗的故居？本身就是传奇。说唱艺人的嘴巴，构成英雄的故居。成吉思汗的坟墓？从来都是秘密。他留下许多秘密，却带走唯一的自己。我来草原干什么？不过是为了从真实的传说里，找到一串虚拟的脚印。或者借用盗墓者的好奇心，刺探让人想入非非的未解之谜。

成吉思汗的遗物：上帝之鞭

这根鞭子，抽打过胯下的战马，为了让它跑得更快点。这根鞭子，抽打过胆小的逃兵，为了让他掉头冲锋陷阵。这根鞭子，抽打过俘虏的脸，为了摧毁其残留的尊严。这根鞭子，左一下抽打着欧洲，右一下抽打着亚洲。伤口今犹在。这根鞭子，也曾反过来抽在自己的背上，为了知道：什么叫疼。你给那么多人造成了痛苦，仅仅因为自己不怕疼？不知道你临死前是否有过自责？这根鞭子，发动过最早的闪电战。你从天上摘下闪电，迅雷不及掩耳之势，令人防不胜防。“给这根鞭子起个好听的名字吧：上帝之鞭。大家觉得怎么样？”作为手持鞭子的人，你顾盼自雄，找到了上帝的感觉。你以为在代表上帝，惩罚那些犯了错的人，其实你也说不清他们犯了哪些错，而他们更不清楚做错了什么。这根血染的鞭子如今陈列在成吉思汗陵，像一条冬眠的毒蛇，纹丝不动。可从它面前走过我还是毛骨悚然：是怕它醒来，还是怕你醒来？

成吉思汗：勒马六盘山

勒住马，使的劲儿太大了，缰绳没断，路断了。断肠人在天涯。勒住马，动作变得僵硬，他没有摔下马背，马却像人一样直立起来，高扬的两只前蹄，用现在的说法，一只叫陕西，一只叫宁夏。这样一个喜欢制造惊险与陡峭的人，在哪里勒马，哪里就出现悬崖。他停住脚步，比向你冲来还要可怕？他没有落马。他的坐骑也没有倒下，只不过换了一种奔跑的方式：磨盘一样在原地打转。绷紧的缰绳，勒进伤痕累累的躯体，扭成了麻花。多疼啊，还是忍着，就是不肯叫一下。

六盘山，成吉思汗的马鞭折断的地方

成吉思汗遇见西夏，就像若干年后，拿破仑遇见滑铁卢。一物降一物啊。所有被征服的国家，都在鞭子下颤抖。只有西夏的男人与女人不怕成吉思汗。没别的奥秘，仅仅因为他们不怕死。西夏人其实还是怕死的，别无选择，也就不怕了。就是这群不甘心成为奴隶的人，舍得一身剐，把皇帝中的皇帝，拉下了马。成吉思汗从没打过败仗，可是在西夏，打了一场没法称作胜利的仗。成吉思汗从没受过伤，可是在西夏，受了致命伤。成吉思汗鞭挞西夏，以示惩罚，却没想到：更大的惩罚会落在自己身上。西夏国被解除武装，为何还遭遇灭族之祸？蒙古人在大汗死后才发现：收缴了西夏人的刀枪、弓箭，却没法收缴他们的牙齿、指甲。西夏人其实还是怕死的，可是跟恨比起来，怕又算什么呀？六盘山究竟有多么了不起？我想用闪电在悬崖上刻一句话：“上帝之鞭，在这里折断。”还需要说更多的什么吗？

成吉思汗的靴子

成吉思汗受伤落马，还穿着带马刺的靴子。这也是两匹马啊，驮着灵与肉自相矛盾的英雄。成吉思汗仰面朝天倒下，没有任何征兆，死也死得让人措手不及。没留下一句遗嘱，只是在大地上狠狠地跺了一脚。成吉思汗死去，没来得及脱下风尘仆仆的靴子。不像是睡着了，分明在开始另一场远征。英雄只要还穿着马靴，就没有离开战场。成吉思汗的靴子，确实挺特别的：一只叫贺兰山，一只叫六盘山。

成吉思汗失传的墓地

把成吉思汗的灵柩以及数不清的陪葬品埋入地下，用马蹄踏平表面的浮土，送葬的队伍做了最后一件事情：杀死一只正在喝奶的小骆驼。然后牵走依依不舍的母骆驼。每年春天，母骆驼都凭借悲伤的记忆，准确无误地找到亲生骨肉遇难的地点，在鲜血浇灌的青草上嗅闻个不停。是的，没人敢直视它忧伤的眼睛。每年春天，蒙古人都靠母骆驼带路，在它止步不前的地方，洒下一杯杯马奶酒，祭奠长眠的成吉思汗。是的，他们也有自己的忧伤。直到那只母骆驼死去，成吉思汗的墓地，才成为草原深处解不开的谜。有过无数猜谜的人，但没有谁真的能在茫茫大草原找到谜底。

成吉思汗，死无葬身之地

他不是没有葬身之地，而是没人知道他的葬身之地。送葬的队伍杀掉沿途遇见的所有活口，返回后，也因知晓这个秘密而全部被杀。不是没人知道他的葬身之地，而是知道他葬身之地的人全死光了。他是怕盗墓贼挖掘灵柩里陪葬的珠宝，还是怕仇敌鞭尸？才立了一份荒唐的遗嘱。更荒唐的是：这份遗嘱居然得到忠实的执行。他到底怎么想的？难道连亲人的祭拜也不要了？他不是没有陵墓，而所谓的成吉思汗陵，只埋葬着他的衣冠和影子。在偌大的草原，要找到一块巴掌大的坟墓多么难啊。况且坟头特意被马队踏平，新土在雨后就长满青草。他的尸骨就像海底沉船，了无讯息。这下他总该满意了吧？我倒是不畏惧海底捞针，可走遍大草原，只打捞起一个生锈的名字。他不是死无葬身之地，而是有葬身之地也跟没有一样。他确实死了。而且努力死得比任何人都彻底。给自己安排这样一个结局，也许比毁灭一座城池需要更大的决心。

一个人的草原

一只羊的草原，就是吃不完的草、剪不完的羊毛。若即若离的白云，也像是从羊身上长出来的，带有情人般的体温。一头牛的草原，就是吃不完的草、挤不完的奶。救过我一命的额尔古纳河啊，从上游到下游，都散发着奶汁的味道。一匹马的草原，就是吃不完的草、跑不完的路。骑马走了几天几夜的我，以为快到地球的另一面了，其实还没冲出呼伦贝尔。一个人的草原，就是看不完的风景、做不完的梦。有一天晚上我远远看见成吉思汗，醒来才明白：是那个西征的英雄一回头，看见了我。

成吉思汗：马上得天下

天不在天上，天在天下。马上得天下，天就在我的马上。别人以为我爱射雕，哪知道我在射天呢。天折断了翅膀，我却长出翅膀。昨天受到惊吓，还会高呼：我的天啊。今天才发现：我就是天啊。是非荣辱，我说了算。天不在别处。我在马背上，天就在马背上。我的脚下就是天下。我只会鹰一样俯视，就像你们只会仰望。比草原更轻的是马，想去哪就去哪。比马更轻的是天，爱干吗就干吗。比天更自由自在的是我啊，想活成什么样就什么样。我就是自己的长生天啊。我就是你们的天可汗。

原谅成吉思汗

英雄不是偶像。偶像一捅就破，空空如也。英雄却会流出血来，血还是热的。英雄不是神，死后也会受伤。风言风语，照样伤了他的自尊心。当你痛斥成吉思汗是屠夫时，我脸红了。并不想为他的错误辩护，只是替一个遥远的人惭愧：为什么不更完美一些呢？历史不会原谅，我却以责怪的方式原谅了。如果我是他，能干得更漂亮一点吗？英雄和偶像不同，偶像的荣辱其实与我们无关，英雄却有我们的一半。

梦之队：额尔古纳的白桦树

从大兴安岭走出来的白桦树，遇见从天边涌过来的呼伦贝尔草原，只好放慢脚步，免得被高过膝盖的杂草缠绕、绊倒。从大兴安岭走出来的白桦树，遇见从草原流过来的额尔古纳河，像马一样低下高傲的头，喝一口能救命的水。影子也需要止渴啊。从大兴安岭走出来的白桦树，遇见和额尔古纳河并驾齐驱的草原火车，终于停住脚步，看一看车上是否有自己想等的人？从大兴安岭走出来的白桦树，遇见从钢筋水泥丛林逃出来的我，忍不住张开手臂，就像准备拥抱阔别多年的朋友。从大兴安岭走出来的白桦树，一开始只有几棵，接着越来越多。数也数不清了。我加快脚步，为了早点儿跻身于梦一样的队伍。

手执一朵花（十一首）

◎谢建平

谢建平（1961—），陕西人。中国共产党党员。《诗刊》编辑部副主任，诗人。1981年毕业于中国人民解放军海军医学专科学校，任海军某部医师。1995年转业到中国作协诗刊社工作，历任编辑、编辑部副主任。1985年开始发表作品。著有诗集《空地的影子》《写在秋雨前》。有诗作被收入年选或选集。有作品被译为英文。2011年3月1日，荣获2010年度“中国作家出版集团奖”优秀编辑奖。为人低调，总以边缘的姿态进行个人的写作，使自己的诗歌与潮流若即若离。诗歌和为人一样深藏不露，虚怀若谷。将个人的情感赋予景物，虚实结合是其最大特点。

一阵风过后

春天吹走后也没有热起来
西边的国土又下起雪
11厘米的厚度很平静地虚构着
我想象着那条黄河的支流
哆嗦地绕过一个正在做梦的石头

她说过了已在路上
跟着一位画家的影子找风景
我的记忆中那条河是找不到人疼爱的
灵魂和杂念混在一起可能就是梦
让人无法找到心间的边界

一阵风吹起一个灌满风的塑料袋
我能理解它上升时的恐惧
特别是没有边界的飘摇的日子
一个中年人的盛夏
在瘦河的边上想看到自己的时候

风中的树枝

我经常在风中看树抖动
站在它最孤独的时候

落花的时候我感到了眼泪
和风势的威力　花是流落了从枝头
从日子的失眠处　从目中无人的
风里　树没有拽住它渴望
花季的影子和意识　便顺着一缕光
寻找垂泪的人了　其实
对于它的生活还仅仅只是开始
只因小枝经受不了这世态的变幻
和时间的磨砺

我怀念枝头在雾霭中
惆怅的心境和岁月动荡不安的

哀伤 多日的雨能习惯
自己一言不发却不能
理会一枝花过快地体验一生
我经常在城市走
失意是常有的 只是不能容忍
过不完季节的冥想

因为它更像枝头的花
在心中摇曳 在世间动荡
在人生的虚妄中不停地飘落

瞬时的雨

我站在时代的风口
和一朵黑云相遇 它带来
并不友好的口气和我说着一些
欲翻脸的话 我开始躲避生活中
要颠覆这条大街时所埋伏的痛苦经历
刹那的风抽走了所有怀旧的情绪
只有记忆变成了一条心路
路面的牌子立在沉默的麻木中
成了我做梦时的影子
那暗影增加了天气预报的风险
它一直压在我的心里 我将一只未灭的
烟头扔到大路上 扔进我们相识的
误区里 让它
跟着风势去了 只是我担心
那些没有燃尽的烟丝会走入别人的口中
再点燃另一个梦幻 好在
一场雨借着乌黑的天色说下就下了
我断定那烟头走不远
就会被浇灭在一股人云亦云的风气里
雨很短暂 还没来得及交流
太阳就出来了
站牌旁依旧站满了快乐和忧伤的人

手执一朵花

我跟着一朵小花在跑
前面就是通往今夏的甬道
按月份走着 它在风里就会发芽了
长成我眼前的这景
满城的五月风里 尽是梦想
也可能是因我的初到吧 一切能表述
梦的地方我都到过 我亲手触摸
小花没有长成就离世的痛苦

夏天是花的影子长成熟的时节
谁能说它将来长不成老板娘 我模仿着
它的走姿 试验着走向有钱人时的
沉重感 我模仿着世界活着
我看着东头的小花跟着
路旁的人在一起哭闹 惆怅
他们有时也会相拥 把时间抱成
现金 再把目光抱成疼痛
小花在一旁把自己哽咽成一个
不会笑的瘦花 谁能说清楚
这夏的热风会不会把她吹成飘浮的纸片

小花 落在我的
手指头 就站在了城市的一隅
站在我扶着的梦里
和我一起感受这季节暗增的温度
好景 但不会太长
因为这世界陌生得实在容易让人惊慌

那枚秋叶

近年,每经过房前的那棵树
总想起麻雀的秋日。黄叶上的白屎
文字,那些含混的景和坟头的草

雨天,水顺流而下,叶子在黑处
借着微光,只看到鸟屎弹跳

我知道，那是渴望无拘的自由
平衡与不平衡之间回归自然
鸟屎和叶子没有关系
但有了念头后就多了负担

鸟轻身离开，很平淡
如风。叶子学着风飘了一阵
留置一道弧线，很平常

很美，一直未忘

冻伤的树叶

过夜的温度有着不一样的感受
北方更偏向于冰点
一夜过后树叶沉默了许多
一些带着魂魄另一些怀着罪恶
落入脚下　冬季是没有露水滋养的
等待的只是冰雪
与一股夹杂着罪恶和苦难的风
我担心一向柔弱的叶子
给世界留下的影子只是枯萎
晨光暗淡　我看高远的天空
坠来一些恨的眼神
像是一些不太干净的光
飘落于世　他们没有惊叫
也没有失望
只是面对着现世显得有些陈旧

朱家角的凉风

我喜欢低调
把自己躲在千年的古城里
看着灯影沉睡　也看着不梳妆的疯女人
一样的胸口　身上的薄衣能照出人影
和人影的心思　远处船裂声跟着水纹的笑语
跟着一些没见过面却痒痒的记忆
在朱家角毕竟是第一次摸着水渠上的划风
开始做梦　我用手指弹着水面的鱼
弹着一场痛哭　也弹着水中虚幻的翅膀
载着古人的梦乡　有字画　有戏曲
有欺骗着鱼和鱼的遗产的把戏
我坐在船头听着水下读诗的声音　这里水深
文人也多　而我像茧吊坠在树梢头一样
任凉风吹着

江南的小镇留到现在就是历史
听着橹声　摸着灯影　看着一路翻新的街景
有人会说三道四
凡是爱用手指指点点的都是诗人
想到他们
就会想起风想起日头落到水面时惊慌的鱼身
这风从唐朝吹来时就没停过
都是些轻风话语而已

瞬　间

风被日光照得发烧时
我正站在她的对面
感受着四十度炙热的每一根光线穿心
此时我寻觅到了她影子偏斜的
重量和一把伞遮盖的心思

我沿着她的视线一眼望去
远处马路的斜坡已顶着天际的压力
不断地向上伸展
去触摸那朵薄情的云烟
我看不到那云蒸发时的模样
却看到一辆车下滑的虚影不断地放大自我

车贴身停靠着我与伞和她
她躲进伞的庇护中悄然地伤心着
然而我此时却感到毛孔渗出的甲醇分子
欲带着负重而远征的情形离开
我们是一身却不是一类
正如我和她是一类而不是一路人一样

我默然地看着远来的车
载运着我灵魂的回忆驶离现场
我不想忍受这厚重的日光无雨时的难言
却看惯了伞骨折叠时她的脸色
在瞬间的变换

柳絮漫漫

再也沉寂不了的柳絮
开始脱离我的轨道一路向西
长街上满目的灵光荧荧　熟悉的不熟悉的
纷纷而去离开我的五月枝头了

很多逝去的事情
隔着玻璃怀旧梦里梦外是一样的
所不同的是那些易敏者的反应
其实春天的这种自然现象是情理中的事儿

我已是在时间的柳枝末梢行走的人
更多的时候是睁一只眼闭一只眼
不愿和柳絮一起飘荡不定
也不愿冷漠而随意的影子太离谱

然而生活偏巧让我碰上
这些轻浮不定也无心安宁的絮子
它们一路沉迷着顺势而去了
我一路瞅着它们如看着冬令的雪花一样惊悚

春天的重量

颜色就不用说了
它替代不了这个季节的重量

一滴雨带着苍天的幽怨
落在我的头上想把自己做成一滴梦露
我知道幻化的风力中已有了桃花的动静
那纤细的风韵似乎撞痛了谁
当一阵风驰过后
我便触到了一辈子的负重感
依然在选择了一次逃离

梦不知去向
只有我的灵魂
把着一堵墙上翻脸的广告牌说笑就笑
多像那记忆的脸颊上的一滴泪
沾染着春天沉重的灰铅
它不能开花
却能加重生活的筹码

世界从来不欠春天的重量
包括每一节有梦的骨头
它会把梦撑到无声无息的时候

春　色

绿草暗涨的侧影
从皱巴巴的土地上钻出来了
影子逆着光
在城市的风里不停地
拔节

它战栗着静静地
回过头　身子抖动着
我误以为那一粒露珠是它发烧后
浸出的晨光
不远处藏着它微笑的秘密
和那种熟悉的说不出的悲欢

光很轻
覆盖着快到清明的那点春色
这里不是野地
看不到生土怀里
那些疯狂地滋长罪孽的湿地
有的只是被碾压的痛苦
和干风微动时那些草动情的模样

它们缠着我的思念
一直朝春天的雨季走去……

宋　虹／摄影　栏头题字／冯明德

专栏主持／刘　虔　潘志远　戴光耀

散文詩界

春天的诗笺(六章)

◎箫 风

立 春

清晨。溪畔。

梅,拢一袖暗香,端坐在腊月最高的枝头。她在痴痴地等。

“梅,你在等谁呢?”

小草,从岸边的石缝里探出头来,舒展一下腰肢,轻轻地问。

“我在等春的消息。”

梅,慌慌地瞅一眼溪中的影,羞羞地答。

“春?不正在你的花蕊里酿蜜吗!”

“哦……”

梅的心,醉了。

——其实,春何必苦苦地等呢。

只要有一颗热爱春天的心,春就会与你同在!

雨 水

春天的雨水,是沿着农谚嫩绿嫩绿的枝条儿滴下来的……

缠缠绵绵的雨,如绿色的纱;

纷纷扬扬的雨,如绿色的雾;

飘飘洒洒的雨,如绿色的梦;

淅淅沥沥的雨,如绿色的诗……

真是好雨知时节呀。这千丝万缕、无边无际的雨,“随风潜入夜,润物细无声”,把早春二月渲染得如痴如醉……

透过亮晶晶的雨丝,我看见——

那么多的芽苞在萌发,

那么多的骨朵在含苞,

那么多的甜蜜在流溢,

那么多的希望在涌动……

哦,雨水里的二月,好一幅清新淡雅的水印木刻画!

惊 蛰

踏着节气的鼓点,应着种子的呼唤,久别的春雷一路欢歌,如期而至。

伴着第一声轰轰烈烈、回肠荡气的雷声——

冬眠的昆虫醒来了,

在温热的泥土中互致着久别重逢的问候。

蛰伏的种子醒来了,

迫不及待地走进一垄垄勃发春情的墒沟;

尘封的犁铧醒来了,

以优美的姿势翻新着板结了一冬的日子……

在这一天,同时醒来的,

还有耕牛春心激荡的哞声,耧铃鲜活欢快的笑声,蜂蝶吟诵甜蜜的歌声,牧童清纯悠扬的笛声,还有乡亲们祈盼丰收的梦……

哦,惊蛰,你这万物复苏的节日。

在你滚滚而来的雷声里,一切酣睡的记忆都将苏醒,一切蛰眠的生命都能新生!

春　分

白天与黑夜分享着春天的快乐——

黄鹂在翠柳枝叶间穿梭啼鸣，紫燕在斜风细雨中翩舞呢喃，蜜蜂在花蕊心房里低吟浅唱……

这是昼间欢快的乐章。

蛙鼓的初鸣怯怯地开放了，夜莺的欢歌悄悄地唱起了，虫儿的心弦悠悠地拨响了……

这是夜间婉转的吟唱。

绿叶与花朵分享着春天的美丽——

柳丝儿荡起绿色的风，草芽儿摇起绿色的旗，麦苗儿唱起绿色的歌……深绿、浅绿、墨绿、翠绿、碧绿、嫩绿……

这浩浩荡荡的绿潮，鲜亮了春天葱葱郁郁的主题。

粉红的桃花开了，浅红的杏花放了，火红的杜鹃笑了，还有那金灿灿的迎春花、紫艳艳的丁香花、雪白白的玉兰花……

这五彩缤纷的花朵，丰富了春天流香溢彩的意蕴。

少男与少女分享着春天的甜蜜——

女孩儿好似枝头含苞欲放的花骨朵，靓丽了春天迷人的风景；每个男孩都有一个开花的梦，都想读懂那本关于女孩子的书。

三月里，男孩牵着女孩的手，女孩牵着花朵的手，花朵牵着春天的手，一起走进大地的怀抱，一起走进明媚的阳光，一起走进甜蜜的爱情……

是啊，一切美好的东西都应当共同分享。

——这是春天告诉我们的！

清　明

如果说，立春是一位工于写意的高手，那么清明就是一位擅长泼墨的大师。

你看，只三两下，就泼洒出一幅浓墨重彩的水墨画：

一枝杏花，从宣纸的背后斜逸而出；杏花背后，是倚风横笛的牧童，绿意迷蒙的烟雨……

好一派“红杏枝头春意闹”的意境！

真是“春色满园关不住”啊——

这时候，花繁叶茂，蜂喧蝶舞，庄稼拔节，希望疯长……清纯娇媚的春姑娘，已出落得风韵妖艳、风情万种了。

清清明明的天空，是属于风筝的。

风筝飘在空中，线儿牵在手中，梦想系在心中……

一朵朵晶莹剔透的童谣，开放在湛蓝蓝的晴空里！

孩子们的目光扶摇直上，伴着风筝悠悠地飞。仿佛他们的心也是那会唱歌的云，悠悠地飘上去了……

走呀，放风筝去！

与孩子们一起走进广场，走进田野，走进阳光，放飞一个个晴晴朗朗的日子，放飞一个个圆圆满满的希冀！

谷　雨

念叨着“谷雨”的名字，我看见一位灵秀而丰满的女子，站在春的深处，粲然而笑……

这是一个多么富有诗意的名字呀——

谷雨，一滴雨就是一粒金色的谷子！

一场喜雨过后，谷粒们开始春情萌动起来。

一阵阵渴望被吻、渴望受孕的战栗，自谷粒的心瓣间荡漾开来……

“快快布谷，快快布谷……”

踏着布谷声声的韵脚，和着小麦拔节的韵律，一群群金灿灿的音符，从一双双粗糙的手掌挣脱，带着重逢的喜泪，一头扑进大地温暖湿润的怀抱里……

一粒种子和一首诗，都有从孕育到破土的过程。

抓一把谷粒在手上，就有一种新芽拱土的感觉，从指尖一直痒到心底！

一枚颗粒饱满的谷子，就是一个美妙无比的词呀。我把它小心翼翼地搁在案头——

与我的诗一起，播进春天最后的一个节气里……

乡间的花

◎王剑冰

看到油菜花，立时会有一种触动：色香。

那是颜料调不出来的色彩，是言语无能表述的芳香。

色彩的海浪翻动。

一片一片的金黄在奔跑。

后面的推着前面，前面忽而又推着后面。

闹闹嚷嚷，拥拥挤挤，青春的气息也就浓烈地散发出来。

单枝的油菜花构不成艳丽。

它们追赶队伍似的在垄渠边、在地埂上向大田里集中，组成一个个色块。

仿如大朵夸张的野花，灿烂在蓝天下。

感到花的力量，色彩的力量。

孤独的凡•高肯定没有找到这种力量。

这才是喻示着生命的太阳花啊！凡•高的向日葵黄得有些迟暮。

尚未发育完全的城市，总是向着更远的地方驱赶这些乡间的物种。

城市只接受玫瑰、牡丹和月季等缺少味道的族类。

乡间的花，一年年地开，一年年地逝，年年蓬勃着辽阔和生机。

让人想起一些女子，默默地美丽，默默地嫁人，默默地再生出美丽的女子。

远离颂词的油菜花。

普通得就像这乡间的女子，

甚至连名字也普通得相似。

深沪湾海底森林遗址

◎陈志泽

海听到了你的心音就深深降落，将一平方公里的古代森林和近万年的牡蛎礁高高托起，显示出当年的蓬勃茂盛，任凭游客惊叹飞花，任凭风月解读……

在你觉得寂寞时，偶尔到思念的人间透透风，偶尔站立到大海边，望彻四方。

“沉东京、浮福建”的传说，也将你沉浮——沉浮是你不老生命的宣叙，而海底的家——你牢牢扎根的土地是你永远不离不弃的归宿。

海听到了你的心音又会高高升起，潮水涌来，将你紧紧拥抱回家。

沉入深渊、沉入暗夜、沉入思索——浸泡在盐分充足的宁静里，接受巨浪的冲刷洗涤，你通体黝黑光亮坚硬如铁。

苦涩的渗透，时光的切割，风沙的掩埋，海是你不朽生命的依托。你才是你啊。

散文诗短章

◎郭 丽

看

把脉，心动过速。我知道，与旧事有关。为什么游离了还复来？

思想的天平有些倾斜。选择，是一种境界。

让春天的细雨浣洗过往的沉渣。我安逸在阳光的庇护里看风景。

看世事沧桑演绎成浮云。

忍

一滴尘埃，蜗居在心的角落。尽管我的血流很畅通，它却不肯离去。

我有些烦躁，甚或郁闷。这污染我心灵的敌人，什么时候乘虚而入的呢？

我呐喊、我干咳、我连续打着喷嚏，它依然以赖皮的姿态苟且。

人无奈，心无奈。不是放纵，却也放纵。

静

无动机可言。只是许多年的青花瓶色泽黯淡。瓶颈处污垢淤积，如那个抱恨投江的屈子，迫于无法呼吸的囹圄，只有破釜沉舟。

索性，那只瓶子的主人是一时眼拙，抑或走神儿。当他转身之时，往昔的红尘归于梦寐。清净，重新入诗。

沽河雪融

◎栾承舟

最后一场雪落在三月，之后，心随雪走，掠走了牧羊老人一生的冰凉。

雄鸡昂首，将一连串的个子浮雕在疏朗的林木间，野蕨用青草鸟鸣为它加密，叫出遍野素白。

还有无名老树，以及冲不走的岁月，听到了沽河心底沧桑的声音，绿油油地葳蕤起来。

风语，被雪洗过，照临阳光之年轻。或许，雪融鹰飞就是它要说给蓝天的话。

拷问吏治灵魂的雪，掩去了多少鲜为人知的罪恶？

宛若一柄尖刀，无数拷问旋涌而至，貌似美丽，对于土地资源的掠夺啊，正迫不及待地深藏本质，穿上合法的外衣。

大沽河，正在变成另一种沃壤，不仅养育儿孙，而且膏腴邪恶。

用不了几天，该是饱满欲滴的真相展露姿容的时刻了……

生命断想

◎张新平

一

我们是生命之树的花朵。

智慧是生命之树的枝，叶，根。

大我大爱是生命的常青藤。

走过昨天，瞬间觉得我依然是挂在枝头、无人采摘的青果?!

二

生命。在睡梦中长大，也许是幸福的，像积雪融化不留一点痕迹。在真实中成熟，好似雪花融水从身上奔流。

生命赋予我们一切。我们也会给予生命一切。

向往深远辽阔，生命是海洋。奉献的生命才会传承和永恒。

三

生命的起源，被蒙上面纱。深奥，崇高而遥远。

我饮它时，它亦饮我。生命是种子，乃甘泉。

恐怖的坟墓，不意味生命的始末。天地在，处处是新生的摇篮。

生命是群山。坚韧伟岸。一茬茬生长，直至海枯石烂，勿终结。

四

生命是古老的。

像摔掉镣铐一样，义无反顾地抛弃一切所有。

白昼唤醒沉睡，吮吸太阳的乳汁，积蓄生命更替的力量。

犹如永远向上的旋风，混沌黑夜则撒播雨露，滋养生命的升华。

穿越时空的束缚，生命就献给了风。

五

生命是欢快自由的。

微笑的生命，在快乐时唱歌，沉默里也歌唱。

不是所有的生命，在天空中划出自己的弧线。

只要灵魂不迷于荒野，生命就不会空虚、晦暗而无益。

一切安静下来。生命魂便跟随真善美大步流星。

六

生命无处不在。生命力无处不有。

无论你在哪，都能闻到她的气味，感受她在春夏秋冬的轮回。

生命流无穷尽地自我超越，从容构建不可知存在的未来。

生命是地下森林，茂盛常青。是天上的星星，浩瀚而明亮。

翠鸟的歌唱(外一章)

◎黄明仲

唱了一辈子的歌,这一次唱的歌才最动听。

你把大山作为刻录时代的唱盘,在刻盘上,你把岁月唱成了历史。

感谢人类,重新为你拓宽了歌唱的领地。

世界绿了,你的歌也好听了。

有了朝霞,有了夕阳,就有了你不停地歌唱。

野花的放纵

拱破了历史的坚冰,你就揽来了所有目光,为你梳妆打扮。

不放过夜的莹露,争分抢秒地输入鲜活的青春,让豪言壮语成为抢眼的打磨;不放过太阳的每一分爱,让每一分姿色,惊艳了这个世间。

时代,给了强者最大的空间。

听春雨遐想(外一章)

◎潘志远

云的体液。雷驱赶奔跑的汗珠。闪电划破脉管喷涌的血……

我曾这样想,还这样想,宁愿这样想……陷入虚无和荒诞。

春天不需要眼泪。当沉睡需要空前苏醒,枯萎需要空前泛绿,黯然需要空前绚丽,沉寂需要空前喧响……泪,只能是苍白、软弱、期期艾艾的阻止。

唯有血,云之血,冰之血,泉之血,汩汩,汩汩,汩汩……

大拯救,大新生,大繁衍!

今夜,我再次陷入这样的遐想和期待。

春天蝴蝶打了一个手势

春天蝴蝶打了一个手势,我没看懂。可我分明看见风斜了一下身子,水皱了一下眉头,一片比什么都嫩的叶子,翕动了一下嘴唇。

一个暗示。一个提醒。一个偈语。我猜了无数遍,还是参不透蝴蝶那个简单的动作。于是我闭上眼睛,稳住思绪。蝴蝶那个手势,在动与静之间,在高与低之处,定格,又不定格。

静极。动极。蝴蝶用它那简单的手势,打开春天,击溃我漫无边际的想象。

梨 花

◎康京凌

一片淡然的梨花，开在四月的上游。

一口方言的水色，行走在陇东大地。

一些与村庄相关的心瓣，在土尘中赶路。

一拨一拨的访客，是一些新燕，它们攀在窗花上，又飞去了河床上衔泥。

那些高于屋檐的炊烟，像一层青纱，透过纱的支帐，许多在春天里便要生发的故事，等待着。

等待着一声开春的滚雷，催发所有的枝梢，只求绽放，不论次序。

梨花，风一样的淡雅，露水一样的风华。

高原铺展的绸缎，是多么风骚的盛装。

交错翡翠的山坡，像人的脉搏。

活着，简单便是美好。我学你的步波，婉转低唱，一身灵气。

悉数芳味，也不必逐枝推敲，时节注定，会是自然地契合。

蓝天白云，通向了高山深处。随着一只只蝴蝶的眷顾，你便是我最美的礼物。

我更把每一朵翩飞的诗语，织画成一轴白锦。寄予，是另一番意境。

岸

◎王红梅

把一箩筐诚意，从低姿态中托出，轻轻驮入你的眼眸。

盼着，你眼眸里流出一袭柔和，一袭暖色，一袭爱，和被救赎的意向。

可是，没有——

波光倒影清晰，我看到，从你眼眸里淌出黑夜，和失去。

还有，丢不掉的昨天

你背着一粒沙，怀着低低的温度，穿行在沼泽地，抑或，荒漠里。

忽视，以前和以后。即使，前世和来生。

你等着，一粒沙分娩出一个富裕的日子，或者，一条温情的小巷。

可是，没有——

一阵小风吹起一粒沙尘，岸的界限就被模糊了。

舒展眉心的时候，阳光很烈，风很轻。

爱和浪漫，以及挂在窗棂上的灯光，都触手可及。

如果你愿意——

即使披着灰色，若婀娜，若欢喜，你一样可以把色彩留给花草百木。

依山的黄昏(外一章)

◎董进奎

从笛声中滑落的黄昏依在山的倩影里,依在倩影深处的竹林中,那强有力的笛声不是我的,我追随!

我渴望火炬,却有荧荧凄厉的蓝光,那是野狐阴谋的眼睛,这也做绿灯昭示前程吗?

在我身边有老猎人沉稳地打坐,山风乍起,如水凝重卷来,老人苍发掀起,我看到他的眼里闪过一道白光,心颤抖,仿佛听到一声枪响!我举手为箭,蜷缩如弓,蓄势待发。

我真诚,我收获了无数次劫难。千百个黄昏有千百种姿势,千白种姿势有千百种劫难,如同翩翩翻飞的蝙蝠没有光束启迪人生。

依山的黄昏我握住了猎人的笛子,心海长啸有始无终贯彻我的长空,这是我的!我的!

夜之歌

夜歌是踩响琼浆的音韵,是飘荡的长发燃烧如烈焰,是从夜的墨体里抽出的一丝金线。

我的眸子也贮满了歌声,我的泪水也晶莹地歌唱。

我追随夜的孤单,雪的迷离,孤单是一种音调,迷离是一种和弦,我渴望和弦!

当夜鹰在树峰之巅放歌昂扬雄壮,一场特大暴雪从它的羽翼上抖落,有力的俯冲,强劲的一击,旋疾的腾飞,一瞬展示了完美的敏捷与辉煌!

我开始奔突,我的小路不再哀婉,我的小路是横卧的苍劲的曲折的梅枝,我的脚印是盛开的花瓣,没有青翠傍依,我的心蕾散溢着芬芳。

当我寻到了林子里我的小屋,它茕茕孑立静静等候,我的眸子又一次生动,我收缩成它的心,小屋也有了生命。

沉默,沉默,沉默。我的目光磨砺成剑!沉默是未出鞘的剑!

沉默也是一种歌唱,用心绪歌唱,望着冥冥的窗子,想着缥缈的天际,心继续跋涉,追随不会定格,跋涉是夜歌的轨迹,夜歌是亢奋的起跑线!

阳光下温暖的甘南

◎牧 风

呜咽的鹰笛

谁的声音把鹰隼从苍穹里唤醒?

是那个站在黄昏里思考的人吗?抑或是他手里颤动的鹰笛,一直在夜岚来临前悄悄地呜咽。

鹰笛在吹,我在风雪里徘徊,舞动灵魂。

鹰笛在吹,云层里鹰的身影挟裹着冷寂落下来。

兄弟班玛的口哨充满诱惑,远处的冬窝子在早来的雪飘中缓慢老去。

寺院的诵经声响起,而我还在皈依的路上。

扎西的黄昏

响鞭在黄昏里划出回归的弧线——除了牛羊的呼唤,扎西沉默不语。

远处,阿尼玛卿浓浓的雨雪和恋人的背影让他的心思窒息。

他踢不动的石头,就像湮没在脑海里的记忆。

夕阳迫近,他的步履更加沉重,余晖中他和牛羊融合在一起,成为夕阳下忧伤的风景。

桃花雪

◎霍楠楠

古镇长街，寒号鸟的低飞，是一池春水盘旋的苦守。

冰封，想必就是拒绝自身。

携带着沉默的光源，总会发现透明的静止与背后的涌动。

推开半叶心窗，万物萌发出某种隐含的气息，仿佛点燃了无数种舒适的因由，于天地间，撒满宁谧而纯净的暖。

激动地聆听，面向朝圣者祈祷的余光，猝不及防的梵音，也开始变得从容与淡定。

翅膀醒了，夜的围墙顷刻坍塌，飞翔的意念妖娆而上，沉重的躯壳，尚在渴望梦境的莽野，那隐藏纵深的伏笔，还要多久才能够轻轻溅起与安然而落？

羞涩的青鸟是辗转的风声，穿进游移的花枝，湖水轻点叶子纷乱的光影，一壶浊酒里晕出满树的浅浅花影。

惊蛰敲响，苏醒的鼓点由远及近。那樽蚀骨的酒杯，早已碰翻了漫天的思念。

席卷，我浑身的战栗。

故事里的雪

◎邱春兰

风，凄厉厉的，曾掠过我的心上。

在一个冬天，你说雪花是红色，我很固执吗？

那好洁白的雪啊！好洁白！你终没有把手伸出。

雪花无声地飘落着，在我的心上积满了厚厚的一层，你说好洁白的雪啊！

不是红色吗？真愿我心上那是红红的雪，融化在我一颗红红的心上，把心给你！我留着那红红的雪，来填补心的位置……

又一年冬。

风，在寂静的颜色里冰针刺骨。

你缄默着，没有再告诉我关于雪花的颜色，我想大概雪花应该是无色的。

拂去心上那层厚厚的尘埃，我以一颗清纯的心，默守着这年冬。

你走在离我很远的地方，抛撒着一些纸屑，像雪花，一片一片无声地飘落着，好洁白！

洁白的只有雪吗？你惊颤地问。只是因为离远的缘故，如果走近它，一定会发现，那纸屑是红红的，像是红红的血。

你抛撒着，我模糊了视线。

其实，这年冬，只有你的纸屑，未曾落过雪。

又是一年冬。

风，是纸屑的春天，是明月斜挂的琴声。

我捧着惠特曼的一本诗集，在一棵没有开花的树下，想象飘雪时最美丽的诗句。

你从梦里醒来，说一颗心是坟墓，如果我愿意，就用这颗心把我埋葬，远如闪电，近如霜雪，你虔诚祈祷，忠实供奉，从一朵雪落的轨迹开始……

其实，若契合，雪自为帛。若静念，雪自为境。若留白，雪自为禅。

某处转身，某点转念，几点清寡，几点素白。不相语，不相闻，不相问，从此不惊扰，不百转，不幽怀，不步雪。

念 湖

◎施 云

没有谁比你活得更痛苦。两万只水鸟哀哭着赶走了黑夜，清晨的第一缕光，照亮你仅有的一件衣裳。雾做的衣裳，布满水波的皱纹。

鸟爪撕破你的肌肤，你流出银光闪闪的血液。太阳被你囚禁在心里，像个火球，烧着你冰凉的心。一颗喷射血液的心。一颗跳不出水面的心。像一个陨落的帝国。

鸟群被长枪短炮般的照相机抓走，成为报纸的头条，或者刊物的封面。你的灵魂就这样被人出卖。关于你的流言蜚语，像流水淌过大地，浇灌着越来越多的文字。臆想的，预想的，遐想的，瞎想的……层出不穷，应有尽有。

白云，箭一样穿心而过；树木，针一样扎进你的心；山峦，倒插在你心深处……丰满的痛，让你波光粼粼，体无完肤。乌蒙，因你而变得苍茫。

山村夜晚

◎左宗舜

山村的夜晚，静得能让人听到自己心跳的声音。山村如一叶小舟被月光簇拥着，绾在夜的臂弯，灯火如暗淡的星辰，零零落落，一种柔情倏然而来，站着的高高站着，流着的低低流着。

山村用犁翻开麻木的睡眠，用锄头敲碎烦琐的鸡毛蒜皮。村人们就是这样生活，深切懂得孤寂的滋味，总是用爱去抚摸那希望的田野。白天浮躁的事情，都在村庄的声音中找到了暗示和觉悟。

山村的夜晚很平常但却很踏实，也许是因某种声音的存在，显得十分清纯和干净，不管是狗吠声还是咳嗽声，都将梦幻挂在月亮的枝头，在村庄摇响一树树闪光的梦呓。

河流给我以弯曲

◎杜文辉

河流悄悄地流，不惊动什么。在远离人的地方，在低处。

河流悄悄地奔向前程，不在意判决。

河流周围倾满砖石、垃圾和秽水，能带走的就带走，带不走的就搁着。

遇到高崖就得跳下去，遇到石头就得绕过去，遇到夹缝就得挤过去，遇到平川就松松气。

如果缘分让缘分相遇，河流就搂住河流的头，有小小的幸福像花朵一样溅开。

河流是无知的，河流只是流，河流自己不知道流向何处。

清明的记忆

◎其 然

清明，是一场雨。是一场从四月蹒跚而来的冷泪。

泥泞的山道，黄泥将一道鸟鸣，留在一场春雨过后。

葱茏的高岗，我奔走在一条起伏的路上。

有一场夜雨催肥的思念，很适合灵魂与灵魂之间的交流。

三两人影，只在远处，为这样的场景，点缀。

我点燃香烟。

所有的痛，总是先于季节抵达。

黄表纸在青枝嫩叶中飞舞、叙说。

祭奠的酒杯，任清风与思绪自由地往返。

裤子上的泥泞，仍然不愿离开，听我在一首诗歌里的跋涉和艰辛。

很多风，都是从故乡深处赶来的。

这风声，其实已经在外面流浪了很多年。一场旧雨，将它们带进清明简陋的表情，

袅袅青烟，恰如缥缈中伸出的手掌，抚抚大地，抚抚天空，抚抚亲情。

固守，岁月的残香

◎樱海星梦

火，再一次从梦中燃烧。

如千顷桃花园的桃花，提炼一朵妖娆之红。

一朵飞起的冷色之焰，一朵心灵烛火。

烛火高蹈，在我心口烈烈起舞，一抹缥缈的美人携流浪的魂魄，与我肉体合一。

谁是那纵火之人——将火焰从折断的苇笛里吹出——喷吐冷寂的绚烂。

滔滔倾注，如万山杜鹃啼血，在我唇上无声燃烧。

一道血色战阵，颜色浓成最艳的山茶。

于寂寥的早春，染红，起伏的风涛。

哦，这风涛里有我碎了前生遗落的一滴胭脂泪。

凝成琥珀，在无际的潮汐上点燃。

梦中之火，为我固守岁月的残香。

呼 唤

◎虹 雨

时近时远，时强时弱，如空谷传音代金，鸟鸣涧中溅响我阵阵血潮，

如一支情真意切的歌萦绕三日，余音袅袅。

我谛听着，分明是呼唤你的芳名。

这呼唤，不知洞察了古今中外，多少高山流水；

这呼唤，不知越过了多少森林高原，缘着绝响追逐着你，虽说，苦渡无边，总也登不上你

的岸。

而紫丁香必然开放出一个我们共同期待的五月，苦味的幽深的，将永恒成如水的月光照亮爱之岛。

蹒跚寻来，呼唤是一朵云，在蓝天作飞翔态，诱惑着你展翅试跃。

迤逦寻来，呼唤是一面绿色的旗帜，那令人奋醒的星光镀亮无字的旗语……

高原山歌

◎陈波来

山歌有多长？人在山脚，歌声径往山壁上撞出一条条路，拽着山巅在跑。

吃碗酒再唱吧！怀揣心事的人。

把心唱得轻飘飘如朵朵白云了，山才会青，天才会蓝。

把山歌唱得像落叶一样沙哑了，跑去山外的小哥子或幺妹儿才会回来。

山歌有多长？一声拉长的哦嗬，有人用一辈子在听。

一群迁徙的鸟

◎张泽欧

只留下一秒钟的时间，让这个秋的故事殇情。

有一首歌蓦然回首，那是我们无法躲避的一支利箭。

所有的村舍和土地在画像里裸露，连同我们的叹息也遮不住私处。

我们不知道自己还是不是稻穗的主人，是不是一个真正的农民。

但我们今天只是一群迁徙的鸟，只是一个季节的鱼。

不知在那遥远的记忆里，和遥远的土地深处，能否记得那场篝火。

记得那粒种苗，记得吹着铜唢呐的神在召唤。

岁月会变得愤怒吗，狂风、暴雨会再一次来临我们的家园吗？

此刻，我们的目光在这个秋天蛊惑了土地的纯洁。

可可西里的忧伤

◎聂 难

天蓝得能容下大海，云白得像大海上的浪花，野牦牛和藏羚羊的叫仿佛大地在忧伤地哭泣。

霞光像一张大网，罩住整个世界。坐在一座光秃秃的山上，我感到八万平方公里翻卷过来，遮挡了我的目光。

夜色从山脚下升起来，犹如我心口上涌出的源源不断的忧伤。除了灵魂舞蹈的声音，今夜，可可西里，我什么也没有听见，什么也没有诉说。

浅蓝的梦

◎袁靖凯

符文棍 / 摄影

浅蓝的梦，有故乡的云飘过。

一行幽暗的身影走在细绳的山路上。黧黑的脸流淌大山的溪水和鸟鸣。

四季起伏，田垄地脚的葱茏，汗水无一例外浇灌他们单薄的幸福！

草荣草枯，风一年年收割这些落地成金的影子。一些落叶般飘逝，一些还露珠般奔跑在翠绿的枝上。

袅娜的炊烟，牵惹远方的眸子，常在半夜睁开。

涓涓不息的小河，把黑夜浇灌。

回不去的故乡，梦里响满银铃！

行 径

◎李虹桦

雨点敲窗，尘埃落下。

风进不来，与退后的山树摩挲，成过往的风景。

雨水裹着旅途，涉及泥泞。

漫过来的潮湿，夹带着似曾相识的过往——

敞开嗓音，唱蓝天绿野。

阳光，随心所欲地曲解每一个草色萌动的舞姿。

候鸟打开翅羽的时候，我也以一首诗的方式打开了自己。

一条河的上游，定有冰雪的惬意，与神赐的雅歌。

远方的远方，在极目所至的地方，成一个模糊的原点。

燃烧过的石头，越过季节的门槛，开出疼痛的花。

蕊香能不能穿透冰川，让波涛翻滚？

幻想落入雨里，揉进途经的炊烟。

在季节之外，抵达蔚蓝的海。

盛唐•山水

◎储永光

你，小手提着的一朵云，
擦亮了盛唐的繁华，诗词悠扬，轻歌曼舞。
我解开春天的纽扣，一缕云烟，几抹嫣红，
还有藏在花瓣中的心事，给你，
梳洗河山。

我们在这盛唐的山水中居住吧。
在李白漂洗的月光下吹笙，
数不清的红尘和释然，纷纷落下，
我们也把盈盈的幸福种在贵妃的荔枝里。

一曲箜篌漫过万里的辽阔，三分媚，七分柔。
你浅浅的香气醉倒了我，这是你赐给我的天下。
我闭上眼睛，和打开的江山，一起飞。

五月玫瑰园

◎胡华强

阳光很艳。五月玫瑰园，在五月的暖风中蜂鸣蝶舞。

那些从遥远的欧洲舶来的容颜，正汗流浃背地微笑着迎接接踵而至的东方的面孔。

这儿是乡村，难得的蓝天白云下，杨柳河在静悄悄地奔走。

有些令人迷醉的诗句，在花香里深沉发酵，还分明在低吟着锦官城的诗意时光。

在蓉城之西，在浣花溪上游的某个渡口。

在热烘烘的土地之上，在川西平原消失了的茅屋旁的园子里。

在千姿百态的凝望中，在五彩缤纷的喧闹里。

你分明看见了老杜踯躅的身影，却怎么也找不到关于玫瑰的诗语。

在五月玫瑰园，一些花朵正在怒放，一些花瓣正在凋零。

在蓉城西郊的乡村，我在努力搜索老杜那些沉郁顿挫的歌吟里带着花香的绝句。

桃花遍开

◎陵州子

桃花盛开，像一夜聚拢的情话，把文宫的风情，撩拨得一片粉红。

蘸着露水，风翻腾着清冽的气息，轻抚江山如画的村庄，让那些倾倒的部分，在一眼微醺里烈性地燃烧起来。而普普通通的日子，就此多了一种叫作乡愁的味道。

没有一匹快马，也没有诗人浪漫的情怀，面对自由疯长的想念，我只有反复熟读的经书，以及一首首铭记于心的宋词。

到底要多深多浊的河流，才会拒绝让我看到水底哭泣的石头。到底要多久的流浪，漂泊，才会让我等到重逢的归期。

五月，又是一个不安的季节。在异乡，似乎任何一种开放或凋零，都会撕开我旧时的伤疤。

忽明忽暗，在纸上掀起孤独的风暴。

而远处，某种声音在轻微地叹息，轻微地呢喃。

像是说着，那时，月光的夜，我们跑进馥郁的桃林后，你没有讲完的故事。

伪满皇宫

◎清 扬

时光老了。落在宫墙上的阳光暗黄，像发旧的书页。

我来寻你。从晚清的一个黎明，走进伪满政权的黄昏。我用一声沉重的叹息推开你的大门，走进去。

缉熙楼四壁空空，那个绝色的婉容，去了哪里?长夜寂寥啊，她选择突围。日子患了失心疯，她用歇斯底里的呐喊扼杀了自己。

日子掏空心血，呻吟声流进每个角落。容忍他的暴戾，柔顺地做他的妻。他爱她，却给了她一座皇宫富丽堂皇的空虚。祥贵人啊，你的灵魂在哪里栖息?

跟我走吧，寻找光明。樊笼之外的天空，文绣和福贵人的笑声，节节胜利。

厚重的窗幔，禁锢阳光。沉重呼吸。

勤民殿上的宝座，空了半个多世纪。余音回响，拖着一个朝代散落一地的尾音。

陈列室里，官服威武。没落王朝的威风早已扫地。

华贵厚实的红木桌子，撑着会议室的脸面，却无力承载一只枯瘦的手签订的卖国协议。

祖先的牌位，在怀远楼里安息。安邦定国的遗训，做了孤魂野鬼。

空。空。空……

一顶伪满皇帝的帽子，俘获一颗良心。大东北半壁江山都能拱手相让，还有什么不能让出去?

插在针尖上的乡愁(两章)

◎陈治军

汪文德/摄影

插在心尖上的乡愁

我的下一个梦里将堆满木柴，火苗紧围着针尖打转。月光下。松果落地的声响，跟贼似的敲乱了心跳。

梦醒时分。月光洒在哪里，哪里就是老家的麦地、稻田和老屋后的菜园。

蒲公英搬运的，只能是小块的时间和空间。飞行中。一朵桃花的心上，被划出了一道致命的刀伤。流血的地方，有一枚绣花针插在心尖，若隐若现。

儿时见过的鸟雀

左边的这只鸟雀，是潜伏中的余则成，带着翠萍，一路追踪。侦听。几十年后，总算勉强追到了这座城市的中心。

这小子，也已老态龙钟，站在我窗前的梧桐树上，神情漠然地与我草草相认。一口变了腔调的嗓音。

但羽毛依旧。花纹依旧。颜色依旧。飞翔时的弧线,依旧圆润。只是望我的眼神,像是生了一场大病:陌生,迷茫,中间夹杂着微冷……

给你,春天

◎心 蝶

一

用心与血演化成蝶,如是春就有了情结,诗才闪烁出圣哲。

许是,心音伴呐喊惊破云天,雷电天地间呼唤,桃花香甜。

二

唯有同情,这济世慈善的承诺,将烽火与骨头转世成呓言。

如是,梵音也会因泥木经年,那晨钟暮鼓,潮润至尊的眼。

三

捆一团疑惑,向岁月讨解。那是智与慧的心蝶,灵的庄园。

待红尘漫过阴阳,再读那一腔情愫,读懂自然,明了舍得。

四

自古,释道无南北,共同守候着一方净土。人神都说是缘。

今夜无眠,只为这春天的阳光,就要分娩,再将本善承传。

五

好一曲圣洁与向往,天地为白发裁装,三千缘丝,醉世界。

十指在燃烧,幻化成云雨,将唐宋元明组成轮回,酿佛言。

六

当清纯的红唇,幻化成心蝶,在圣洁的文坛,呐喊着春天。

如是,生命与生活,天堂与人间,甜了世界,完美了无限。

情醉草原(组章)

◎刘 静

草原,爱的天堂

走近,再走近。

此时,绿,不单单是一种颜色,沿血脉偾张的还有狂热。

把帽子抛起来,让丝巾飘起来,在草地上打几个滚。泪,肆无忌惮,梦,在那一刻张开翅膀,以不可遏止的姿态飞翔。

在草原,你不必分清哪是羊群,哪是星星,因为羊群与星星一样多,白云成为唾手可摘的童话,而沿着蒙古包绵延的,是一望无际飞翔的心情。

在草原,坐下来或躺下去,都是一首诗。怀抱一缕马头琴的音韵,闭上眼,便可抵达梦的天堂,而多情的歌声,总会沿一眸晶亮美丽了心情。

若，每一种意向都是一种表达，亲爱的，你可以在每一种意向中都写满虔诚。然后，让洁白的手臂开满格桑花的馨香，沿一脉葱茏，走进漫天漫地的热烈与欢喜。

草原，今夜，我带着炽烈走进你，只一眼，梦，便定格成了永恒。

草原，今夜，依偎在你的怀里，格桑花做证，我，做了你狂热的情人！

西拉木伦河

西拉木伦河，在你身边的时候，我是醒着的，水波轻扬，桨声摇起的，是一湾欢笑。

西拉木伦河，在你身边的时候，我是醉着的，掬一捧阳光，便可以在浪花上，放牧思想。

古老而多情，年轻而时尚，西拉木伦河，一桨狂野，你挑逗了我所有的欲望，让压抑已久的激情，缤纷。

用力喊出一个名字，那泊在歌词里的亲切，如野百合般纷纷绽放。伸手挽住一帘清越，谁的梦，湿漉漉随心漂流。

此时，顺流而下的，不仅仅是小舟，随浪花跃动的，是河水一样深沉的思想。

西拉木伦河，初见你，你的一个微笑，已惊艳四座。在你的温柔中沉沦，我再也无意，做原乡的归人。

玉龙沙湖

我所向往的，是一幅画，一个梦。会舞蹈的思维，张扬快乐；会唱歌的沙砾，在脚下滚烫。

被翻晒的阳光，肆无忌惮，岩石上的梦，晾晒所有心情的向往。

此刻，我燃烧的目光，穿过千回百转的渴望，被点燃的沙砾烧灼。

有驼铃自远处飘来，缓缓的，悠扬的，天籁在人间。

想到三毛，那个在沙漠中寻找生活的女子，那个在沙漠中灵感飞扬的女子，那个在沙漠中享受爱情的女子，蓦然，听到生命在歌唱。

掬一捧细沙，感悟时光，涅槃的灵魂，是我攀缘抵达的圣境。

阿斯哈图石林

阿斯哈图石林，每块石头都是一个传说，翻开历史，我看到的不仅仅是一幅风景。

站在石头上，我想象远古，在成吉思汗的弯弓里，我体验一代枭雄的赞歌。

靠近一块石头，等于倾听一个故事，山风呢喃，穿过历史的厚重，谁将折叠的美丽诉说？

甬路延伸，心情花开，那只被成吉思汗射落的鲲鹏，是否在用一生的等待，酝酿一次冲天；那对相依相伴的恋人，是否用永不背弃的誓言，书写爱的承诺？

我俯身拾起千年的故事，随眸光澎湃的，是波涛汹涌的感动。

石层折叠，思维折叠，爱折叠。

一句不经意的吟诵，将满山的欢笑，羽化为压不住的平平仄仄……

那么，来一壶好酒吧，醉倒了，就沿着一首诗的叶脉，约会勇猛和爱情。

冬雨，落在了瞿家湾古镇

◎张红霞

雨，在孟冬时节，落在了洪湖岸边一个古镇——瞿家湾，落在了江南水乡的韵脚。

梦，开始绵延，一浪接着一浪，旋出季节变奏的惆怅。

那些即将枯萎的残荷，做好了归隐的准备。落叶归根，与洪湖作最后深情的拥抱。

然后抽出灵魂，肉体埋葬泥土，等待春天发芽拔节。

冬雨，是残荷生命仪式的最后见证者。一丝丝，凉飕飕，天空中斜下来。

这天地间的竖琴，谁的手指才能拨动你的琴弦，弹奏一曲《洪湖水，浪打浪》。

她和他，在遇与不遇的古镇上，背影渐行渐远……

而瞿家湾的石板路，青砖瓦依然在时光深处坚守，与一池湖水相依相恋。

湖水在消瘦，我在消瘦。

瞿家湾古镇里牵不出当年贺龙的战马，我只好牵着瑟瑟寒风为马。

错过了雨季，我不想再错过这场冬雨。

嗒嗒地，我试图走完这潮湿的泥泞。却走不出一个人的眼神。

停留，为谁？

在瞿家湾的寒风细雨里，我看清了爱情的方向以及回家的路。

桃红胭脂，问月愁

◎何凤莲

三月春风拂袖，一缕青色漫步轻盈。

寒香冰露陡然，瞬间愕然褪去、渐渐失去冬韵的美丽。

一任破冰雪化，东风吹衣，春满帐，一片春意舞东风。

天边淡淡的云纤着，一丝丝的温柔与清新。

踏步红尘，心醉。

轻盈的风儿，柳眉垂帘，轻烟风间，春花慢慢展开。

颦眉画意，皴染一指桃红般的芊芊羞涩，将美丽晕染。

青山远黛，东风秀。

花容青瑶，红袖盈盈。

明眸如水，梨红花开，我把思念的花瓣轻轻托起。

烟波涟漪，小楼粉黛。南飞的燕子，何时不再分别？

醉卧紫陌花间，我们母女相见是多么的开心快乐啊！

紫露染衣，小亭倒影，水榭楼台，

素手纤瑶，轻纱半面妆，

一缕情丝枝梢绕我的心头！

小轩缇萦，倩影梳妆，一笔情怀撒。

三月春色挽，又是一季春梦馨染。

胭脂画眉深处，女儿多情，不忍离去。

捻红花瓣，经年流光菩提。

飞燕离阁，相去太远，一日难见。

天涯路障，水各一方，寂寞粉雕，骨肉分，难聚首。

清风垂帘，落红粉黛，心事连连，

长相思，一段亲情，从此两处弦落。

从春到秋，从秋到冬。尘香花影，花开花谢，

半摇轻舟，半梦影。轮回之际，隔岸观花，思不尽。

细数岁月碎，婵衣香糯，烟雨捻，清愁抹。

折不动浓浓女儿情，思雨落，相思寄，一地梨花，瘦影寒。

西窗阁，开我坐上衣，染我纸上媚，

凭栏画沙，心事牵。桃红胭脂，花影香，冰凝瑶燕问月愁。

小楼一夜，梦不成，拈香一指都是空。

轻折梨花，一袭花雨湿。

断梦此时，心欲碎，

欲念衾榻，提笔伤，

断笔挫词，难玉璋。一字一殇，难成句。

雨墨琴台，一池红袖难添香，一手诗词难低吟。

空阶柳台，小娇人。零落愁红，不肯笑。

低眉浅语，一片冰心落，

春燕呢喃，轻纱绿，

只等，夏雨莲花，再看女儿花，染娥眉。

我在人间四月天等你

◎刘 丹

春，握住了一份暖，便展开了心中的缱绻。

是谁，踏尘而来，谁沾墨而至？

只为赴一场无悔的依恋；只为了水月青石的眷顾，见证衣袂醉舞翩翩。

站在岁月的肩头，我一次次凝望……

走近四月，是草蛰伏了一冬的盼望，伸展着脊梁；是油菜花绽放时候的一袭相依；是青花旗袍漫过的四月小径；是彼岸的一声声深情呼唤。

花，以香熏的名义在季节的枝头妖娆。香，以魑魅的诱惑圆满了花事。

有一种遇见，不曾相约，就心有灵犀。有一种目光，不远不近，一直在守望。

相思未见风花瘦，浅笔问心诗兑酒。一案素笺，半纸松墨，捧酒问君，君可知？

任心在光阴里为你而疼，为你而痛。一风月，一蓑雨，隔着天涯的思念，搁浅岁月。

一瓢烟岚，只为相遇，一眸凝露，只为邂逅。

悄然擦肩，卷一帘幽梦，只为心荷那一抹惊叹！

走进四月，梨花满天意翩跹，缱绻幽梦落眉间。只为墨色丹青，只为了相约四月天！

纤手叠词染情愫，一笺心语度流年。我的寂寞，你的城，嫣然四月，落字成殇。

只为你，一川秋水望成烟；只为你，倾尽芳华恋成灰；只为你，痴念三千无期，还是甘愿！

月色阑珊漫指尖，百花翩跹入眼帘。思君倾城相思泪，絮飘杨舞意满笺。两岸桃花染千山，红尘如梦赋诗篇。

四月天，岁月渡口，谁解花语？锦瑟年华，谁与共？

君不在，心弦断，琴声依旧无人怜。

落尽千帆皆不是，只落得一季相思捻碎一地的痴和念。

隔着山高水长的距离，我是你诗行那篇留白，你是我素笺上的那一抹桃红。

一弦清音，绽开柔柔的牵念，一抹心语氤氲倾诉绵长，

你在，我在，最美的懂得也在，四月，你我相约，见证这个春天！

长 城

◎马 燕

穿越千年，将岁月凝固。

长城是一部历史大书，是一个王朝的背影，是一个女人的悲叹。

伫立在城垛上，时光的水切割着苦痛的神经。

我看见万千征夫锤凿的血泪涂抹高墙。

一筐筐黄土溅起漫天黄沙，一块块青砖勒进坚韧的臂膀，

城墙像游龙游弋在似血的残阳里，雄浑、悲壮。

征夫的脚步叠印着女人的悲怆，女人的叹息在晚钟声中苍凉，相思而瘦的容颜在无望的等待中散了芬芳。无尽的泪水冲倒了城墙，女人被凝固成了张望的石头。

抚摸青砖，思绪万千。

我依稀听见了号角的长鸣，马蹄声声，流星的箭镞，长戟大刀的怒杀。征战、杀戮、死亡，夜色沉重，边月浸血。

长长的城墙栖息着一个又一个魂灵。

回首，山河依旧，长城在云雨风烟中屹立。它默默无语，沉静得就像中华民族的刚毅性格。

长城外是我的故乡，我一次又一次把长城深深地凝望。

躲在阴凉的岁月里

◎刘 俊

何时在陌上行走，一不小心惊扰了那一份静宁。

岁月深处有不可触碰之记忆，就这样衍生出冰凉。

我静坐在溪水边，看尽荷花落尽，尽随流水东去不知影踪。

或许是缘分因定，注定尘世里历经沧桑赐我于苦难。

然，就承受着吧。

辗转行走已是几十余载，又有什么醒悟呢。

我本渺小，归去一如不见的尘埃。

既是如此，清清凉凉淡淡然然度过余生。

不求丝竹盈耳，不求文墨飘香。

只是简单随性随心就好。

莫问因缘，不求因果，缘聚缘散来去从容。

如若可以，就在心底开出洁净的莲花来，纤尘不染。

朴素，简静，自然。

如有幸是彼岸里的一朵，聆听过往梵音以涤净灵魂。

曾经一度喜欢黑夜里行走，只有夜晚才会觉得自在。

原来黑夜是给光亮栖息阴凉的地方，忽略了白天里的疲惫。

纷纷扰扰尘世间，有太多诱惑，太多污垢，太多欲望，以此蒙蔽了双眼。

问心，予以寂静，一份淡定孑然可远行。

莫不如平平安安，莫不如静无波澜。

聆听梵音指引，渡往忘川，抵达得以永恒栖息的地方。

在人间烟火里栽培出桃花源来，让诗人将之遗忘。

清风明月写尽人世悲凉，阴晴圆缺轮转几世未央。

夏去冬来，唯不诉春之殇。

瓣瓣荷花飘香，阴凉在岁月里，行将枯去亦只是掌间珍藏的那朵娉婷。

眺望尽逾时温暖，幻化成尘世最简单的幸福。

寂寞时给她如诗一样的温暖。

孤单时给她以山川般伟大怀抱。

如许，湮没在岁月长河里，经过光阴的打磨不露痕迹。

或许雕琢一片玲珑之塔安放在山河的眉眼间，在水墨中清浅。

氤氲开缓缓步调，紧致而不失典雅，唯美而不失妖灼。

曼妙在泗水河畔，任被飘荡，没有来处，没有归途。

如此只是阴凉在岁月光阴里，沉寂的、牵

念的依旧放在心里。

不去惊扰，不去遐想，让心如镜子般澄净而温暖。

走，霞光里

◎蝎 子

鸟儿唤我从梦中，在这个微凉的初夏清晨。

微风轻挽着朝霞，袅娜而来，优雅地在我耳边低语。

看着天边的奇幻的云影，我忽然想起了你。

我就这样想起了你，却不知为了什么。

黎明报我以曙光，在这个清新的初夏清晨。

曙光紧跟着旧梦，蹑足而去，潺潺地穿过新绿。在那些被思念浸染的新绿里，我忽然想起了你。

我曾这样想起过你，从不知为了什么。

我悠闲而慵懒地走着，漫无目的。

风，依然清凉，清凉且温柔。

空气里有丁香花的芬芳，眼神中闪过忧郁的希望。还记得吗?你说过你要来看我，在一个春暖花开的时节。

我轻松而惬意地走着，宛若走进甜蜜的往昔。

湖光涟漪，闪烁着你眸一般的清灵与顽皮。

勤劳的老人，拎着打好的泉水，笑意在皱纹里滋长。

还记得吗？你说过你将吐最美的蕊，在云雨后的落寞里绽放。

你说过你会来看我，在那清风徐来、鸟儿鸣唱的清晨。

你说过你不会遗忘，在那月华如水夜色阑珊的梦里。

兰亭淡梳妆

◎何凤莲

寂静清欢，几多烟雨愁？

风吹柳笛，冰枝雪。一片宁静，谁独将幽兰，梳晚景？

月照轻纱，胭脂雪。打开花窗，谁来吟得诗儿美？轻萝小叶，点得红尘，鼠标空间转。

情若沧澜，梦一般。

淡粉施黛，娥眉雪，落花指尖，伊人来。

十里红妆，染瑶台。春愁兰苑，谁人愁？

一杯瑶红，谁家心事，遥遥，女儿妆？

香肩林鸥，摆酒香。一幕花田，谁来瞧？

谁家月下摆嫁妆，一席鸿宴，醉柳烟！

闲来画心，走天涯。一杯煮酒，请君饮！

泸沽寻梦，一曲相思飞。

听歌，红楼，山水之间。谁画颜？

回首不见来时路，一生真情向谁倾诉？

半城燕莎，裙罗沧桑，谁将轻愁，牵手间？

清影踏步，一缕晚风凭吹，

沉醉了谁的，馨阙，兰亭，一纸花间梦。

时光轮回，起风飞，落红枯萎，为谁凋零？

一指苍茫，淡淡流年香。

经被风雨岁月，湮没了许久，字落，尘埃，谁剪影？

碧水瑶池，一片痴情，不改。

谁记得，当初，那墨红，一抹芳心语冰馨痴情？是为谁耗尽了所有的经历和痴情，空霖剩余，笙歌难唱，一轮红尘，几繁华？

谁会再来为你梳起当初的模样？

夏 寒／摄影　栏头题字／王猛仁

专栏主持／宫白云 任 立 戴光耀

詩歌長廊

又是多年未见(组诗)

◎王 琪

王琪，男，七十年代生于陕西华阴。中国作家协会会员，陕西文学院签约作家，著名青年文学艺术家。曾参加诗刊社第二十七届青春诗会、散文诗刊第十二届全国散文诗笔会。获第二十二届鲁藜诗歌奖、第二届马鞍山李白诗歌奖、2014 年度陕西文学奖、第八届中国散文诗天马奖、首届陕西青年诗人奖等。多篇诗文入选《诗刊》《星星》《人民文学》等刊物。

河堤路

醒过来的清晨，生命中的花朵
都在近处摇曳着
一朵妩媚，另一朵或许淡然

溪流穿过一片谷地
修剪草坪的人，停下手中活计
又低头忙碌起来
天地间，他孤独的身影，那么小

夕照纵深于山川
满山坡的微光节制而低缓
整个傍晚，无比静寂

你从另一个春天上路
就不曾打算返回
人间的身前事，身后事已成虚无

路上行人不多
风声一阵紧接一阵
像要把神秘的梦境
从河堤路以北，依次打开

时光之外

是什么，在抚慰着古村寨角落
草丛夜行
旧事物认得，前世陌路上
你我的相逢

听到窸窸窣窣的声响
混杂着流年逝水
蝴蝶槐可参天，引人注目
她在近静默中等待辞赋
与春日的清音

冥想落满灰尘
去亲近石头，天空，和星辰
不要把残辉置之度外

在离散中找到落脚地

多年没有在墓碑旁饮酒、写诗了
洒向民间的细雨
伴随的花香，芬芳十里

且让那个孤独的人接受平静
独自沉沉睡去

所　爱

路，确定是清道夫留下的
那个漫步而过的人，步履沙沙
他没有看到
三角枫在未染红西山冈之前
离他最近的，仍是此起彼伏的鸟声

河滩那么空阔
突兀中，一座英雄的城堡显现
秦东小镇一带，梨花开了
像邻家妹妹娇羞的脸庞
像前世拟定的，某种姻缘
只待牧笛，从挂满灯笼的院落吹响

他想让身上长出的一对翅膀隐形
飞过水草丰茂的河南岸
攀越了这片山河，他所爱着的
三千里明月也无法盛放
十万寸日光也无法容纳

那些离去的，多希望再归来
去掉哀伤的字眼
缝补破碎的梦
而不要青春的迷雾
遮住了这片辽远之地

这可以伸展、可以弯曲的人世
总是在比波涛纯净的歌子里
深切地等他

又是多年未见

桑葚一年盛似一年
绿叶上，那散开经年的脉片
难以读懂
沙尘退去了春色
黄土坡沉眠的那些人，这个时刻
和我依然隔着几寸草木的距离

需要多久的寒暄
才能忆起日渐枯涩的面容
罗敷河没有告诉我
根系所在之地，灵魂已飘至异乡
秦东。正午。轻薄的乡风
还是你说给我吧

起起落落的星辰
在山岭以北碎声响成一片
两手空茫的人
他走在乡间小路
用粗嗓门大喊，用泪眼四望
这阳光里的煦暖
仿佛是为，我在人间的爱恨而生

那个午后

初雪飘零
那个午后，你在窗口凝神——
等待那个送蔬菜和水果的人
在孩子的笑声中归来

河流终结了一个时代的童谣
炉火在燃烧，燃烧
咖啡色木质的书桌上
束之高阁的文字，静而不宣

那年走过的林间小道
残叶接近腐烂
他在冬日一次次默念、玄思
但再也看不清
他遗失在青春中途的字迹

能收到柔软的细语多好
冬日宁静
一些用来遗忘的蓝
还没有写下
就径直滑入时光的深处

给我一个窗口(组诗)

◎任 立

任立，笔名任泊语。1967年生于山东郯城，祖籍河北省南皮县。著名诗人，诗歌活动家。“诗歌高地”著名商标持有人，“诗歌高地网站”法人，纯文学实名网站“文狐网”主编，微信公共平台“诗歌高地”创始人，诗歌高地文化传媒有限公司董事长，原《时代文学》(双月上)执行主编、秘书长。荣获中国当代诗歌奖(2013—2014)贡献奖。总策划“百世杯”全国诗歌大奖赛，2013年“九间棚”杯时代文学诗歌年度奖颁奖盛典，2013年《时代文学》散文年度奖颁奖盛典，2014年“九间棚”杯“时代文学”诗歌年度奖颁奖盛典，2014年《时代文学》散文年度奖颁奖盛典等大型文学活动。专著有《任立的诗》(中国文联出版社出版)，《郯地，以及她相关的人和城市》(黄河出版社出版)，《作家网专访：传统中干净写诗的人》。诗作散见国内外文学报刊。

如果看到腿上的伤疤

如果看到腿上的伤疤
你能否想象劳动中艰苦的程度
会想到几百斤重的独轮车
在泥泞中辗转
把岁月压粉了
和在泥与汗甚至血中

如果看到腿上的伤疤
你能否想象一个人在拼苦力的情景
会想到磨成纸一样薄亮亮的铁锨
无数次挖着烂泥与沙石与尘土
把这苦日子掺进去
挤出孤独与泪水成为生活的河流

如果看到腿上的伤疤
你能否想象被砸被刺被撞被跌时的痛苦
诗的天空诗的鸟诗的花朵在眼前消失了
只剩下一堆现实以及生存以及世俗等
人们需要的部分
伤疤是留在我腿上
有时我觉得它是刻在我心上、我脸上
我尊严上的一个崇高的荣誉

一把琴靠在小树上

谁将一把琴
靠在一棵小树上
谁相信树会唱歌
我看见
风仅用一点点的劲儿
就将树吹得摇摇晃晃
它那单瘦的枝干
即使在阳光灿烂的日子
都很难得保持站立的姿势
而谁相信把琴靠在小树上小树就会歌唱
它细细的枝条，薄嫩的叶子

又有多少激情多少力量
一把琴靠在一棵小树上
我真的听见了小树在歌唱
它歌唱泥土，歌唱太阳
它将推它的风，打击它的雨
都当作朋友
还邀请小鸟、白云、放风筝的小孩
在早晨或一天的任何时候
和小树一起歌唱
歌唱四季，歌唱自然，歌唱大地……
一把琴靠在这棵瘦细的小树上
现在谁都相信它会歌唱
如果这把琴靠在我身上
我也会将生命之歌奏响

给我一个窗口

我是一个黑夜里的孩子
一个摸不着方向的孩子
给我一个窗口
一个可以看到烛光的窗口
我就不会把陷阱当作平地
不会把暗箭当作朋友的手

我是一个黑夜里的孩子
一个在苍凉的郊地不觉得苍凉的孩子
给我一个窗口
一个可以看到月亮星星的窗口
让我看到雪花晶莹的翅膀是怎么缓缓地落下
看到树叶在枝头摇曳是怎么的孤寂

我是一个黑夜里的孩子
一个在世界上瞎跑的孩子
给我一个窗口
一个可以透过一缕太阳的窗口
冬季里我从此不再寒冷
枯死的心重新绽放花朵

给我一个窗口
我就能伸手抓着家乡的炊烟荡起理想的秋千
给我一个窗口
我就不会像盲人在黑暗中写诗
给我一个窗口
无论跑到哪里我从此不再迷失

我是一个黑夜里的孩子
在黑暗中拥有了窗口
上帝说：孩子，该知足了吧
一个窗口对一个孩子来说
它预示着光明
通向人生灿烂的金光大道
飞向远方，以及它相关的人和城市

装在独轮车上的爱情

将我的爱
又满又高地装在独轮车上
将我的思念
注入我双臂隆起的肌肉里
爱人
你会发现我弓起的背
像北老城那棵弯曲的古槐树
像瓦蓝的苍穹一样优美
背上的每一粒汗滴
会像雨一样湿透大地
这样
一个日子连着一个日子
生活苦得就像霉了的发酵池
我推着爱情的独轮车歪歪斜斜地走呀
几乎撞倒世界上所有的断墙所有的茅屋
我的呻吟和车轮声交织在一起
我把爱装到独轮车上
我把思念注入我肌肉的力量里
爱人
我现在真的累真的直不起腰
我真的想找个地方
卸下我的痛苦，我的疲惫
然后躺在空空的独轮车旁
痴望着远方的你
去倾诉我内心的像汗水一样多的思念

往事如烟(组诗)

◎包容冰

包容冰，笔名舍利，中国作家协会会员。岷县作家协会主席。1989年开始先后在《朔方》《飞天》《诗刊》《诗歌月刊》《中国诗人》《诗潮》《扬子江诗刊》《延安文学》《诗选刊》《诗探索》《中国诗歌》《文学港》《绿风》《延河》《椰城》《西部散文家》《雪莲》《青年文学》《绿洲》《西北军事文学》《星星》以及中国台湾《葡萄园》等刊物发表作品多首(篇)。出版诗集《我的马啃光带露的青草》《空门独语》(上下卷)、《内心放射的光芒》(上下卷)等。作品入选《中国朦胧诗纯情诗多解辞典》《新时期甘肃文学作品选》《飞天六十年典藏•诗歌卷》等多种典籍。获甘肃第四届黄河文学奖、定西市第二届马家窑文艺奖等。主编《新时期甘肃文学作品卷•诗歌卷》。

往事如烟

冷不防，就有一种童年
饥饿的感觉，突然冒出来
散发牛羊粪上青草生长的味道
和麻雀鸣叫的声音

大豆花香袭来，母亲背着猪草
走下高高的山岗
脸上流淌的汗液，像她
哭过的眼泪，将灰尘和泥土
一绺绺分开

猪在圈里高一声低一声唱戏
我长一声短一声喊娘
娘啊，我望着你疲惫地坐在
屋檐下发呆的姿势
想说的话哽在喉头……

回忆有苦涩的优美
柴草烟在灶房里弥漫
苦苦菜在锅里翻腾的气味
娘跑出灶房擦眼泪的窘迫
成为了而今，鞭策我向上的一段凄迷风景

之所以，我不敢在任何事物面前
妄自尊大。让苦难成为一剂良药
下在灵魂的深处
医治奢侈腐化的病根

等待的过程

天长地久，在期待中
与满面桃花的春天
擦肩而过。又是一年青草绿
情深缘浅，打住诸多虚妄的玄念
在一页苍白的纸上，走来走去
思念的深度，语言的肤浅
铸造闭门谢客修心的辞令

我在等谁，谁在等我
等待的过程，花在开

花又残。天边的光景再艳
也难度刚强不醒的梦中客

一只蜜蜂飞来
落在我的肩头，气喘吁吁
虽然不说一句话，我也知道它想的什么

蛰居了一冬的人啊
你应该出去走走
岷山脚下，洮河岸边
你看柳黄草绿，鱼肥水美
只有把目光放远的人
才会看到天外五彩斑斓的世界

想　起

忽然，就会想起很早的
一件或几件往事
在脑海里跳出来，像活跃的积极分子
来打报告

时过境迁
几十年过去了，人与事
都发生了翻天覆地的变化
情仇爱恨失却原初的程度和分量

爱，在几滴泪水里沉沦
恨，在愈合的伤疤上找不到裂缝

想起，不该想起的人和事
偏偏捷足先登
搅扰你安静的日子

其实，这样很好
在自责与忏悔中
以后不再犯雷同的错误

让我心动

在一天天的衰老中
我越来越看清了事物
真实而虚假的本来面目
悟懂了人生如梦，如露，如电
虚幻的假象，就不再
执着于爱恨的泥潭里
拔不出身来

我爱过的人，一个个老去
他们也不再爱我
我恨过的人，一个个老去
他们还在恨我，甚至疯狂地诅咒
我帮过的人，一个个老去
他们有的忘掉我，有的反恩为仇
想方设法害我，谤我……

有一天，忽然明白
无论是爱我，还是害我的人
都与我生生世世有过难解的恩怨

雅安七级地震
又给麻木的人类一个黄牌警告
鬼门关报到的孽障们万劫不复

什么事情让我心动
再好的消息
于我的心中，也泛不起波澜

乡下的路

踏着乡下的路慢慢走
羊肠小道上歌唱的少年
丢镰刀，断绳
满头的银丝，那是
九泉之下的父母对你的牵挂

多少年，风雨刮过斑驳的墙头
泪水里泡大的故事喊饿
放牛牧羊的日子渐去渐远
牵肠挂肚的人，不愿把心事说破

乡下的路，说短就短
说长也长
那是我吸收营养的脐带
一头系着城市的疼
一头牵着故乡的痛

廿四节气诗节选

◎丫 丫

陆燕姜，笔名丫丫，广东省作协理事，一级作家，广东省作协诗歌委员会委员。作品入选多种重要诗歌选本。曾获《人民文学》诗歌奖，《西北军事文学》首届优秀诗人奖、2012 年度香港《圆桌》诗刊新人奖、《时代文学》“中国十佳诗人”、《时代文学》2013 年度“十佳新锐奖”、福建省文联主办诗歌奖、广东作协主办首届“桂城杯”诗歌奖等多种奖项。出版个人诗集《变奏》《骨瓷的暗语》。

立春之诗

一只喜鹊，
早早地来到我们中间
春天的阳台还缺少点什么
太阳抛出一丝媚眼
种子被点亮，世界被点亮
草芽直起身板
我的五官暂借给她
使她的脸更像一块纪念碑
我是说
此刻我多么幸福
像一只被搁浅的橡皮艇
横卧在世界的眼睑上
看一个新的轮回潮起潮落
听叶尖嘴儿代我说出旧年的誓言
一只喜鹊，
早早地来到我们中间

雨水之诗

雨抱着水
还来不及苏醒
春天就来了

一只蛐蛐与另一只蛐蛐
一双眼睛与另一双眼睛
一个人与另一个人

一个是另一个的悖论
一个是另一个的势能
一个是另一个的无限可能

小水坑唤醒小水滩
小雨点穿上小水滴的靴子
在我此刻书写着的这张纸上弄出声响

他是她的另一个
他是她的因果律，矛盾律
他是她的另一种称呼，是她的重叠

当他们转身遇见
稀里哗啦的
我是说，我哭了
雨水这次来真的

立冬之诗

立冬
禁锢的底线结束于
自由的上限

流动的秋天
适合在初冬烘焙出静止
给伟大的信仰颁朵小红花吧
佩在你的胸前
写上"灵魂神圣的独裁"
凛冽的姿态只会加深
我置身度外的平静
没有谁必须为流逝埋单
落叶的离逝是新的抵达
我们完全没有必要
在时间的坡度上生造出
平坦的誓言

我们渺小得这么具体
初冬石缝的幽深足以掩埋
白云雪白的挣扎

小雪之诗

这明明就是一种幻觉
一粒泪珠和一粒铁钉
在一颗松果体内撞见

"我如此爱你，为何你如此坚硬"
站在液态的前生和固态的来世中间面壁
你倾向哪一边，总有另一个自己开裂
改变生命形态

栖息在酒水里，唾液里
鱼眼眶里的轮回
紧紧拥抱在一起
他们多么疲惫，像张着口却从不言语的松果

亲人，为何总是这样
我还没来得及叫出你的名字
来不及将你爱一遍
你就眼泪汪汪，就要融化

大雪之诗

酝酿一场大雪
如同酝酿一场别离
梦境中途掉链
理想主义肥美，适合
继续注入酒水后拧干还给现实

她没有足够坏
只用孤独在诗歌的左肩上
烙上深深的牙印
用反季节的想象开始
另一种形式的飞行

在一次次的复活中
她虚构的身份应验着金蝉脱壳
内心的魔障习惯性跳槽
相信偏离更接近真理

长夜写作容易使人陷入戏剧化
脊骨的思考过于晦涩
大雪之夜，她化身新的修辞
乳房射出雪花

青藏行(两首)

◎谢克强

青海湖落日

泛着血光欲落未落
谁给天宇洞开一个创口

一湖秋水波澜不兴
宁静得如一页稿纸
待我挥笔抒写

缓缓下沉一滴凝重的血
溅在失语的诗上

藏北听歌

是谁是谁家的牧羊女啊
将高原上的云朵和羊群
轻轻放进我的耳朵

像雨一样洒云一样飘
如诉如泣的歌声
是不是想将你心尖上的感受
变成美妙的声音

在这苍茫旷阔的草原上
歌声就是一条迎客的哈达吗
为了能留住你的歌声
我搬来旷远的天空

远处的雪山醉了
近处草原上的花儿醉了
只有我的耳朵醒着

核桃村睡了

◎唐 诗

风暴平息,核桃村睡了
我也在一个核桃里
入梦
我梦到核桃树发芽,自己开花
我梦到核桃树开口,同我说话
我梦到核桃树
抖掉乌云
核桃里的天空格外晴朗
我梦到核桃树走动,一不留神
核桃树和我一道
就来到了
幸福的门前

槐花,槐花

◎李 皓

那白花花的蜜,是这个北方城市的
骨血。最是甘甜的那一部分
在高处,我们只有踮着脚尖
垫高了血性、义气、人格、胸怀,乃至
缘分、宿命
方才,够得着

一朵槐花与另一朵槐花
在针尖上相遇
一滴蜜与另一滴蜜
在麦芒上邂逅
洋槐上的荆棘和蜜蜂身体里的针
你的尖锐就是我的尖锐

此刻洒在低处,低处的事物
更能在一些特定的时刻拿捏我们
它把我们迅速地举到高处
又迅速地将我们打回原形
那些一边卖血一边请朋友喝酒的人
体内藏着暗香

我深信今年的槐花是为你开的
它们追着你,就像追着一只蜜蜂
你追着它们,就像追着一滴蜂蜜
把槐花和蜂蜜分开,就是从这个不曾谋划的
五月,找出必然的唇齿
而你我的相遇和分别,每一次都是偶然的

春天里

◎罗广才

阳春三月,大地在脊柱炎中
死去或活来

谁常年躺在床上像一根棍子
腰、背都不弯?

何时何地在为自己的过去埋单?
我们能背着多少沉重才能赶往未来?

经过多少天多少年的黑暗才能睡去
才能获得一次永远的长眠

新一轮的布局,新一轮的新枝老叶
都在风中撑开

雨,只是一滴水

◎杨炳麟

还是给个结论吧!对此
饶有兴致,犯困、疲劳,千里迢迢
纠缠不休的风云,一路颠簸
落地算是一生,能融入泥土
算作最幸运的结局
非要描绘形状。觅食的动物、植物
龟裂的欲望,挖空心思使之堕落
蕾,被轻叩;绿,被蔓荒——
一滴雨会迷失方向,与岸无缘的汪洋
浮着无根的漂泊,只一滴水,一滴淡水
你何时有过自己的选择?何时可以选择
没有幻想,无须刻画:星空、月色
庸常的对应关系里无法分享的孤独
像死鸟的羽毛,云就是翅膀,飘吧
别谈死的价值,拿出身说事
一滴雨,以及雨的影子
隔着雨具撒谎

江 水

——南京大屠杀期间，大批军民被射杀和溺毙江中。

◎胡 弦

江水奔流
它每时每刻都是新的
又如此陈旧，像一本
可以装进套子里的书
奔流。江水知道
什么最容易被置换，被忘掉
如今，读这波涛
像读一本回忆录
像读汹涌、绵延不绝的恨
读着读着，你就会变成一个死者，就理解了
在一个多灾难、孱弱的年代
一条江是怎样陷入了孤独
读着读着你就明白
濒死者想要的
从来就不是一艘逃生船，而是
一个可以安居的国度

你错过的全在这里

◎李元胜

你错过的全在这里
一本翻开的旧书中，百合开花了
鱼鳞云涂抹城市

绿皮火车还在缓缓行驶
月份紧挨着，摇晃着，行驶
但已不载着你

读吧，你错过的地方
错过的人，都成了诗篇
它们行驶着，但已不载着你

读吧，你错过的时间里
万物繁殖，它们仿佛依循某个使命
绝望和你无关，迷恋也和你无关

而你，只是暮春里一个迟到的人
狐疑地读着，不知为何
错过本该如此有趣的命运

恒河：日出

◎苏 浅

只是因为遇到，就爱上你
只是因为我曾是黑夜
而你使我醒来

站在三月，就是
站在悬崖边上，向前一步
我就到半空——
是你给我前后左右都是春天
使我的局限被一种伟大宽宥
水火交融之间
我感到生和死的距离就是我走向你

就是一个涟漪
慢慢归回一个没有
只有你知道
怎样的告别都不会让这个早晨消失

一只鹰

◎王文军

黄昏的口袋
装进万物
而那只鹰除外
此刻，它从我的头顶掠过

空荡荡的天空
被一只鹰的孤独填满

我始终坚定不移地涂口红

◎花 语

一般，我不化妆
一来，怕落入丑人多作怪的俗套
被人耻笑
二来，每一天都平平常常
大动干戈
就显得用心不良
捣鼓那些粉饼眼影什么的
浪费时间不说
如遇天热
抹一把，就像
花脸猫

只是
我始终坚定不疑地涂口红
我这样的不遗余力
只是证明
我还有局部地区
像樱桃

尘 埃

◎十 鼓

地球是个大厨房，每个人
都在这里打工。我说不清灵魂的事
但诡异地，见到血就树冠一样发抖
见到火就劈木柴压制，见到煤块就虐待去砸
抱着菜就忆起父母绿色的温暖
现在我在橱窗前，想马上来临的大雪
又将照耀我脑中被掩埋的年代
和跳崖人。坟墓可以虚构，愤怒可以虚构
真实的是月亮这个大蜘蛛
利爪抓住那些星，网住作孽的乌云
乌云暗藏了人间的羞耻。这个冬天
我渴望梨花开放并掩埋它
在阳光的纸上烧成灰烬。像我一样渺小
不再暴躁和埋雷

路过一棵不知名的树

◎冰小狸

路过它的时候
秋风乍起
它的枝头正挂满红红的果实
可是我叫不出它的名字

“这是什么树”
我像是自言自语
又像是在向树下的一个农妇询问

没有人回答我的问题
就像生活，解与不解
你都要行走在路上
低头，或者抬头看一看
这些不知名的植物
并且，像它们一样有一颗木质的心

词三首

◎代雨东

更漏子

日本观雪

三更飞，五更扬。院深处白茫茫。身觉寒，心更凉。书生嫌夜长。

野店愁，愁入肠。人醉后叹枝黄。梦犹醒，东阁房。倩影落西墙。

谢池春

秋(雁)

秋风微凉，红渐瘦，绿未稠。星斗疏夜幕，残月挂重楼。鸿雁欲南飞，水寒仍东流。细雨后，无端愁。世事错落，欲说怎个不休。

案头小孤灯，唯余正煮酒。但愿纱罩灯，青烟不再游。秋已过，终难守。且将夙愿，分付数年后。

翦牡丹

念故人

素色连空，大地洁净，一天白絮如映。柔雪摇摇，更是看无影。佳人昨夜已归，衣袂飘飘，带香一路银杏。如踏凌波，风采不容人醒。

记得当年初识，人如屏、画里未定。野香绕君走，今思来故人才省。嗟是大小多少梦。酒上人面，梅乱惹人动。细听。夜半谁家曲，弹得正浓。

诗二首

◎张 嵩

罗山青云寺

钟声悠远每相闻，老树枝头落彩禽。人抱贪心归地狱，佛怀素志入青云。

红尘未必能看破，绿野自然要访寻。清气绕身无妄念，深山古寺把诗吟。

游阿拉善盟

不曾西去到阿盟，遗憾十年终启行。一路风光心绪敞，半城景物眼中逢。

胡杨柔韧无私念，玛瑙斑斓有性灵。美酒一杯戈壁月，清纯旷远寓深情！

七绝二首

◎徐栋梁

长　江

谢却纤夫拉水墨，经通南北染丰腴。
东西一纬中屏轴，舒展江山万里图。

黄　河

黄龙万里作潜游，蓄势全凭九曲柔。
今日訇然壶口决，直驱天水啸洋流。

五律二首

◎胡迎建

秦兵马俑博物馆铜车马

蹴踏五湖春，嘶奔六国嗔。蹄敲疑裂地，辐转不沾尘。

皇位裔传梦，威风铜铸身。可怜终覆土，不得九州巡。

乘车过内蒙东南河谷适在大雨后

云移露碧天，河涨窜平川。有草皆丰美，无山不缓圆。

群羊随意憩，数犬替人监。始识清凉境，飙车胜作仙。

七律一首

◎邹学锋

乙未仲秋登岳阳楼

仲秋重上岳阳楼，浩渺烟波美尽收。曲径花亭飞笑语，长廊碑阙亮吟眸。

风摇疾棹重重浪，霞映流云点点鸥。锦绣巴陵情未了，范公忧乐励千秋。

清平乐•游宝峰湖

◎何怀玉

峰湖留宝，不让人知晓。鱼跃鸢飞龙虎啸，都在波间缥缈。

楼船一只游移，烟波几缕透迤。天降琼池于此，引来王母瑶姬。

七绝•登阅江楼三首

◎刘宗群

丹楹碧瓦接苍穹，不再凭空想象中。六百年圆洪武梦，凭栏谁唱大江东。

有记无楼六百年，一朝画栋耸云天。工程四载钱如水，多少民脂逐浪翻？

跃上高楼江海空，忽观棚户杂城中。才知洪武惜财力，多少人家透雨风！

栏头题字／张广元

专栏主持／张 帆 雨 霖

散文慢读

雪域桃花源

◎杨从彪

清风徐徐吹来

幽静的俊巴村被白杨古柳所掩盖，一望无际的原野上，东一垛西一堆地摆放着一袋袋种子和化肥，一种神秘莫测的感觉顿时涌上心头。

我问陪同我们的村长索朗："这么多粮食和化肥放在野外，不怕被人偷了吗？"

年近五旬的村长一阵爽朗的大笑之后，自豪地说："我们俊巴是西藏和曲水县典型的文明村，我们这里没有小偷，东西放在外边十天半月也不会丢失。我们村 81 户 374 人 658 亩土地，年年都这样提前把种子和肥料运到地里，然后进行耕播，从来也没有丢失过东西。"

我说："要是在拉萨郊区，老百姓根本不敢这样做。"

索朗说："我们村老百姓的觉悟高，村民外出，家里都不上锁，不是无钱买锁，而是没有锁门的必要。"

路不拾遗、夜不闭户，已成为这个僻远的山村良好的村风。为了考察村长关于"不闭户"的说法是否真实，我特别留神各家各户，不管家里有人无人，门都没有上锁，令我折服。

渔业是俊巴村的经济支柱，渔民都办了"打鱼证"，他们西到尼木、仁布，北到达孜、拉萨，东进山南、桑日，在两百多公里的河段打鱼。鱼价每公斤 6 元，卖价最好时每公斤 10 元，最差时每公斤 2 元，与内地和沿海比起来是很便宜的。

走过一片空旷的田野，我们进入了一片树林，古柳低垂，小溪缓缓，水清鱼游，颇有几分陶渊明"桃花源"之诗意。小桥下边，青石林立，三五女子，花花绿绿，浣衣洗涤，笑语歌声，悠扬清逸，牛犊羊群，争相饮水，啃吃青草，哞哞咩咩，犹似合唱。一匹白马，远道而来，时走时停，神秘莫测，几疑是唐僧去西天取经遗留在此的。我们给俊巴村赠送了一面锦旗，上书"雪域桃花源”，恰到好处，毫不夸张。

在小桥的另一边，村民巴珠正在小溪边手工操作褪鹿皮毛，皮浸在石灰水中，再在木器上绷紧，用状似刀具的木片轻轻一刮，便毛脱皮存，放在一边晾晒，干后可做皮凳、吉韧、皮包等，美观大方，结实耐用。

老李买了一个鹿皮小包，装照相机用，花了12元，别具一格，惹人钟爱。这种皮张在拉萨5角钱一张，去毛做成物品，可卖30元左右，本小利大。俊巴人还是很有经济头脑的，他们的市场观念正在加强。

村长索朗说：“我们村这两年搞百亩林建设，全栽的柳树和白杨，现已成林。”索朗指着远方的大山继续说：“这一带过去有兔、狼、豹、羚羊、野马、鹿、野牛、獐子、山羊、野猫、熊等野生动物。现在，这些动物大都与我们人类不辞而别了，只有兔子、山羊、狐狸、獐子了。气候在变化，环境在变化，生态也在变化，加上人类大量捕杀野生动物，使它们大都绝迹了。”

穿过林卡，进入俊巴村，一栋栋崭新的藏式房在阳光下闪烁，屋墙是一色的黄中夹白，墙上有一些不太规则的花纹，门上用红白颜料画着月亮，形如弯镰，月亮上边画着圆圆的太阳，屋脊上挂着五颜六色的经幡，在风中哗啦啦飘扬，像在鼓掌欢迎我们。

走进一户老百姓家里，我问一位50多岁的长者：“你们这个村无电无桥无公路，夜生活怎么过？”

“我们村有两家买了发动机、电视机，夜里大都去他们家看电视录像。”

“看录像收费吗？”

“收费，一人5角，可以看两部故事片，有时不收费。”

“收费很低呢。”

“有的人不看录像就打麻将、玩扑克。”

“玩这些搞不搞赌博？”

“不赌博，上边三令五申，不准搞赌博。”

村长索朗说：“我们村的人从来不搞赌博，包括藏族喜欢玩的吉韧等，都不赌。我们村还有一个特点，就是没有打人骂人的现象。”

我说：“过去有吗？”

索朗说：“过去有，我们一旦发现，就把他们分别关在两间屋子里，让他们做自我检查，直到认错为止，严重的处以30元以上罚款。”

俊巴村也没有离婚的现象，结了婚的人都能白头偕老，和睦相处，性关系不紊乱，一夫一妻，团结友爱，敬奉老人，哺育儿女……

走出俊巴村，一股清风徐徐吹来，让人精神焕发，我似乎吸到了一种从未有过的新鲜空气，特别清爽、舒心和愉悦！

风和日丽

这是一个风和日丽的上午。

我们兴高采烈地走进西藏唯一的渔村——曲水县俊巴村，来到桑珠次仁家，就像走进城市的某个娱乐场所似的。

桑珠次仁家的房屋是一色的冬暖夏凉的崭新的藏式平房，柱头、门、墙上绘着彩色壁画，多为花草虫鸟，笔触清秀华丽，构图简洁大方，线条柔美多姿，我们都说画得好，桑珠次仁说这是他的大儿子画的，我问他从哪里学到这么好的技艺，他说儿子只有小学文化程度，是自学的。我们赞叹不已。

在桑珠次仁的小院里，除了盆花异草散发奇香外，就是八九成新的台球，洁净而标准。两台彩色电视机，29英寸，长虹牌，放在室外走廊的一角，旁边有台小型发电机。阳光下，太阳灶正烧着开水。自行车放在压力水井旁边，手扶拖拉机停靠在小院门口。屋檐下吊着干牛肉和具有高原渔村特色的干鱼。

桑珠次仁和他的爱人拉巴正在织机上编织卡垫。二十多岁的儿子土登群佩正在用柔软的羚羊皮制作一种叫“卡赛”的藏族用的娱乐工具，有红色的，有黑色的，还有黄色的，随访的几位藏族女士和先生，分别定做了好几个，5 元一个，价廉物美。

桑珠次仁 65 岁了，看上去并不显老，脸色红润，眼睛有神，穿着工布江达一带的服装，蓄着英雄发，小胡子黑黑的，胸前挂着护身符，护身符是用一根红毛绳穿着黑色的有花纹的透明球体，球体里有彩色的佛像，别致美观，庄严肃穆。他家里有 20 床藏被、28 床藏毛毯、50 床卡垫、4 台收录机、1 台电动磨面机、5 台柴油发电机、1 只牛皮船、6 个大立柜、5 个茶几、18 个坐垫，还有项链、珍珠、水晶石制品……屋顶挂着汽灯、电灯，藏桌上放着蜡烛，是一个藏汉结合的既传统又现代的典型家庭，在西藏农村算是比较富裕的了。

桑珠次仁不是很健谈，但话却句句中肯，他说："你们别看我家现在比和平解放前的三大领主还摆设得好，但我过去可是个穷光蛋呀！有个电影叫《农奴》，农奴主把农奴强巴拴在马尾上拖着跑。我过去的遭遇就跟强巴一模一样，也被领主拴在马尾上拖过，拖得我浑身是血。过去我们农奴打鱼要缴税，为了多挣钱，就利用晚上偷偷打鱼，吃不饱是常有的事情。"

此刻，桑珠次仁有些哽咽，使劲儿地抽着"红梅"香烟。过了一会儿，他又说："现在我们的生活如何，你们都看到了。我敢说我们的生活比过去农奴主还强，农奴主过去有电视机吗？有发电机吗？有收录机吗？有太阳灶吗？"桑珠次仁说这话的时候很自豪，很激动，眼里放射出灿烂的光芒。

桑珠次仁陪同我们参观了他家的粮食仓库，两间屋子里囤满了青稞、小麦、土豆、豌豆等粮食，他说："要是 4 年不收一粒粮食，我一家 6 口人不会挨饿。要是 15 年不买布匹，我家里不会缺穿的。"桑珠次仁倒有点"深挖洞，广积粮"的备荒意识呢！

俊巴村是一个不通公路不通电的山村，桑珠次仁家里却有两台电视机，他家是用柴油机发电供俊巴村的老百姓看电视录像的，成本相当昂贵，看一部电视录像片，几乎没有什么利润。为减轻老百姓过河去磨糌粑往返费时费工之苦，他家在河边建起了磨面房，为群众磨糌粑磨面粉办了一件大好事。

作为渔村的一员，桑珠次仁家已经有 5 年时间没有下河打鱼了，问其原因，他说："一是搞农副业既安全又赚钱，二是打鱼毕竟还是杀生，过去为了生计迫不得已下河打鱼，现在过得去了，就不去杀生了。"

告别桑珠次仁，他家那条可爱的小黄狗扑到我的身上，摇头摆尾，格外亲热。一只老母鸡带着它的几只小鸡在匆匆忙忙地觅食，老母鸡在阳光下用脚爪在泥土里扒起一串尘烟，小鸡从土里找出蚯蚓，争相抢食，互相追逐。突然，从小院的大门上飞出一只母鸡来，站在院坝里，引颈高叫："个大个大……""个多个多……"它在小院大门上的鸡窝里生了蛋，正向主人报喜呢。

这座高原农家小院，充满了无尽的祥和与欢乐，在新的世纪里，它一定会焕发出更美的青春……

繁花似锦

我们兴致勃勃地来到俊巴村小学，校内校外绿树成荫，微风和煦，树叶沙沙，就像欢迎我们的掌声。明亮整洁的教室外边，有花园和花盆，花团锦簇，繁花正艳。花园不大，只有 20 多平方米。花园边有一口压力水井，学生们每天浇一次花。花园里长满了菊花、海棠花、吊金钟、仙人掌、芍药花等。这些花开得青春蓬勃，我们置身花海，精神倍增，心旷神怡。

学校的篮球场外边，绕墙栽满了白杨和柳树，正好 100 株，株株吐翠，棵棵含青，树龄不长，高有丈余，枝繁叶茂，蓬勃向上。篮球场上，三五成群的戴红领巾的少年儿童正在打篮球、踢足球，一个个活像小老虎，红通通的脸蛋，干干净净的衣服，天真烂漫，无忧无虑。

这所花园式的学校，给师生创造了良好的教学环境，年轻的教师边巴次仁和格桑告诉我们，他俩都不是俊巴村人，都是从曲水县来的。学校有1~5年级5个班54名学生，开设有藏文、汉文、数学、自然、地理、唱歌、体育、美术等课程。

我问："俊巴村有没有未入学的孩子？"

边巴次仁说："没有。"

我说："要是这样，这个村学龄儿童入学率就是100%了。"

格桑说："没有，还有一位聋哑孩子没有上学。"格桑顿了顿，又补充说："我们学校学生的巩固率是100%，学生比较稳定，没有退学的现象。"

我问："为什么巩固率这么高？"

边巴次仁说："我们的乡规民约规定，适龄儿童不上学，罚家长的款；上了学，但又中途退学，也要罚款。作为强制性的政策定下来，久而久之，适龄儿童坚持读完小学，接受六年义务教育，也就成为一种习惯了。"

我们登山瞭望，俊巴村80多户人家都修了新房子，但最引人注目的还是学校，学校比民房修得更大，显得更新一些。西藏近几年流行这么一种说法，不管是农区，还是牧区，哪里的房子最好，哪里就必然是学校。俊巴村也不例外，学校就像花园一样美丽。这所学校是1993年国家投资6400元、群众集资8400元修建起来的，群众献工献料、开山劈石未计算在内。

现在，俊巴村小学有校舍、运动场、校门、围墙、厕所和课桌凳。有升国旗设施，每到星期一早晨上课前，就举行升国旗仪式，唱国歌，对学生进行爱国主义教育。学校配备了数学、自然课教具和挂图。篮球场、乒乓球台、单杠、双杠、跳高架、篮球、足球、跳绳等体育用品和器材齐全。村里自己发电，晚上给学生和老百姓放有积极意义的电影电视录像，进行爱国主义教育和维护祖国统一、加强民族团结的教育，村民和学生反映很好，丰富了他们的业余文化生活。

在操场上，我问一位十来岁的学生："读几年级了？"

"四年级。"

"愿意读书吗？"

"愿意。"

"你读了书，长大干什么？"

"长大当'公安局'。"

"为什么要当'公安局'？"

"打坏人，让所有的人都平平安安。"

学校教室里传来洪亮整齐的歌声，是《新白娘子传奇》的主题歌。我走进教室，老李正在给孩子们拍照，孩子们一个个水灵灵的大眼睛看着相机镜头，唱得认真专注，红扑扑的脸蛋天真可爱，像一朵朵盛开的鲜花。这些鲜花面对时间和空间，面对宇宙和未来，开得鲜艳，开得旺盛，开得红火，开得骄傲和自豪……

啊，繁花似锦！

渔村婚俗

俊巴是西藏唯一的渔村，保存着藏族许多古老的传统习俗，婚姻就是其中之一。

这个小山村80对夫妇中，70%以上有生育能力，他们以渔业为主，兼搞鞣皮、制作等副业。

这个村村民居住比较集中，婚恋自由，但也有一些与众不同的地方。

在西藏，逢年过节或逛林卡是青年们谈情说爱的好时机，但在俊巴村，男女青年却不能相聚。比如逛林卡，男性围成一圈，吃喝玩乐，吹拉弹唱，各自尽兴；而女性则在另一边团团围坐，又说又笑，唱歌跳舞，或做游戏，或互相追逐嬉闹，特别火热。这种男女分开游玩的方式，恐怕很罕见了吧。

俊巴村男女订下婚约，双方家庭要举行订婚仪式，女方先到男方家，男方再到女方家。订婚后可互相来往，姑娘到男方家里，帮男方的母亲做一些家务。农忙时男的到女方家帮助干一些繁重的农活。男女不单独相处，主要是帮助两家干活。

婚约一旦订下来，男方和女方两家就得商议为他们修新房子，男方家出资修一间半，女方家出资修一间半，共修三间。新房修好后，男女两家要各给一张藏柜、一张桌子，其他东西就看各家的富裕程度，富裕的家庭给得多，穷一些的家庭给得少，给多给少双方家庭都不会计较。

俊巴村的婚姻还有一个奇特之处，就是女方出嫁之前，家庭财产要和兄弟姊妹平均分配，属于自己的那份，结婚时全部带走。

结婚用的一切东西准备妥当之后，择吉日举行婚礼。按照藏族的风俗习惯和婚礼程序进行完毕，新郎新娘便住进新房，开始自己的蜜月生活。

在俊巴村，女人可以嫁到男人家，男人也可以嫁到女人家，不管是女嫁男还是男嫁女，社会地位都是一样的。在村里，我正好遇到一位嫁到山南地区的俊巴男子，他叫洛桑，他所嫁的地方离俊巴村 60 多公里，他说他是回家探望父母的。和婚前一样，他下河打鱼，鞣羊皮，外出经商，挣的钱大都留给自己，一部分孝敬父母。

我问洛桑："回俊巴多久了？"

"20 多天。"

"打算什么时候回去？"

"再过 3 个月。"

"这么长的时间，应该把妻子带来。"

"我们已经有一个两岁多的儿子，拖累大，她也不愿到俊巴来。"

"你想她吗？"

"想她，也想儿子。不过，这里容易挣钱，挣到钱我们会过得更好。"

看来，二十岁刚出头的洛桑，还蛮有经济头脑呢。

俊巴村结婚夫妇家庭关系都稳固，从来没有离婚的现象。这是中国之一奇。对此，我们访问了村长索朗。

索朗说："我们俊巴人有'六不'，一不打人，二不骂人，三不说谎，四不偷盗，五不赌博，六不婚外恋。人人都是平等的，谁也不欺负谁，夫妻还离什么婚呢？"

村长的话言简意赅，正中要的。在世风混杂的时代，能有如此纯洁的村民村风，实在不容易。

我们走村串户，家家都是一派和平宁馨的气氛，尊老爱幼，家庭和睦，夫妻相敬如宾，的确少见。

我问村长索朗："儿女结婚都搬出父母家，父母老了谁来料理他们的生活？"

索朗说："父母生活不能自理时，就跟着一个儿女住，其他的儿女奉送一些钱物，共同赡养老人。"索朗还说："我们提倡计划生育，但多生也不受罚，现在的年轻人，不像五六十年代的人，以多生为荣。他们一般只生一两个孩子，不愿多生。"

俊巴，这个古老的文明山村，给我们留下了许多羡慕、崇敬和思考……

渔村品鱼

到曲水县俊巴村，不吃鱼那将是一件憾事。

我们到俊巴村的第二天，便吃上了两餐香喷喷的鱼。

渔民从拉萨河打来的鱼有大半篓，里边有

胡子鱼、白鱼、大嘴巴鱼、薄皮鱼、卡瓦鱼、白嘴鱼等，据渔民讲，还有金鱼。除这些鱼外，令人吃惊的是，还有一条鲜红鲜红的鲤鱼，长约八九寸，重约一公斤。在拉萨河的历史上，没有红鲤鱼的记载，为什么现在会出现红鲤鱼呢？

原来，改革开放以来，拉萨劳动人民文化宫水潭和布达拉宫北侧龙王潭管理部门从内地引进了大批红鲤鱼，两潭均外接通往拉萨河的水渠，一到夏秋雨季涨水，红鲤鱼便随水外游，游进拉萨河，在拉萨河里生息繁衍，为拉萨河鱼类增加了一个新品种。

俊巴村后边有一个小湖，小湖里有许多红鲤鱼，全是渔民从拉萨河打来放进去的。我建议把刚打来的这条红鲤鱼也放进湖去，可惜它命短，起初两鳃还在张弛，接着就死去了。

小苏为我们做好了红烧鱼，村长和我们共进鱼餐，大家你一筷我一勺吃得好香好香，都夸小苏手艺高强。胡子鱼细腻嫩滑，白嘴鱼清香可口，白皮鱼刺少肉嫩，红鲤鱼最受青睐，因为它特别显眼，三拨两下便被大家一抢而光。我没有吃红鲤鱼的习惯，不知其味，恐怕在所有鱼中独领风骚格外香吧。

我边吃鱼边问村长索朗："你们这里老百姓吃鱼有几种吃法？"

索朗吐出鱼刺，笑道："我们的吃法可多啦，可以生吃鱼片，还有煎鱼、鱼米、鱼包子、鱼馍、鱼饼、干鱼、鱼糌粑、煮鱼、鱼丸、鱼冻、鱼汤、炒鱼、油炸鱼、烤鱼、红烧鱼……"

我数了一下，共 16 种吃法，有些吃法我还是第一次听到。我问："在旧社会，三大领主和老百姓都不吃鱼，你们打鱼有什么用？"

索朗说："过去我们打鱼要交鱼税，但又不准我们打鱼，那时，西藏政府的政策是矛盾的。老百姓有不杀生这个宗教习惯，不吃鱼，还不吃鸡、鸡蛋等。我们只能悄悄打鱼，向我们买鱼的是三大领主，他们向老百姓讲不吃鱼，但他们却悄悄在我们这里买鱼吃。"

我说："我在你们村子不少家门口发现，门上挂着破开的风干鱼，这些鱼是卖还是留着自己吃？"

索朗说："风干鱼一般都是自己吃，不卖，也无人买。风干鱼可油炸吃，也可以蘸上佐料吃，吃起来可香啦！"

我说："你们渔村的人都吃鱼吗？"

索朗说："除了次旦以外，大家都吃鱼。"

我说："他为什么不吃鱼？"

索朗说："他吃了鱼就不舒服。"

我在耕播的地里找到了次旦，他 28 岁，大胡子，黑脸膛，高个子，很精干。他和他妻子在一起播种。我们开始对话——

"你叫次旦？"

"是的。"

"听说俊巴村只有你不吃鱼。"

"对，我一吃鱼，腰就痛，头也痛，还恶心。"

"你下河打鱼和杀鱼吗？"

"我打鱼，也杀鱼，但在杀鱼的时候，心里很不舒服。"

"其他东西你能吃吗？"

"都能吃，但不喝青稞酒，一喝就腰疼头痛。"

次旦看上去很健康，他不吃鱼不喝青稞酒之谜，只有留给医学家去考察了。

阳光下

我们跨进俊巴村边巴家的小院，见一位中年妇女身穿藏装，蹲在牛栏旁边，将牛粪做成粪饼，往墙上贴，牛粪饼粘在墙上，一直到晒干了也不会脱落，什么时候家里需要用它烧火做饭打茶，便取一两块回来，放入火炉，燃得可欢啦，冬天还可用它来取暖。

做牛粪饼的中年妇女朝我们笑笑，算作是打招呼吧，继续干自己的活儿，牛栏里的那一堆牛粪，要做两百多个粪饼。我问她这牛粪饼卖不卖，她说："要卖，晾干以后两角一个，这堆牛粪饼可以卖40元左右，40元可以买四五斤酥油呢！"她蛮有经济头脑的，很会算账。

小院主人边巴正在屋门口院坝里鞣羊皮子，院内阳光灿烂，无风无沙，静得出奇，边巴的穿戴特别引人注目：红色的帽子，红色的衣服，红色的裤子，加上紫红色的脸膛，真算得上是一个大"红人儿"了。

边巴见我们来了，立刻放下手中鞣羊皮的活儿，站起来，招呼我们进屋坐。

我们没有进屋，站在院子里的阳光下，说了一些我们想知道的事情。

我问边巴："这是什么皮？"

边巴说："羚羊皮。"

"用这羚羊皮来做什么东西？"

"做藏族喜欢玩的一种叫'卡赛'的皮质物品，也做皮包等。"

边巴走进屋去，拿出一个红色的"卡赛"，"你看，就是做这个，五元一个，在拉萨销路很好。"

我们随边巴走进屋去，只见屋子的正面墙上挂着毛泽东、邓小平、江泽民等领袖人物的彩色画像，屋子虽然矮小，但彩色画像却干干净净，色泽鲜艳，说明这家主人很爱戴领袖。靠墙的藏凳上，一层层一叠叠放着藏被、藏毯，直达房脊，看上去不下百床，我有些疑惑不解，问边巴："你家里这么多藏被藏毯，是用来自家人盖，还是拿出去卖？"

边巴说："一部分自己盖，但更多的是拿出去卖。"

同来的小宋说："这藏毯是你自己织的？"

边巴说："是。"

小宋说："藏毯多少钱一床？"

小宋一边问，一边拉开藏毯看，成色颇佳，质地尚好，做工精细，花纹古朴大方，很有藏区特色。

边巴说："一床120元。"

小宋说："我买两床。"

我问小宋要这么多干吗，她说拿回去缝在一起当地毯用，结实得很呢。用藏毯做地毯，当然好极了，肯定经久耐用。

我们同来的几位藏族同志分别买了边巴做的几个"卡赛"，走出屋去，将"卡赛"当凳子坐，太阳下，"卡赛"坐着很柔和，他们一个个乐呵呵的，开心极了。

边巴打着赤脚跟着我们走出屋子，端来木凳让我们坐。我问他织这么多藏被藏毯，什么时候到外边去卖？他说："我们织多了，就用牛皮船拉过河，再找拖拉机拉到拉萨、山南、日喀则去卖。"我说："卖得起价吗？"边巴说："当然卖得起价，我光这一项年收入就在3万元以上，加上其他的副业收入，纯利润大约有5万元。"边巴说他家有自己的牛皮船、自行车、收录机等。他们农闲打鱼，农忙种庄稼。男人下河，女人织藏被、藏毯、卡垫，搓羊毛等。我问："你们村子有没有女人下河打鱼的？"他说："'文化大革命'前女人是不下河打鱼的，到了'文化大革命'，破除四旧，女人也跟男人一样，下河打鱼。现在的女人又不下河打鱼了。"我说："什么原因？"边巴说："这是从古至今沿袭下来的一个规矩，我也不知道是什么原因。"他爽朗地笑了。边巴一笑，眼角就出现了深深的皱纹，说明他已人到中年了。

边巴又回到他鞣皮的地方，继续工作，我说："边巴，你打着赤脚鞣羊皮，不觉得冷吗？"边巴说："穿着靴子到水里鞣羊皮不利索，打着赤脚方便些。"我回过身来问身边的村长索朗："像边巴这样的家庭，在你们村子里算不算得上富裕户？"索朗说："他们家不算富裕户，只能算个中等水平。"我说："你们俊巴村最穷的人家，穷到什么程度？"索朗说："最穷的一个五保户，有三床被子，不缺口粮，他家只是房子旧了，需要翻修。"

俊巴村老百姓的生活水平还是比较高的，

他们的日子还算过得殷实。我们为边巴一家，为俊巴人民感到高兴，希望他们继续勤劳致富，更上一层楼。

天外飞来的寺庙

俊巴村既不通公路，又不通桥，更不通电，几乎与世隔绝。我们是乘坐牛皮船来到这个山村的。

一到这里，我们就去参观俊巴寺。俊巴寺建在俊巴村后的山脊上，山路很陡，山中不长青草，石缝里偶尔可以看到一簇簇灰黄色的刺丛，老百姓在铁青的石头上贴着牛粪饼，晒干后当柴烧。我们爬了四五百米陡坡，喘着粗气，边走边歇，终于爬上了山脊，走进了寺庙。

俊巴寺不是很大，建筑面积只有300多平方米，有正殿和偏房，偏房是喇嘛住的地方。站在寺前眺望，俊巴村尽收眼底，不规则的藏式平房全是新的，房上经幡猎猎，七八个林卡绿油油地分布在这个小平原上，给俊巴村增添了绿色的生机和活力，西北边的拉萨河缓缓流过，像绿色的绸带飘向雅鲁藏布江，拉萨河对岸的公路上，大大小小各式各样的汽车来往穿梭，风驰电掣，匆匆忙忙。

我们走进俊巴寺的正殿，首先映入眼帘的是一座彩色泥塑像，村民介绍说，这座泥塑塑造的是佛国印度高僧坚参•索朗加措的像，泥塑像上挂着洁白的哈达，佛像面容慈祥和善，有祥光普照大地之威势。

信教的人不杀生、不捕鱼，但是，俊巴村村民却世世代代捕杀河鱼，真可谓“罪孽深重”，为了拯救俊巴人民跳出苦海一生平安，于是佛国印度上苍便派佛派寺，一同从天国飞来俊巴山上，念经祈福，保佑村民。因此，便有了“俊巴寺是从天国飞来的”这个传说。

还有一种说法，俊巴寺是当地人修建的，寺里的高僧坚参•索朗加措是从天外佛国印度飞来的。坚参•索朗加措圆寂后，又飞来过一位高僧保佑俊巴人，为俊巴人赎打鱼杀生之“罪”。

不管是飞来的寺庙，还是飞来的喇嘛，宗旨都是保护俊巴人民。

在彩色的泥塑旁边，挂着十余幅唐卡画，墙上有一幅别致的壁画，画着人头鱼身，活灵活现，人的面容神采飞扬，安详平静，似在沉思，又像在召唤什么，渴求什么。

正殿中央有两根柱子，左边柱上陈列着一支枪，两米多长，枪上有两个羊角似的铁尖，铁尖上系着牦牛尾巴。右边柱上挂着剑戟，这只是装饰，别无他意。正殿内藏有经书16部，还挂有布达拉宫彩像，栩栩如生。

俊巴寺有一名喇嘛，叫巴桑，26岁，他是从曲水县强久寺来的。他生活上所需的酥油、糌粑、肉食、面粉等，都是俊巴人施舍的，村里每月给巴桑发工资90元。我在俊巴寺没有见到巴桑喇嘛，他正在一位村民家里为患病的老人做佛事活动，锣鼓齐鸣，我们远远地在寺庙里还可以隐隐听见。

俊巴寺是1983年由俊巴村的老百姓集资重新修建起来的。这座寺庙在“文化大革命”中被毁坏。现在看上去，还比较新。寺外一高耸的木杆上挂满了经幡，在山风的吹拂下哗啦啦直响。

和我们同来的青华和达珍，她俩登上了更高更陡峭的山峰，在那上边，发现山岩都像石佛，有鼻有眼，盘腿打坐，有的似在沉睡，有的像在念经。相传普度众生、心地善良的喇嘛和高僧在这一带为了保护俊巴渔民，与鱼神进行了殊死的搏斗，终于战胜了鱼神，但自己也耗尽心力，躺在山上，化作石佛，继续保护老百姓。

我后来向巴桑喇嘛问及此事，他说：“我们西藏的每一座山每一条河几乎都有一个故事，信其无不如信其有。”看来，巴桑喇嘛对此事似乎是默认了。

走出俊巴寺，平原山岭，山川林卡，一览无余，我们的心情格外舒畅坦然。

老屋·老人·老树

◎王剑冰

我们住的房子后边，有一处老旧的小屋，几乎每天放学去后边玩都要经过这座老屋，老屋碍了道路，到这里总要拐过房子方能继续前行，因也就在拐过去后总忍不住回头望望小屋的门、门里小屋的设施、使用这些设施的小屋的主人。

主人很是平常——两个腰板儿都弯了的老人。老人没儿没女，也没有"小儿绕膝"的快乐。我几乎没见过两位老人笑过，总是两眼木木地直视着，毫无表情地对待我们的好奇。有大人说，这是一家五保户，一切都由队上照顾。而队里是照顾不了什么的，老两口有一门独特的手艺：打麻绳。

天气好的时候，就见老屋前摆上一套木制的"机器"，一缕缕的麻被扯得直直的，老妇在中间忙来忙去，舒展不顺的地方，老头儿摇动着"机器"，将碎麻一点点"拧"成指头样粗细的绳子。

这活儿看起来很好玩，路过的时候，我们总要去帮助摇几下"机器"，但不是摇快了就是摇慢了，就被老头儿要过去。在这么玩的时候，总有小伙伴趁老人不注意而偷走一点麻或别的什么。有一天，胖胖竟然神秘地从怀里扯出一个摇把来，说起码能卖五分钱。当时的五分钱可以买一两牛肉或一个五香的兔头。胖胖扯出这铁东西，是我们几个相约带了各自寻找的"废品"到收购站换钱的时候。应该说还就胖胖这铁东西值钱，就在大家兴高采烈之时，我感觉这东西有些眼熟，好像是那个老屋的主人打麻绳的主要工具。一问，果然是，胖胖说话都有些自得。这行吗？我有些犹疑。我说老人找不到摇把一定十分焦急，还是送回去吧。胖胖有些恼火，说要送你送，我是不送。

结果这天应该是最有贡献的胖胖成了无功者。但我们依然将买得的零食分给胖胖一份。往回送的时候，我让大伙跟着壮胆。拐过那个墙角，那架打绳机还在那里工作，两个老人还是无声地操忙。我们都往那"机器"上看，没有了摇把，老头儿正双手扳着让绳子一点点打成股儿。老头儿运作得很不轻松。这时我确实有些愧疚了，因为我是这帮小人儿的头儿啊！老头儿并没有问我们见没见到摇把，按说想也应该想到是我们这些调皮鬼干的。我趁乱将摇把放在了老屋的门后，那门似乎一直都是开着的。

第二天我们再去玩时，老妇人端出了一小筐红枣。这可是我们平日里就馋的红枣啊。枣树就在老屋的窗子跟前，长得又高又弯。枣树长得慢，论年龄怕跟老两口差不多呢，许是老人儿时栽种的也未可知。为了那棵枣树，我们可费了不少心思。每年从青枣泛红的时候起，小馋猫们不是扔石头，就是找根棍子敲，在老人休息或出门的时候。而这样的时候太少了，我们的动作总能惊动老人，被老人直直的目光吓跑。一天胖胖设计了一个"高级工具"，长长的小竹棍上绑一个小钩子，钩子下边是一个很小很小的篮子。跟着胖胖去试，还真好使，一个一个的红了半边的枣儿在钩子的扯动下，都掉进了小篮子里。几个人先分着尝，好脆甜呀，真让人过瘾。于是胖儿就再去，我们全都缩手缩脚地跟在后边，以体现集体"力量"。谁想就在大家把精力集中在那个颤颤抖抖的竹竿上时，一只手将那竿子硬硬地给收走了。正是那个老头儿。他是何时开的门呢，连声音都未听到。发声喊全跑了，毕竟做贼心虚。

想着老头儿会告家长，一告家长准挨吵。多少天过去，竟没什么动静，这不，还给端出一筐红枣来。小人儿们乐得吃开了。

老师出了个作文题目，叫《我做了一件好事》，做什么好事呀？想了半天，约上伙伴们去帮两位五保老人干活吧，抬水、扫地、晒麻，老人这回一人给了一根细长的麻绳，说让家里大人用。那麻绳打得又紧又柔，显现出两位老人的好功夫。这可能是老人最好的礼物了，而我们只是为了一篇作文。

在那个时候，会打麻绳应该是一项不错的收入了，足以贴补两位老人的生活，可老人端着的碗里，仍然稀汤寡水，很少见荤味儿。

忽而有那么一天，胖胖跑来说那个老妇人死了。胖胖的父母同老人在一个生产队。

记得是一个下午，太阳将落的时候，下了学约好了，我们一同跑去平日打麻绳的地方，两条长凳上架了一口尚未油漆的棺木。棺木很简陋，不属于上等木材做成，倒像是几块薄板拼起来的。棺木没盖盖子，老头儿和一个人正在那里忙着，我们围上去看。这是我第一次看见躺在棺材里的死人。老妇人此时瘦小得像个孩子，脸色像蜡纸一样，但很安详，如果不是躺在这特殊的地方，不是脸色蜡黄，说睡着了也有人信。

老头儿仍然是木木地，毫无表情地忙着，他在往老妇人的头两边塞一些发黄的草纸之类，又特意地放了些红枣和核桃。我们只是不声不响地看着。老头儿没有撵我们走。我闻到了一股浓浓的酒精味。不知是哪里发出来的，我想是老头洒在棺材四周的，胖胖说或许是老妇人身上的味道。人死了都那个味道吗？

晚上我们都睡不着觉。吓的，多少天都是。真后悔看了不该看的一幕。可当时不知为什么没有害怕。

后来再经过那间老屋，院子里再也不见打麻绳的“机器”。老头儿一个人坐在门口，木木地看着前方。他没有吸烟喝酒的嗜好，他手里拿着个烟袋，也许会好些。我们跟他年龄相差太远了，不知如何走到他心里去。

再后来的事情还说吗?再后来是那年下了一场连阴雨。那雨下得威猛，不停地打雷打闪，我们的房子漏得不成样子，地上、床上接了好多盆盆罐罐。城外发了大水，好多人到城里来避难，有人住在我们学校的门洞里。而那雨还是没有停歇的意思。

中午听到的消息，跑去看时，那座老屋已经完全坍塌了，垒墙的土坯被水浸湿了，几乎看不到什么物件露在外边，就好像多年堆在那里的一堆废土。

老人是在雨中被人挖出后草草埋葬的，我至今不知老人姓什么，他身上有什么故事。

只是苦了那棵枣树，从此再也没结出过甜脆的枣子，不知是长出来就被人打光了，还是就没有长出来。农村有一种说法，说树不长枣了就是长“疯”了，那么，也许这树是“疯”了。

拈笔泼墨，文字留香

◎李艳波

浅夏，如水的轻风，吹皱了水波的宁静，荡起阵阵旖旎。轻拂的柳絮，是飘动的精灵，墨染了北国的水墨丹青。沁心入肺，凝眉醉眼，在文字的王国里，我一直默默地行走，铺笺为纸，捻字为香，绕指轻点泼洒浓浓的墨香。

不知道从什么时候起，恋上了文字，轻轻触摸着那些没有温度的文字，嗅着在字里行间散发着馨香的文字，总能让烦躁的心得以释怀，得以感动。

夜深人静时，放一首悠扬的音乐，泡一杯香茗，执一支素笔，在一轮明月清辉的映照下，穿行在文字的世界里。品鉴着文字的甘美，文字的纯净，文字的儒雅，一颗心变得透明清澈。喜欢在文字里寻找这样的意境，柔柔的，清清的，淡淡的，美美的，行走在文字的世界里，漂浮在文字那一方纯净的天空上，感悟生命的厚重。

文字是有灵魂的，从古至今，你迈着豪迈的步伐，用醉人的清香把最美的记忆碰撞。你用特有的方式，把最唯美的画面镌刻在经年的卷轴上，给岁月留下一段段清新婉约的馨香。

一袭文字，浸染了尘世情怀；一笔清香，留下了几许难舍的情愫。每一个字符静默着心灵的沉淀，与你婀娜娉婷的姿态一同起舞，回归到曾经古老的时光，召唤历史深处浓郁的情结。

我乘一叶小舟，轻挑竹篙，与你一起穿过历史的石阶，我仿佛看到甲骨文上你隐约的身影；看到了秦始皇焚书时流下的清泪；品读着刘邦《大风歌》中威武平定天下，荣归故乡；与你牵手行走在牧童遥指杏花村的悠悠古道上；飞过大清的屋檐，在黛玉的闺房前停留，在黛玉才华横溢、清幽哀怨的笔下“魂消香断有谁怜”。

在文字中，从古至今载入了多少浪漫的人间真爱，我穿过烟雾的古道，循着枫红的往事，穿过历史厚重的门窗，看到大唐的歌舞升平，走过宋朝的亭台楼阁，停留在明代的红砖黛瓦上，寻一段历史的背影。

透过文字的门楣，历史优美的画卷上，你淡雅的幽香，满怀的热情，深含哲理的诗句，给岁月留下一段段馨香。

古巷的路口，青石板上的印记，带走了多少无言的记忆。我恋上了文字，与文字一起走过了姹紫嫣红的春，多情似水的夏，硕果累累的秋，风雪飘零的冬。我与文字共同取暖。因为喜欢文字，我不再寂寞孤苦；因为喜欢文字，只要有一些闲暇，就遨游在文字凄美的世界里，给精神一些依偎，让心灵回归宁静，在文字中，忘我忘忧，忘了自己身在何处，纤纤素指把经年婉约成曼妙的诗章。

一直以来我没有停下书写文字的笔，把满怀的情感泼洒浓浓的墨香，优雅的旋律，浓情绵长，泼墨幽芳。大学里发表的诗歌获奖时，那份喜悦，那份兴奋，至今还记忆犹新。伴随着文字一路走来，留下无数的欢歌笑语，任激情的岁月在文字的墨染下飞扬飘逸。

在文字的召唤下，触动内心的灵感。在文字的渲染下，把深埋内心的情愫与寂寥跃然在纸上。在文字的感悟下，原本忧伤的我变得快乐。在我高兴时，迷茫时，落寞时，喜欢用文字取暖，看着那隽秀的清字，融进字里行间的灵动，徜徉在文字的海洋里享受文字带给我的安逸与祥和。

如若可以，我愿在文字里修一段梦想的篱，喜欢文字中浅淡的墨香，独自行走在温润的文字中，一缕阳光照射我的绿萝衣襟，飘飘洒洒，流泻一抹心灵的清香。捧一颗似水的心，借一缕清风的明媚，梦想在眉宇间写满心事。在柔和的月光中欣然起舞，在多情的眷恋里欣然陶醉。

一段文字，写满浓浓的爱恋；一段光阴，在岁月的河流里淡淡留痕；一缕花香，让流年的风景香满盈怀。

总是喜欢端坐在桌角，去赴一场文字的盛宴，去品一段文字里的嫣然，是文字的妖娆，还是文字里下了爱情的蛊，让我如此迷恋。我是你忠实的信徒，在一段山水里念经，在一阕清词里坐禅，在一段文字里闭关。在这暖暖的夏日午后，我的文字里充满了阳光和雨露。那么清淡，那么怡人，坐拥着四季的美丽，我在一首诗里停留，让漂泊的灵魂找到归处，缕缕馨香，片片深情，都在这醉人的午后里，脸上溢满幸福的模样。

近年来，没有想过自己会行走在网络里，也因文字结识这么多有才华的文友，品读着那些隽秀的文字，一份馨香跃上心头，赶走了压在心底的烦恼，拂去了工作的疲惫。

文字是流淌在心底最真实的情感，遥望一片蓝天，采撷一抹绿意，荡涤在文字的海洋里，醉了心，润了肺，在文字中陶冶情操，在文字中渲染自己，我与文字心有灵犀，今生你是我的知己，闲看云卷云舒，庭前花开花落，多少年后，我的文字还有谁会喜欢，能有几人读懂？

今夜，窗外月色如钩，我拈笔泼墨，用最美的文字把这段情感写在经年上，让岁月留下馨香。

鹤的守望者

◎秦 勇

郭 丽／摄影

《一个真实的故事》这首歌，是著名作曲家解承强为怀念徐秀娟烈士而谱写的，这首歌一时红遍了大江南北。每当我听到这首歌，就会想起家乡的四叔和他爱鹤、护鹤、救鹤的故事。

我的家乡龙安桥镇小河东村，位于乌裕尔河东岸，是一个有近三百年历史的老村。村子南侧是一片茫茫无际的大草原，南泡子像一颗耀眼的明珠镶嵌在草原的中间。南泡子约有两垧地大小，周围长满了芦苇、蒲草、三楞草等野草，泡子里荷花、芙蓉等水生植物郁郁葱葱。这里是丹顶鹤、大雁、野鸭等珍贵鸟禽栖息、繁衍的乐园。泡子南侧的水边常有丹顶鹤出现，它们踱着方步来回走动，姿态优雅，丹顶鹤之所以被称为仙鹤，除了六七十年的寿命外，那优雅的步伐、美丽的舞姿也应该是重要的原因。它们一个个挺胸昂首，回眸流盼，一会儿引颈高歌，一会儿展翅飞翔，在淙淙浪花的伴奏下，它们在跳着欢快的芭蕾，从远处看，这里简直就是一处人间仙境。

记得一年秋天，四叔在南泡子周围打草，突然发现一只丹顶鹤趴在自己的草趟子上，一靠近，它就挣扎着要飞，却飞不起来，原来它的腿部受了伤。四叔把它抱回家，从自家的衣柜里找一块布给它包扎上，找来几片消炎药，撬开它的嘴硬让它吃下去，端来一大盆水，让它在里边玩，又拿了几条小鱼放在水盆里。它可能是饿了，一口气把小鱼都吃掉了。过了一会儿它有了精神，在院子里开始散步了。第二天早起这只鹤就失踪了，怎么找也没有找到。四叔说：“可能是药管事了，伤好了，它飞了，去找自己的伙伴去了。”

四叔是村里的老鱼把头，村里人都管他叫鱼鹰子。在“大帮轰”那个年代，他常年给生产队打鱼，捕鱼是他一生最爱好的营生。1980年村里实行了“大包干”，他重操旧业又干起了打鱼这个行当，在村子西南乌裕尔河南侧，用垡头子堵了一个鱼晾子，捕鱼卖点钱作生活的补贴。过去在河套打鱼见到丹顶鹤是常事，那些年丹顶鹤也特别多，随时就能见得到，近些年丹顶鹤越来越少了，见到它们是很难的。2005年的一天，从远空飞来两只丹顶鹤，四叔惊喜得不得了，他暗忖这是不是当年我救的那只鹤呢？这两只丹顶鹤就像认识他似的，接连几天在他的晾子上空盘旋，还不停地鸣叫着。原来它们是在选筑巢落脚的地方，它们相中了晾子后边那片芦苇地，这片芦苇长得特别茂盛，比周围的芦苇高出一节，方圆有一千多平方米，中间有足球场大的一块明水，西边100米是乌裕尔河的主河道，往东200米是个大泡子，在这个地方筑巢算是最佳选择了。一连几天都能看到它们在上空飞，四叔严肃地告诫我，不许惊动它们，那个时候我都不敢大声说话，恐怕把它们吓跑了，每天去鱼晾子撑船都绕着走。四叔一直在观察它们，看它们在干什么，他发现两只鹤衔着苇子不停地往一个地方运，猜测它们一定是在筑巢了，等两只丹顶鹤都飞远了，四叔就偷偷地到它起落的地方去看，果真是在筑巢，四叔乐得差点蹦了起来，他怕惊到它们就悄悄地离开了。间隔十多天又去看一次，这次给了他一个大大的惊喜，两枚灰褐色的卵摆放在巢中间。“这下可好了，它们在这个地方繁衍后代，成了我的邻居了。”四叔暗暗下决心一定要保护好它们。

那个年代村里人闲着没事干，时常到河套捡鸟蛋，打鱼的人也很多。四叔每天太阳还没出来就到鱼晾子，打完鱼就看着鹤巢，看有人走近鹤巢就糊弄他们说那边有我下的网，劝人走开。他每天都到鹤巢去看两次，怕一时不注意鹤卵被人给拿走了。有一次，他的亲表弟打鱼发现了，非要把鹤卵拿回家去，四叔硬从他手上夺回来，并对他说：“让鹤把小鹤孵化出来，我要拿回家养，谁也不能拿走。”从此四叔去看的次数更勤了，有一天被鹤发现了，两只鹤在他的头顶叫了几声，看他没动它们的卵也就飞走了。鹤是很有灵性的，它天天恋巢，你看不到它，离巢很远的地方却能见到它在水边觅食嬉戏，它们很“狡猾”，怕人们看到它会到它待的地方去找它的巢，往往要离开巢很远才起飞。有一天早上，太阳还没出来，四叔和往常一样去看它的卵，走到巢跟前，他听到苇塘中有轻微踩水的声音，发现一只丹顶鹤在芦苇中轻轻地往前走，离他很近了还是不飞，等它走到离巢100多米远时才开始飞，四叔明白它是怕起飞后暴露目标，被人发现它的巢。四叔用手轻轻地摸了摸巢中的卵，有点热乎乎的，它们开始抱窝了。两只鹤抱窝从不一起回来，都是轮流抱窝。

四叔看守近一个月时间了，有一天早上到巢前一看，巢上只剩下两个蛋壳了，蛋壳上还挂着一点点没有凝固的血丝，这一定是夜间出壳的。四叔找了一圈，终于在附近的一个小水泡子里看见一只小鹤。水泡子周围的菱秧、荷花、荷叶等密密麻麻，在漂浮的几片荷叶中间这只小鹤见到四叔立刻把头扎在水里，只有两只小脚和毛茸茸的小尾巴露在外边，一动也不动。四叔把船撑到它的旁边，伸手把它从水中捞上来，一拿很费劲儿，等它露出水面才发现，它的那只可爱的小嘴还叼着一根荷茎，它不叼荷茎会被水浮上来，刚出壳就有这种本事，着实让人钦佩。四叔把它抱在怀中，它蹬着腿，扇着娇嫩的小翅膀，用尖尖的小嘴直咬四叔的手。四叔怕时间长了被大鹤发现又把它放了回去。小鹤出壳的那几天，明知道它们就在附近，想见到它们却是很难的，它的父母倒是总能见到，之后四叔又见到过几次小鹤，最后一次在大泡子旁边练飞，那时已是秋季了，它们的羽毛已经长满，很快就要南迁了。

2007年为了提高水位，保证村民种水稻用水，四叔的鱼晾子被村里筑大坝占用了。河套边上也开荒种了水稻。丹顶鹤生活和繁衍后代喜欢了无人烟的地方，由于种水稻，丹顶鹤只能迁居到别的地方生活了。四叔常想如果晾子不被占用，那一家四口肯定会再回来的。第二年只看到丹顶鹤在附近飞过几次，没有在这儿栖身的了，再以后基本上就看不到丹顶鹤了。可四叔每次到河套捕鱼，总是到丹顶鹤筑巢的那个地方去看一看，有时望着天空久久地期盼着……

有一种美，惊艳了时光

◎贾向丽

这世间，有一种相遇，叫一见倾心……

这世间，有一种美丽，叫惊艳绝伦……

看到泸沽湖的第一眼，我便震撼了……如果说，丽江古城是温柔了岁月；那么泸沽湖，便是惊艳了时光！

在幽深遥远的西南高原上，隐藏着这样一方湖泊，一片秘境！远方一泓幽蓝，水天相连；湖面波光粼粼，清澈明净；四面烟雨蒙蒙，如梦似幻……在观景台上初见，我甚至怀疑，怀疑自己的眼睛：我置身何处，我是不小心跌落画中，误入仙境了吗？

我沉醉了……这世间，有些景，只一眼，便已彻心彻底喜欢！

是谁触动了天使的眼泪，穿过俗世凡间，

晶莹了这清幽的桃源？是谁打翻了上帝的花篮，倾泻云霞虹霓，渲染了这静谧的湖畔？是谁乘驾一叶扁舟，在明月如水的霜天，打捞匆匆流逝的华年？

一种静，诗意满怀；一份清，空灵无限；一片朦胧，恍如隔世；一抹醉蓝，早已辨不清天上还是人间。

宋 虹／摄影

泸沽湖，像一个古朴、宁静的睡美人，躺在青山环绕的怀抱之中，又像造物主藏在这里的一块硕大的蓝宝石，一面光彩照人的天镜……

历经长途颠簸和蜿蜒曲折之后，竟能看到这么神秘绝美的风景，这是柳暗花明后的惊喜吧？这是豁然开朗时的欣然吧？或许正因远离喧嚣，才使这里未受污染，成为一片原生态的净湖！

沿着湖畔，静静地行走，“泸沽三岛”形态各异，亭亭玉立，点缀湖中……山色空蒙，碧波万顷，沙鸥翔集，花香四溢……烟雨漂洗下的泸沽湖，宛如一幅清新淡雅的水墨画，温润的色调，幽淡的芳香，如梦如幻……曾经，有多少游人像我一样走过，便醉倒在梦中，再也不愿醒来……

岸边人影浮动，湖心却是画影清波，空蒙的烟雨倾泻在低垂的柳条上，摇曳的波光撩开一湖动人的涟漪……如蓝的湖面，静谧得像我此刻的心，“春水碧于天，画船听雨眠”，抛却所有的喧嚣与繁杂，穿越尘世的沧桑与悲凉，只为了找寻这样一份绝世的清幽……

黄昏时分，夕阳晚照，落霞满天，正是打鱼的好时候。远处，轻舟荡漾，人在画中，那浅蓝、深蓝、幽蓝的湖面，不时变幻着色彩，在粼粼的水波中明艳着……此刻，我也想潋滟入画，倾尽一生的柔情，换来这温婉的时光……

夜晚的湖畔，更加浪漫和迷人！热情的甲搓舞跳起来，摩梭姑娘们的歌声飘起来，泸沽湖的夜沸腾了起来……听，那是阿注深情的呢喃；看，那是阿夏羞涩的甜蜜……爱情，润泽了泸沽湖的生命！

早上的泸沽湖，最为清幽和静谧！远山云雾缭绕，如烟似梦；山光水色，云影徘徊；清风徐徐，鸥鹭翩翩；草海、湖湾、青山、岛屿，在我的视线中渐次清晰……几帆猪槽船在碧波之上悠悠地滑行，白色的海藻花如星子般点缀其中……远方悠扬的歌声似乎也飘来了……这是天籁的绝响？这是湖水如蓝的微笑？这是一片女儿绿在幸福地招摇？无论是黄昏，还是清晨，红衣白裙的摩梭女子都驾着船，唱着怀念母亲的歌，在湖里穿梭自如，她们把一个湖、一片山水装进了歌的摇篮，梦的港湾……因为这是母亲的湖啊！

那神圣的格姆女神山，醉人的里格半岛；那浪漫的走婚桥，神奇的情人树；那幽深的小落水村，美丽的摩梭姑娘；那此起彼伏的民歌，奇特的走婚风俗……无不是一个个优美动人的故事，无不是一曲曲悠扬婉转的歌谣，几分神秘，几分浪漫，几分诗情，几分画意……

泸沽湖将自然景观和人文景观融为一体，形成了她的绝世清幽，她的超凡脱俗，她的深刻厚重，也吸引着越来越多的游客前来探寻这个神秘的世界！

一支瘦笔，无法描绘出这里的绝美风情；不到两天的紧张行程，更是辜负了这方蓬莱仙境……“泸沽湖头花正妍，绿纱河畔水连天，轻舟载得春多少，无数飞红到桨边。”暮春时节，花事奢靡，林花谢了春红，太匆匆……也罢！而我，也该回去了吧……聚也依依，散也依依，几分落寞，几分遗憾……此时，终于明白，所有到泸沽湖的人，说的最多的一句话就是：我们更改归期吧！

或许，缺憾才是最美，才是心中扯不断的挂牵！此生，只愿在某个静谧的时光里，带着爱人，带着梦想，再次与你相约，奔向我心中最美的桃源！不问来路，不问归期，只是赴宴，只是寻觅一场灵魂深处盛大的清欢！

世上没有最美的风景，只有最美的心情！对的时间，对的人，对的心情，就会遇见最惊艳的风景！

不由想起了那些绝世脱俗的女子，她们不就是世间一道道惊艳的风景吗？仅仅是外貌，就太单薄了！才学和品性，使得她们的美，成了一座宝藏，值得一再挖掘！有些女人，初见倾城，再见倾国……任由时光的打磨，岁月的历练，这份惊艳，依然莞尔……沉淀下来的，仍是历久弥新的魅力和永恒不变的经典！

李清照是惊艳的。这位中国古代文学中最为杰出的女词人，从词句到爱情，从繁华到落寞，皆为惊艳！她从风烟弥漫的历史深处走出，开了一树艳丽的花！繁华半生，忧患半生，终于，她，独上兰舟，云中，是明诚的锦书；西楼，是一轮满月。她辞章盖世，心系爱情，虽在南宋的战火烽烟中阅尽沧桑，受尽悲凉，但此生，左手锦词，右手爱情……若论圆满，这又何尝不是？

林徽因是惊艳的。她几乎标志一个时代的颜色。出众的才，倾城的貌，她的爱情，更像一个春天的童话，幸福而浪漫……她早已隔着如许烟波岁月，隔着那些男子的深情，美成书页中的一个剪影……她的惊艳，由内而外，纯美而内敛，她是人间最美的四月天！

张爱玲是惊艳的。文字在她的笔下，真正有了生命，直钻到人的心里去……第一次读到她的句子：于千万人之中，遇见你要遇见的人，于千万年之中，时间无涯的荒野里，没有早一步，也没有迟一步，遇上了，也只能轻轻地说一句："哦，你也在这里吗？"是那样的惊艳，惊艳之后便是惊心。她是世俗的，却世俗得如此精致；她是云端的女子，却错爱了胡兰成……她对胡兰成说，喜欢一个人，会卑微到尘埃里，然后开出花来……看到此句，孰是孰非都已不再重要，重要的是他们的确爱了，而且爱得轰轰烈烈，演绎了一场旷世奇缘，"因为懂得，所以慈悲。"她为了他，把自己低到尘埃里，以至于这段倾城之恋彻底谢幕时，张爱玲说："我将只是萎谢了……"她的一生，她的爱情，是一段真正的传奇！

赫本是惊艳的。她惊人的美貌，脱俗的气质，精湛的演技，高尚的艺德，使得她成为欧美影坛上一颗耀眼的巨星，即使到了晚年，她仍然致力于儿童慈善事业……她的美是永恒的，成为一种力量！她的惊艳形象永远留在世代影迷的心中……

景，和人一样，真正的惊艳，总能经得起风雨，经得起岁月，把美丽定格！历史，总是在最深处的时光里，雕刻着她内在的深邃，沉淀着她不老的容颜，回眸间，美，已成为永恒！

心灵斑驳时，心境沧桑时，出去走走吧！感受一下外面的自然，山水的美妙……历史深远处，幽僻险峻处，不经意的一瞥，一些人，一些景，或许，就是这样，令你惊艳到蚀骨……这时，连时光也变得绝美了！

有一种美，惊艳了时光！

此生，只愿在她的魅惑中，沉醉，沉醉……

那一季的清凉

◎李双红

不期而至的寒意，从指尖游移到心房。残花陨落的衰败景象，隐约让人感受到生命的终结，也让我生出颓废的气象。而冷风却已打落了我一季的念想。

于是，我要在思念的时空里撕下厚厚的伪装，为美好笑颜肆意地绽放，也可以为曾经的地老天荒感伤唏嘘，更可以为逝去的似水流年不言不语。

当所有的牵绊凝成远望逐渐飘散，我默然回眸一笑。收起忧伤的心绪执着地走向那条幽静的小径，没有了岁月的辜负与无奈，也没有了往日的失落与惆怅。

是啊，走过温暖的夏季，走过盛夏里记忆中的那场雨，那个街角，以及那些留下的或者遗失了的人们，他们都如夏花一样静静地开在某个温柔的角落里。

是不是你也会和我一样，都把对方深藏，却又一不小心吐露了心灵最深处的秘密，直到我们再也找不到靠近彼此的无懈可击。

是不是你也和我一样，都未打上一个结。我应该感谢岁月的敲门和撞击，给我的生命增添这份刻骨的记忆。感谢生命中有你，给我无限的眷恋与希冀，我会好好地，安静地诉说着这些美好的日子，也会在安静的眸子中找到幸福双宿双飞。

我想，我爱，就让我做你腕下那朵盛开的玫瑰吧。让馨香时刻萦绕于你的心扉！

我想，我爱，希望在每一个独处的夜晚，无论是欢乐抑或忧伤，漾开的都将是优美的旋律。只是我不知道滚滚红尘里，今生是否会有这样的时刻让你我互诉衷肠？你的等待是否会如我期望的那般地久天长？

我想，我爱，可否预约你白发上的月光?在每一个空洞的夜里，轻牵你手，漫步在那条西去的路上……或者在每一个寂寂的田野，依偎在你身旁，听你清风明月……或者我也可以羞怯地跟你谈起，痴念你时的憨样和感伤，眷恋你时的低吟和浅唱……

我想，我爱，可否将那一季又一季、一年似一年的记忆烙印珍藏？可否让我宠着你？任凭你在我跟前撒娇、抱怨，还有痛哭流涕。

今夜，寒风乍起。乱的不仅仅是一袭长发，冰的又怎只是一双手脚？

流年里的光和影

◎张佐香

丝桐琴韵

梧桐是一种通灵嘉木，它丰腴的胸间藏着一张古琴。虽然最终有幸做琴的只是少数，但这并不影响每一株梧桐的心灵中都蕴藏着音乐的精魂。

梧桐外表粗枝大叶，内里雅致灵秀。天赋的音韵质地和容纳万籁的情怀，造就了制琴的奇材。春风起了，梧桐忙着萌新的芽，吐绿的叶，忙了整整一个春天。夏天，梧桐长得枝繁叶茂，荫翳交叠，亭亭如盖。在这个日益浮躁的时代，对生命的热爱，对生活的感恩，对理想的执着，似乎已被一些年轻人所不屑。明眸皓齿的青年人，心灵早已粗糙苍老。而历经沧桑的梧桐年年岁岁昂首挺立，那种披翠挂绿的壮观，那份无言的高贵，无法与人言说。梧桐在世道沧桑中沉潜磨砺，长得气象峥嵘。梧桐它枝条矫健，叶柄弹挺，叶片宽阔而又富有质感。劲风袭来，一树的叶子骤然款起缓落，如庭中歌舞。这是梧桐丰姿最为卓绝的时候。清风徐来，婀娜摇曳，枝枝叶叶含有万般柔情。柔缓则清幽，强劲则昂扬，这正是音乐的韵律。

梧桐营造了古诗词的意境。那宽阔的叶子是为雨水而生。春雨如千丝银线，悄悄落下，为绒伞般的树冠罩上了一层轻纱，朦胧静美，婉约轻柔。夏雨如万串珠子，哗哗泻落，像撒在绿盘子里，叶隙间迸溅出答答声，激烈豪放。秋雨滴滴答答，沉郁缠绵。梧桐更兼细雨，点点滴滴，写的就是此番景致。千般妙韵，万种音响，熏陶了梧桐的音乐素养。

月下的梧桐最美。一镜皓月，悬在梧桐凌空的枝丫上方，月华如水般泻在枝叶上，闪着幽幽的绿光。这时的梧桐酷似广寒宫里的景物。簌簌的风拂过枝叶，此起彼伏吱吱的虫吟，啁啁啾啾的鸟鸣……各种声音糅合在一起，像一个细眼儿的筛子，筛掉了尘嚣嘈杂，更濡染了梧桐清幽的梦境。《高山流水》的音韵，应该就是在这样的梦境中孕育而出的吧。俞伯牙端坐抚琴，琴声如水般从十指间流淌出来，高昂而激越。钟子期闭目倾听，赞曰："善哉，峨峨兮若泰山！"伯牙琴声一转，柔和悠扬。钟子期复曰："善哉！洋洋兮若江河。"两个身份迥然不同的人在琴声中不期而遇。生在不同的屋檐下，却活在同样的境界中，这就叫作知音。高山有梧桐，流水无知音。琴碎，音绝。那琴年轻时，便是一株梧桐树呀！当人的十指弹拨如雨，琴音如潺潺的流水清澈地舔舐耳膜时，那是树的另一种生命形式。人和树竟然如此相通！

四千年前的上古时代，中华民族的虞舜，在渔猎耕种之余，奏五弦之琴，歌南风之诗，与人们"尔乐乐，我乐乐，尔我同乐乐"。那该是一幅怎样动人的情景啊！舜弹的是最初的五弦琴，周文王、周武王复加二弦，成七弦，造就了中国历史上四大名琴：号钟、绕梁、绿绮、焦尾。因主人不同而命运各异。激越昂扬的号钟为俞伯牙觅得知音，终成齐桓公爱物；余音不绝的绕梁像历史上无数的美女一样无辜，因迷得楚庄王不理朝政而背上祸国之名；浪漫而多情的绿绮促成了司马相如与卓文君的美好姻缘，传为千古佳话；焦尾悲壮而又幸运，被人当作一截桐木弃之烈火，即将爆裂恰被同样命运多舛的蔡邕抢救而出，在幸与不幸之中成就了一种琴体生命。

我望梧桐，梧桐望我。蓝天若水，绿叶如鱼。我听见有宫商角徵羽的音响，一阵阵穿越梧桐，奏出丝桐琴韵。

碧水清荷

荷是一种有人性有灵性的植物。如雁排长空，鱼翔浅底，驼走沙漠，荷与碧水结不解之缘。荷涟漪了整个夏季，我曾不止一次邂逅一泓碧水清荷。今夜，在如水的月华下，我在书桌上铺开绿色的稿纸，如同摊开一湖碧水。那荷则以一首诗的形状开在纸上，花蕊便成了诗眼。

我闯入那一片碧水，那一片清荷。瞬间，我惊住了，像是意外中扑进一幅巨大的画卷，失去了重心与方向。我的眼前，荷花开在碧水上，碧水开在大地上。碧水澹澹，有上好的丝绸质地。那水的绿哟，绿得蓬勃，绿得纯正，绿得深湛，绿得温柔，绿得恬雅，绿得醉人。绿锦缎似的水面上，起伏着一层微微的涟漪，像是尚未凝固的玻璃浆液。水面上绿叶阔大如玉盘，托着嫣红娇白两色荷花。瘦长的腰身娉娉婷婷，在风中款摆，韵致绝佳。红荷穿破碧波，擎着炽烈的火焰，迎风弄姿，笑靥迎人。白荷冰肌玉肤，素巾缟袂，一派清远的标格与风神。硕大厚实杯盏形的花朵，半舒着鲛绡似的瓣，中心探出嫩黄纤细的蕊丝儿，吐露着荷的语言，荷的芬芳，香气盘桓，久久不肯逸去。

荷的身上不曾沾染一星尘埃。碧波有幸，能照它的影；鱼儿有幸，能吻它的足。蜻蜓被它的眼神吸引，亲它颊边漾着粉色笑靥的小酒窝。我站在时间与空间之外，心随目远，眸光翩翩，在荷与荷间往返如蝶。每朵荷都仰着脸，专注而矜持，每张脸谱都不重复。它们拒绝抄袭和雷同，它们是艺术，是大自然的杰作。偶尔微风来访，举起一张张阔大圆滑的绿叶，漾起无边的清凉。满湖的碧羽扇得我六根无汗，七孔生风。那摇曳着交叠着的红、白、绿，荡漾起袅袅的更加动人魂魄的娇媚。光与色在融化，在唼喋。嫣红、娇白、碧绿斑斓一片，染满我的心壁。立在荷塘草岸，凝神相望，睟动念转。瞬间，踏我履者是荷，亭亭临风者是我。岸上水中，不复可分，我与碧水清荷融为一体，轻轻摇曳，立在恬美的辉光里，立成了一阕残唐五代词。

身外的风景与心内的风景总是遥相呼应。欣赏自然景物就是欣赏艺术人生。荷早在两千多年前的《诗经》中就嫣然开放了："山有扶苏，隰有荷华。""彼泽之陂，有蒲与荷。"它们穿越秦时月、唐时风、宋时雨携手而来，亭亭净植于诗文中。屈原有"集芙蓉以为裳"的高洁追求；李白有"清水出芙蓉"的审美观；周敦颐借荷喻人，讴歌"出淤泥而不染"的高尚情操；杨万里留下了"映日荷花别样红"的绝妙佳句。张潮在《幽梦影》里说："凡花色之娇媚者多不甚香，瓣之千居者多不结实。甚矣，全才之难了。兼之者，其惟莲乎？"文人墨客为后人留下了荷的清香，提炼出了荷的高洁品格与精神。

在馥郁的荷的气息中，我渐静、渐净，如醍醐灌顶，心扉突然洞开，尘思俗虑洗出去，心静静空出来。其人也淡，人淡如荷；其气也清，清若碧水。

碧水清荷如一帧写意水墨画，夹在我灵魂的扉页里。它以菩提树的身影摇曳出我心中的清凉。它似晨钟暮鼓，击出清风竹韵。它用圣洁之水涤净尘间的污浊。

碧水清荷 ，植根于每一颗钟爱荷的心灵，滋润着芸芸众生……

柳是"奇女子"

柳，这种植物被赋予浓厚的女性色彩。"舞低杨柳楼心月，歌尽桃花扇底风。"柳枝轻柔细长，姿态婆娑动人，使人联想到女子的腰肢。"芙蓉如面柳如眉"，是说女子的眉毛细长秀美，像初生的柳叶。像柳树一样的女子是妩媚的，像女子一样秀美的柳树是迷人的。

柳树的婆娑姿态与轻盈的绿波最为相称。西湖畔有柳，名湖与名柳相得益彰。苏堤白堤柳树列成长阵，静静地立着，透体通散着清新的调子。纤细柔软的绿色枝条，与绿绸缎般的湖面相映成趣。轻风拂来，柳树曼妙飘洒，展现种种身段。如果有来世，我愿做西湖畔的一株柳——自然是垂柳。细长柔软的柳枝婆娑委地，或者轻吻湖面。挽系一只画舫，听一两个长裙曳地的绝色女子吹奏着清丽的箫的韵律，追逐江南丝雨的缠绵。湖水里有我的影子，并非顾影自怜，而是抒写自己的心事与心情。湖水荡漾的涟漪是一缕缕湿润的诗行。

并非所有的柳树都有幸与碧波相伴。柳和人一样，无法选择自己的出生地。生于逆境，苦难伴随一生，苦难磨砺出了它们不屈不挠的品格。恶劣的自然环境却造就了光辉的生命形态。陕北高原上耸立着沙柳，它们稳稳地扎根于沙砾中，身材粗壮威武，树冠向上。张开的枝丫，宛若伸向高空的利爪，在作无声的呐喊，昭示抗击风沙的意志。仰望它们，仰慕之心油然而生，头脑中产生高贵、智慧、伟大这些闪光的字眼。在哈密，还有一些幸存下来的百年老柳。它们都挂牌编号，就像别着勋章一样，代表着特殊的美誉。这些柳树是左宗棠栽植的。它们就是大名鼎鼎的"左公柳"。从这些柳树的神态雄姿上，依然能找到左公当年的神韵，感受到一代大家的风范。

家乡的路口守候着一株柳树。它独立而处，不与其他树木为伍。它体态优美，粗壮的树干匀称秀直，翠绿嫩绿相间的枝叶，繁密可人。

只要从它身旁走过，我总要深情地凝视片刻，一股无法言传的清爽气息向我辐射过来，我的思绪立刻如出水芙蓉，清新活泼了起来。我在心底里认它做了朋友。它曾经无数次拽住行人的脚步，与它相识的人总被它那高雅的气质所震慑。走上前去，绕树三匝，人们总会为它秀直的躯干而赞叹，为它婆娑的枝叶而颔首。惊叹好一株奇柳！骄阳下它为人们撑起一片绿荫，细雨中它为人们举起一把巨伞。村民们在它的庇护下用餐、休息、聊天……

柳是极富画意与诗情的。柳用自己的人生美化大地上的风景，丰富着人们的情感。柳树是古诗文里绝美的意象，文人墨客赞美柳树报春。唐代诗人元稹云：“春生柳眼中。”李白道：“寒雪梅中尽，春风柳上归。”谢灵运更是直接明快：“池塘生春草，园柳变鸣禽。”充满智慧的先辈因“柳”与“留”谐音，便用折柳相送表达真挚的情感。李商隐有诗云：“含烟若雾每依依，万绪千条拂落晖。为报行人休尽折，半留相送半迎归。”唐代诗人王维的《渭城曲》最是让人断肠销魂：“渭城朝雨浥轻尘，客舍青青柳色新。劝君更尽一杯酒，西出阳关无故人。”多么凝重隽永的笔调，多么真诚炽热的深情，千百年来令人一唱三叹，被人们誉为“阳关三叠”千古绝唱。

“春无柳色不精神。”绿衣佳丽长袖善舞是江南烟雨之柳的精神；英勇无畏坚韧质朴是陕北沙漠之柳的精神。柳是刚柔相济的“奇女子”。

那一片芦苇

撩起柳帘，隔湖相望，便是盈目的绿绿秀苇了。纤纤芦苇，亭亭玉立，倩影婆娑，如衣香鬓影的女子从古代的《诗经》中涉水而来。

抬望眼，湛蓝的天幕下，盈盈的绿水连着青翠的苇岸，芦苇连着芦苇，一致的思维，一致的味感，一致的碧绿。绿得热烈，绿得逼人，绿得让人无法拒绝。大片的芦苇形成了浮在空中的绿云，以生命的光彩与荒寂相抗衡。这是一个孤傲而强大的群体在尽情地绽放生命的绿色，彰显生命的勃勃生机。

行进在碧绿的芦苇的屏障中，青翠秀美的百褶裙般的枝枝叶叶似一双双张开的玉臂待人拥抱。阳光从叶隙间筛下，层层绿中透出油光光的色调。闪耀着的光斑，烁烁颤颤，迷迷幻幻，如无数颗华丽的金钻。徐风之中，秀眉般的苇叶相互摩挲，发出的沙沙声此起彼伏，似缠绵的小夜曲低吟浅唱。处处荡漾着撼人心灵的气息，时时氤氲着朦胧温馨的情调。

芦苇植根于中国文艺史的沃土里，静静地站着，从上古时代一直站到今天。它所栖居的野湖幽水，原本就是寂寞所在，更兼风摇雷击，险象环生。而它临水而栖，独守一份清苦，一份幽静，一份自乐，随意而散逸。它拒绝任何杂物的烘托，舍去赘饰和矫饰，抛弃那些繁缛琐碎大大小小形形色色的身外之物。它什么也没做，只是尽情尽兴地生长自己，创造生命。在野水之湄，在远离尘世的富贵和奢华的境地，在某种素朴洁净更加心灵化的创造和获得之中，我想芦苇一准儿与我一样，更趋于原始的单纯和清淡。

芦苇的心灵藏在叶子里，叶子是芦苇的眼睛。芦苇用它望着四季轮回，望着世间万象，望着风雨晨霜日升日落。苇叶与我对视，我的举手投足在苇叶无言的包围中。我们共同的语言浓缩成凝固的沉默。我的心田漫过古今中外关于阳光野地的清苦的诗歌和宁静的绘画。神思恍惚间，似乎有思想的跫音从苇顶掠过。

芦苇是幸福而知足的。它们拥有风的爱抚，阳光的温暖，雨露的滋润，沿根须缓缓上升的泥土和水的滋养。不知不觉中，它们得到了爱。这种爱的表达方式是随意而平常的。它们以集体的方式创造着大片的绿色的辉煌，散发出美丽的迷人的情致来回报这种爱，这种回报是顺理成章的。那些在金钱美丽的锈色之中陶醉的人们是无法感知也无意感知这种本原的谐和与亲近的。

芦苇是纤瘦的、清苦的，你甚至可以认为它们是可怜兮兮的。但它们又是幸福的、坚韧的、富有的。当那些有着清苦而坚韧的根基的人们，以炽热的赤诚喷发着金子般的对生命的酷爱，以战栗的激情执着地追寻生命的价值时，他们的心灵与芦苇有什么区别呢?!

在生命的词典里，清苦与坚韧是两个特别的熠熠生辉的词汇。

炊烟是乡村的生命树

第一次接触到“人间烟火”这个词语，我一下子就想到了炊烟。有炊烟的地方就会有家园，而炊烟下面就是人间的幸福。我的故乡，男人们在田地里抒写清凉的田园诗，女人们在屋子里谱写温热的家园诗，炊烟便是那恒定的韵脚压在每一个日子的晨昏和腰间。

十三年前，我曾拥有过一缕炊烟。那是从一个农家灶屋顶上升起的炊烟。守住一缕香喷喷、温暖暖的炊烟就守住了一个幸福的家。炊烟是有味道的，炊烟的味道是家的味道。柴薪、稻草、秸秆、棉花壳子、碎谷壳子蒸腾起的炊烟中有泥土的芳香，草木的馨香，阳光的清香，男子汗水的醇香，女子汗水的幽香。母亲在炊烟中把平铺直叙的一日三餐调配得山高水长。她一头扎进灶房，点燃柴火，顷刻间灶房顶上蒸腾出簇簇炊烟。那炊烟升起飘游，扭着身子，旋着舞儿，袅袅娜娜蓬蓬勃勃地生长。只可惜它终究长不成蓊郁的枣树，至多结几朵淡淡的云，渐高渐远，渐渐地飘散了。有时几户人家不约而同生火做饭，飘浮着的炊烟并拢在统一高度，凝成一条乳白色的带状烟雾，不动声色地在房舍、枣树林上空缭绕，很轻，很柔。那个时辰，没有喧嚣，没有浮躁，俨然一派田园牧歌的意境。只有在这样的意境中，我的心才能真正静下来，那是一种难得的静谧与享受。

也许是炊烟看得多了，以至于那炊烟丝丝缕缕地飘进了我的身体里，凝成情感。每每看到袅袅炊烟便会想起母亲为我做饭的情景，生出一种难以言表的亲切感和对乡村生活的怀念。工作后，每隔几周我都会回家一趟。返乡途中，随着村庄和一缕缕的炊烟越来越近，我顿时有一种温暖踏实的感觉，心情会变得越来越好。一踏进家门，母亲就会急急地去拾柴生火，为我做饭。不一会儿，一缕温暖喷香的炊烟就会从我家的屋顶升起来。尔后，温热可口的饭菜便会盛上饭桌。离家时，我总会不断地回头，看一看，再看一看那远去的炊烟。日后想到母亲时，白发、端碗的手和房顶上的炊烟总会叠印在一起，在我的心海幻化。

多年来，故乡的炊烟以及洇润其中的那一份浓浓的亲情，一直丝丝缕缕地萦绕在我的心头。我是那炊烟凝结的云，植根于低矮的灶屋中。缘此，对于炊烟的那份情始终斩不断、飘不散……

栏头题字／白旭丰

专栏主持／纪洪平　栾承舟

小说视点

家 园

◎李学萍

导读：曾经有一篇报道，20 世纪上海拆迁民房时，曾经在墙体里找到一批解放前的旧档案，让人触目惊心的是，原来这些竟然都是曾经潜伏在国民党内部的共产党地下情报人员的资料，因为激烈的斗争，他们曾经的身份，做过的工作都永远被尘封在满是灰烬的档案袋里。

故事里的原型安元是有五重身份的特工袁殊。

安家在上海是名门望族，更是有钱有势的大资本家，然而安家的大公子安元和安家收养的安成则是潜伏在上海汪伪政府，掌握着 76 号的高级特工，他们拥有地下党和军统的双重身份，对外身份，安成是上海市副市长，特务委员会主任，安成是他的私人助理兼管家。他的亲姐姐和最小的弟弟在与敌人斗争中先后牺牲。

垂 暮

1982 年，清水轩国家秘密高级疗养院，说是国家级疗养院其实不过是一个小院，十几间青砖瓦房，如果说特别一点的地方，就是院子的东面种着一排高大的柏树。其实疗养院里只有十多个特殊的老人，几个工作人员和院长。

在一间病房里，一个垂暮老人，头发花白，目光呆滞地坐在轮椅上，微微颤抖的双手紧紧抓着一个绿色的、已经脏了的，像布一样的东西。

一个姑娘推着餐桌走进来，轻声说："首长，该吃饭了。"她准备好饭菜后，想拿走他手上的东西，可是扯了两下，却没有扯出来。

"首长，该吃饭了。"姑娘用力扯了一下，谁知老人突然抬起头，目光锋利像刀刃一般，而后用力把她推出去，口中含混不清地说着什么，非常激动。

姑娘第一天上班，吓得不知所措，这时院长急匆匆跑进来，把那东西紧紧握在他手里说："我们谁都不动，你好好拿着，好不好？来，咱们吃饭吧。"

院长亲自喂他吃完了饭，又把他推到外面一排翠绿的柏树下。那姑娘心有余悸地跟在他们身后，她从来没见过那样可怕的眼神。

院长把她叫到旁边，叮嘱她："红霞你记住，在照顾他时，什么东西都可以动，唯独他手中那幅画千万别动，明白吗？"

"他是谁？"红霞回头看看他问院长。

院长摇了摇头。

"您说他手中拿的是一幅画吗？"

院长长长叹了一口气说："是的。他是第一批进入我们疗养院的，上级没说他的身份，来的时候精神就已经不正常了。从他来的那天起，他手中就抓着那幅画，吃饭睡觉从来没有松开过，有一个工作人员好奇，想趁他睡着时拿出来看看，结果被他打伤了。”

“那幅画很名贵吗？”姑娘再次问他。

“曾经有专家来看过，说不是什么名画，甚至都不是一流画家的作品，倒像是解放前一些街头三流画作的东西。”

“那他为什么那么在意？”

院长再次摇了摇头，告诉她好好照顾他就是了，别的不要多问。

院长走了，红霞看着树荫下的老人，沧桑呆滞的目光，凌乱的银发，阳光透过树叶照在他身上，忽明忽暗，让他整个人显得神秘而忧郁。

他是谁？他多少岁？他经历过什么？

死　樱

1944年除夕，繁华的大上海一如往常歌舞升平，安家还是上海的名门望族。安家大少爷安元是新政府要员，往来于豪门权贵，日汉军政之间，却鲜少有人知道偌大的安公馆里，其实只剩下了两个人。

安元不知道这个房子多少年没人打扫过了，可能是七年吧？记不得了，有些家具上的尘土积到已经看不出原来的颜色，唯一干净点的地方就是他和安成的房间，当然还有他们吃饭用的一小张桌子。

大姐走后，他辞退家里所有的佣人，安成可以做饭，虽然手艺不好，但还能填饱肚子。

“大哥，吃饭了，我包了饺子。”安成低沉的声音把安元从呆怔中唤醒。

“好。”安元放下手中大姐的照片，起身坐在桌旁，安成端来一盘饺子，摆上餐具，没有菜。

想起他们过的最后一个除夕，一家人热闹地聚在一起，小弟年少气盛，骂自己和安成身上穿的是走狗皮，大姐也帮腔，可是现在已经两年没有收到小弟的消息了。

“别想了大哥，咱们小少爷很快就能回来。”安成轻声安慰着大哥，他们都明白，日本人已经走到了末路。

“不想了。”安元拿起筷子，夹了一个饺子吃下去，味道还可以，安成的手艺进步多了。

安成也在吃着饺子，不过他有些心不在焉。

“说吧，有什么事?”安元放下筷子问安成。他们对外是主仆，在家是兄弟，工作上更是生死搭档，多年来的默契，即使一个微小的细节也逃不过对方的眼睛。

安成从兜里拿出一张纸交给安元：“大哥，这是刚刚收到军统方面的电文，还有上级给我们的指示。”

安元打开纸，上面的内容很简单，明天在日本领事馆的新春酒会上，取回日本共产党青木次郎手中的一份死樱计划，后面有接头暗语。

“说说这个死樱计划？”安元把纸放到桌子上。

安成放下筷子说：“731部队制造了一批细菌武器，是一种新型鼠疫，日本特高课计划把这批细菌运到上海，如果他们失败，将在上海投放，他们把这个计划称为死樱。”

安元深深吸了一口气，目光变得阴沉愤怒。安成知道大哥的脾气，默默地站起来收拾碗筷。

“明天你亲自去取。”就在安成端着碗筷要走时安元说道。

安成点点头：“是，大哥。”

安元疲惫地闭上眼睛，让安成去取情报实在是下下策，一旦情况有变，最先暴露的就会是安成。但是明天早上就是酒会，这么短的时间内他没办法做出更好的计划，何况这不是让他指挥行动，而是让他去执行。他明白这份计划有多重要，即使牺牲安成和自己。

翌日清晨，安元接过安成递上来的大衣，愣愣地看着他。

“怎么了大哥？”安成觉得今天大哥有些古怪。

“我记得你和那个青木应该是同学。”

“是，我们是柏林军事学院的同学。”

“还有谁知道你们之间的关系？”

安成想了想摇摇头：“没人知道。”

安元穿上衣服说：“那就好，取到东西后，告诉他准备好随时撤离。”

“是，大哥。”

“走吧。”

兄弟二人出门，轿车驶出公馆。

日本领事馆的酒会上，安元周旋于各样人物之间，安成则默默地坐在一旁，手中端着一杯红酒，不动声色地打量着会场的每一个人。

一个与自己年纪相仿的男人走过来，端着一样的红酒，他径直走到安成面前。

“安先生。”他汉语说得很生硬。

“青木科长。”安成举杯与他碰了一下，各自喝了一口。

“安先生的西装是从哪里做的？总是这么合体。”青木打量着安成问道。

“顺福祥，那儿的师傅手艺不错。”

“噢，我听说过，应该很贵吧？”

“还好，虽然我是安家的下人，但安先生好面子，也会让我穿得体面一些。”

“安先生说笑了。”青木捏了捏安成的衣领，好像在查看衣服的面料，垂首之间把一件东西放进安成的衣袋里。

“上级命令你，随时准备撤离。”安成的声音压得很低。

“好的。”青木笑了，又说道：“安先生可不像下人啊。”

“一个穿着考究的高级下人。”这时一位日本姑娘走过来邀请安成跳舞，安成略表歉意，然后与那姑娘走进舞池。

危 机

安元在书房拿着微缩胶卷，一颗悬着的心终于放下来了。吩咐安成做的事，他本来就不应该担心。他十岁就跟在自己身边，十八岁跟着自己入党，二十一岁和自己一同进入军统训练班，一同毕业，二十三岁独自去柏林军事学院学习两年，之后他一直在自己身边，任何任务他都能完成。在外人眼中他是安家的管家，是一个穿着考究的下人，在暗处他是自己的下级，最得力的臂膀，只有自己心底最清楚，他是唯一一个能和自己一起战斗，一起牺牲的人，他是比亲兄弟更亲近的兄弟和战友，仅剩的亲人。

砰！门被大力撞开，安成冲了进来，神色慌张。

“怎么了？”安元知道安成在自己这个大哥面前经常慌慌张张，但是能让他慌乱成这样，不顾一切地冲进来，甚至头发都凌乱地粘在额前，这是从他进入安家以来的第一次。

“大哥，你需要马上撤离，青木次郎暴露了。”安成说了最重要的一点。

“别着急，慢慢说。”安元冷静地对他说。

安成稍稍平静一下说道：“应该是青木那条线有人叛变，他刚刚打电话到我办公室，说自己暴露了，让我马上带着文件撤离。”

“打电话到你办公室？”安元不太明白，他们在安公馆，有人打电话到他办公室，他是怎么知道的。

“我把办公室和我房间的电话串在一起了。”安成简单地解释道。

安元点点头：“这是个好主意。”

“我马上拆除楼上的电话。”

“不，电话留着。”

“好。大哥，这些事情我来处理，你马上带着文件撤离。他们从查到青木身份，再查到我们之间的关系，至少需要一天时间，而我还能拖延他们一天时间……”

“不不不……”安元打断了安成的话说道：“如果青木暴露，那么他们很快就会查到死樱计划泄露，我决不能撤离，更不能让日本人发现我们已经得到这个死樱计划。”

“大哥！”

安元想了想说道：“从现在开始，让电台静默，安公馆不再接打任何电话，不要与任何人接触，我们去新政府大楼。”

“大哥？”

安元写了一个单子，交给安成：“不要让任何人发现，想办法把单子上的东西弄全，然后清除一切不该他们发现的东西。”

“大哥，我请求你撤离，没人能代替你的位置！”安成的声音带着颤抖，他已经猜到了大哥的计划。

“没人能比上海几百万人更重要，知道日本人为什么要选择上海吗？”安元突然大声呵斥道。

“我……”

“如果上海暴发鼠疫，数月之内数百万感染者会带着瘟疫逃往全国各地，那将是什么样的后果，你想过吗？如果我安元一条命可以阻止它，我毫不在意。”安元的话掷地有声，不容反驳。

“是。”安成把单子装进兜里低声答应，眼中却闪过一丝不一样的神情。

“还有，做好善后工作，你就不用回来了，在外围负责接应情报。”

安成突然笑了：“我不回来，日本人就会怀疑我把它带走了。”

“这个你不用担心，我有办法。你去开车，我们走。”他知道只要是他的命令，安成都会执行。

“是，大哥。”安成取过衣架上的大衣给安元穿上。

沉沉夜色，兄弟二人走进了黑暗里。

日本特高课课长野比山助看着青木次郎的尸体，他怎么也想不到，自己最信任的青木会是共产党，当他推开门的一瞬间，他已经开枪自杀了。桌上留着短短的一句话“我想回家。”

“报告，野比课长，死樱档案有被人动过的痕迹。”一个属下跑过来报告。

野比山助仔细地查看着青木的尸体，说道：“查，这几天他接触的人，他去过的地方，他过去的一切，一处都不能漏掉。”他脸色阴沉就像泥沼里的浑水一样，而后迈过青木的尸体，走了出去。

安元和安成大摇大摆地谈论着工作安排，走进了安元办公室，安成吩咐秘书，任何人不许打扰安长官。关好门后，安元急忙吩咐安成马上去办自己的事。

安成把手提包交给安元说：“大哥，一会儿你去我办公室，不会被打扰。”

“好的。”安元知道，安成办公室衣橱后有一个极小的暗间，非常隐秘，并把自己的办公室和秘书室分开。

安成换上卫兵的衣服，悄悄出了安元办公室。

黎明时分，野比山助看着手中关于青木的报告，忽然他看到了几条信息，第一条，青木次郎曾经在柏林军事学院留学。第二条则是在新年酒会上他接触了一个人，安元的助理，安成。第三条，他打的最后一个电话正是安成办公室。

“来人，马上抓捕安成，控制安元。”野比山助急匆匆站起来命令道。

“是。”随着他一声令下，一队队宪兵开往新政府大楼。

被　捕

宪兵刚到新政府办公大楼的楼下，就听到一声爆炸，接着便是一声枪响。野比山助急忙带人冲进去，却看见安成捂着受伤的手臂，愤恨地看着二楼靠在楼梯扶手上的安元，安成办公室门口还飘散着爆炸后的黑烟。

宪兵把安成团团围起来，安元随着安成的目光一步一步走下来。野比山助迎上去问道：“长官，发生了什么事？”

安元心有余悸地摇了摇头，握枪的手难以控制地颤抖着：“我不知道。我，我能和他说句话吗？”

野比山助点点头。

安元走到安成面前，想了半天才说道：“安成，你是我安家养大的孩子，无论你犯了多大错，只要肯改正，我都能帮你。不要执迷不悟，可以吗？”

安成冰冷的眼神不带一丝情感，可是唇角却勾出一个轻蔑的笑容。他没说一句话，在荷枪实弹的宪兵包围下，转身向外走去，鲜血将他藏蓝色的风衣染成了黑色，顺着他手指滴落在地面上，留下一路血迹。

看着安成挺直的背影，安元好像失去所有的力气，踉跄着扶住楼梯扶手，血从手臂流了出来。

“你受伤了？”野比山助问道。

安元看看伤口无力地说道：“可能刚刚被弹片划伤了。”

“我派人送你去医院。”

安元点点头，没有拒绝。

医院的单人病房里，安元面色苍白地靠在床头上，门口站着宪兵，外面还有许多76号的便衣。野比山助说这是为保护他的安全，但他明白，其实自己已经被软禁了。

野比山助走进来，站在旁边：“长官，好些了吗？”

安元点点头，犹豫了一下问道：“野比课长，那个，那个安成……”

“长官想说什么？”野比山助的眼神颇有深意。

安元急忙说：“我，我其实想说，他在我安家长大，我还是了解他的个性的，他小时候流落街头，常被欺凌虐待，导致他很偏执冲动。只是不知道他这次犯了什么错？如果不是大错的话，请野比课长看在我为新政府工作的分上，可以饶过他。我保证，我保证会对他严加管教。”

野比山助长长地叹了一口气说：“如果长官身体没有什么大碍的话，我想请您亲自去看看。”

“这……”

“放心，我会安排好的。”野比山助拍拍他的肩膀说道。

日本宪兵队监狱内，安元隔着铁栏杆在野比山助的示意下看向刑讯室。安成坐在刑讯椅上，无力地垂着头，俊朗的脸庞沾满血迹和汗水，十根手指血肉模糊，不知道短短一天他承受了多少酷刑。

随着打手的一瓢凉水浇下去，安成慢慢动了动，胸口剧烈地起伏着。

“说！你的上级是谁，东西在哪里？”审讯人咆哮着问道。

“安元。”低沉却清晰的两个字传出来。

安元瞬间瞪大眼睛，惊恐地看着安成，又回头看了看野比山助。

野比山助接过属下递过来的资料交给安元：“我不得不承认，安成先生的坚强超出我的想象。从抓住他到现在，他只回答了这两个字。”

安元抚着额头，大口大口地喘息着，眼神茫然地问道：“为什么？他可是我安家养大的孩子？”

野比山助示意安元坐下：“长官，我明白你现在的心情，在你还在为他求情时，他却一口咬定你是他的上级。”

安元刚刚坐下，刑讯室又传出安成的压抑的惨叫声，让安元心惊胆战，如坐针毡。

“您再回忆一下，昨天晚上到底发生了什么？”野比山助轻声问道。

“啊！我，我想想。昨天酒会结束后，我们直接回了家，但是安成说第二天有个经济会议，有我的发言，需要我再看一遍发言稿。我们一起去了政府办公厅，然后各自回办公室。我有事到他的办公室里找他，却发现他神情慌张，好像在烧什么东西。我问他在干什么？想从火盆里拿出他烧到一半的文件，他拼命阻止我，我们撕扯起来，最后他把我推进他的办公室，同时扔进一颗炸弹，我在爆炸的瞬间跑出来，发现他要逃走，我就开了枪。”伴随着刑讯室里的惨叫声，安元冷汗如雨，断断续续地说完。

“我们在安成的办公室发现了洗印设备，但没有冲洗照片的痕迹，还有一些残存的文件，在这些文件里，我看到了一个代号，银蛇。据我们所知，这是一个在军统级别非常高的代号，负责指挥军统上海站的所有情报工作。还有就是，我们发现大量的氢氧化铝粉末。”

“野比课长，请你对我说实话，安成他到底做了什么？”安元抓着手中的资料，却没有看。

“帝国的死樱计划已泄露，我们怀疑与安成有关系，现在最主要的任务就是追回死樱计划。”

“死樱计划？”

“这个您不需要知道。”野比山助打断安元的追问。

“如果是这样，帝国就要尽快改变原计划。”

野比山助解释说：“因为环境和技术的限制，帝国不能轻易修改计划，除非确定敌人已经掌握了该计划。”

安元深深地埋下头，刑讯室里安静下来了，只有铁链和刑具的响动声。

“野比课长需要我做什么？”安元低声问道。

野比山助站到安元对面：“正如长官所言，安成从小在安家长大，相信您对他的了解会超过我们任何一个人，我希望您能问出死樱计划的下落。我们不需要他提供任何一个名字，只要计划。”

“可是野比课长，您就这么信任我吗？他都已经说了，我才是他的上线。”安元也缓缓站起来。

“说实话，我们也对您进行了调查，但都没有线索指向您，我们有理由相信，安成先生是想把您拖进地狱。长官，这样的人，您还留恋什么？”

“好吧，谢谢您的信任，只是，只是，我想请您允许他休息一下，他，还是我安家养大的孩子。”安元略带乞求地说道。

野比山助拍拍他的肩膀说：“希望安成先生也像您一样重情重义。”说完他回头吩咐属下暂时停止刑讯，找来医生为安成医治。

对峙

失去束缚，安成几乎瘫坐在电刑椅上，医生给他注射了盘尼西林和止痛针剂。在门口医生遇到了安元，点头行礼后退出刑讯室，此时这里只有他们两个人了。

安元一步一步走到安成面前，以前他穿着合体的西装、风衣，总显得很挺拔坚强，却从来没觉得他竟然这么瘦，在宽大刑椅上，他整个人好像都要陷进去一样。安元慢慢蹲下，摸着安成的小腿，大颗的泪珠掉了下来。剧烈的疼痛让安成暂停了一下呼吸，而后他抬起头却淡然地一笑说：“已经断了。”

“安成，我拿你是当亲兄弟的。”安元抬起头，脸上挂着泪。

“我知道。”安成回答得依然很平静。

“即使你想杀了我，但我仍然希望你能回头。”

“我也知道。”安成看着他，眼神疲惫，但依旧冰冷。

“安成，你是何时变得，变得这么冷血无情！”安元站起来低声质问他。

“你呢？你手上沾了多少鲜血，你记得清吗？”

“我是为了一个繁荣的新上海工作，你难道不明白吗？”

“抓捕，刑讯，枪杀，76号就像个杀人机器，这就是你说的新上海？”

“要秩序，总会死人的。”

安成闭上眼睛休息了一会儿：“我真没想到，日本人会这么信任你这个汉奸。”

“安成，不要执迷不悟了，野比课长说了，他不要任何名字，只要你说出死樱计划的下落，之后我会送你去欧洲，或者其他任何地方。”安元俯下身子说道。

“如果日本人信任你，那么你应该听到了‘银蛇’这个名字。”安成迎着安元的目光轻声说道。

“银蛇！”安元惊诧地看着他。

“记得南田吗？”安成再次问道。

安元点点头。

“那天你去周公馆赴宴，前任特高课课长南田会与你同行，这时你突然接到小少爷电话，说大小姐昏倒了，而恰巧南田的车坏了，所以她坐了你的车，而就在去周公馆的路上，南田被刺杀。”

随着安成的声音，安元回忆着自己的计划。南田抓了上海地下党联络员，据可靠情报那个联络员已经叛变，南田拿到了一份名单，锁在她的保险柜里，当然为了保密，此事还只有她一个人知道。只要她从周公馆回来，马上就会进行大肆抓捕，到那时给上海地下党造成的损失将不可估量。所以，必须在她回来之前杀掉她，铲除叛徒，找到名单。他们兄弟三人一起行动，他负责偷取名单，小弟负责铲除叛徒，而安成的任务则最危险，是刺杀南田。成功完成任务后，安成手臂中枪，为了不引起人怀疑，他带着枪伤上班，给自己开车。

“你那次居然要杀我？”安元不可思议地问道，现在他必须配合安成。

“不，我们那次就是要刺杀南田，因为小少爷是我的下线，是他在大姐茶水里放了药，让大姐昏倒的，而南田的车是我破坏的。而这一切都是我指挥的，现在你觉得我会把死樱告诉你吗？”安成问得十分得意，但每一个字都如利刺一样，扎在安元的心上。

刑讯室外的野比山助眉头微微皱起，低声讯问属下，属下回答，当时情景的确如安成所说。

安元平静了一下问道：“为什么要刺杀南田？”

“他掌握了军统站一条重要线索，我必须除掉她。”

“你是从什么时候进入军统的？”

“柏林军事学院，我的任务就是潜伏在你身边，负责军统上海站的全部谍报工作。”安成说得云淡风轻。

安元后退了几步，疲惫地说道：“安成，当年是我把你从大街上捡回来的，安家把你养大，供你读书。我是你大哥，从来没有做对不起你的事，你怎么可以这么对我？”

“如果你不是我大哥，只怕你没命活到现在。”

“你是借着我的身份做掩护，不然只怕我早就上了你的刺杀名单了。”安元愤怒地嘶吼着。

安成平静地说：“你是我大哥，我怎么会杀你？”

“那你现在为什么要说我是你的上级？”

“大哥，只要我从你身边撤离，你很快就会上军统的刺杀名单，与其让你背着汉奸的罪名被杀，不如和我一起走吧。”

“你疯了，你一定是疯了，我安家是名门望族，我是新政府的副市长……”

“大哥。”安成突然打断了他，声音轻颤。

“安成……”

安成轻声说道：“大哥，你告诉野比山助，他不会找到死樱计划，我一定会把它送出去。”

"安成,你看看你,看看你现在的样子,你的腿已经断了,如果你不说,你会被这些刑具,一点一点折磨死,你出不去的,你都出不去,你怎么送走情报?别再执迷不悟了。"安元走过来。

"我自然有我的办法,不用大哥操心。"

安元无能为力地叹了一口气:"看在我们兄弟一场的分上,我能帮你做点什么?"

"大哥,我冷!"他的身上只有一件单薄的白衬衫,现在已经破烂不堪,刑具撕开一道道伤口,血已经把衬衫染成暗红色。可是他现在的样子就像他小时候一样,从噩梦中惊醒,小小的身子倦在床角,然后怯生生地说:"大哥,我冷。"

安元再也忍不住,大颗的眼泪掉下来,他慢慢脱下外套,给安成盖在身上。就在这时,突然眼前寒光一闪,安元下意识地向后躲闪,尖利的凶器从安元颈间划过,留下一道血痕,不知道什么时候安成手里抓到了那把掀掉他十个手指甲的锋利的铁钳子。

"安成,你!"安元捂着受伤的颈部,惊恐地望着挂在扶手上的安成,黏稠的血顺着他惨白的唇角落下来,他大口地呛咳着。哐当,铁钳子砸在地上。

野比山助冲进来,宪兵保护安元迅速撤出刑讯室,刑具铁镣的声音再次响起来,安成再次被宪兵紧紧绑在刑讯椅上,唯一不变的,只有安成冰冷的,不带一丝情感,绝望而又不可征服的眼神。

线 索

安元一遍遍翻着野比山助给他的资料,突然抬起头问野比山助:"你说,在安成的办公室里搜到了大量氢氧化铝?"

野比山助点点头:"不错。"

"从他被捕到现在,他吃东西了吗?"

野比山助回忆了一下:"没有,只有中途他要喝水。"

"你们给他水了?"

"给了,而且他喝了很多。"

安元站起来一边走一边分析:"他对我说,他一定能把东西带出去,他非常自信。氢氧化铝是治胃的药,大量服用会抑制胃酸,甚至阻止胃部消化,这样胃里的东西至少可以停留一天。"

"你是说他把东西吞进了胃里?"

"安成在柏林军事学院学习两年,以全项优的成绩毕业,他的意志和体力我非常清楚,即使承受酷刑,也不该这么快垮掉,何况你们还给他打了止痛针,他不可能只因袭击我一下,就会吐血,也就是说按照正常情况,我不可能从他手下逃走。"

"这个好办。"野比山助站了起来。

"已经来不及了。"安元阻止了他继续说道:"他喝了水,氢氧化铝遇水迅速溶解,如果这东西上藏有倒钩,现在就会死死钩在他的胃上。"

野比山助似乎有些不可相信:"他真会这样狠绝吗?"

安元深深叹了一口气:"野比科长听过银蛇的传说吗?"

野比山助点点头:"大概听过一些,为达到目的,不惜一切代价。"

安元问道:"您认为与死樱计划相比,他这个代价值不值得?"

野比再次点点头。

安元继续说道:"野比课长已经把他的办公室和家里都仔细搜过了,而且从酒会回来,他一直在我身边,并没有离开过,也没有发现他打出电话,或发出电报。那么你想想,这么短的时间他还能把东西藏在哪里?而且他为什么一定要到政府办公厅,那就是他办公室里有大量的氢氧化铝,因为他胃不好。"

"如果这样,他将必死无疑,怎么能把东西送出去呢?"

"其实他并不担心这个,如果当时他跑了,

那么回到他们自己人手里，通过手术可以将东西取出来。如果被捕，那么喝进大量的水后，东西钩在他胃上，最多两三天，他就会因胃出血而死，当然，如果再加上刑讯，可能撑不到两天。我们是不会和一具尸体计较的，扔出去就算了，而他的人一样会拿到东西。我相信，特高课和政府办公厅里决不止一个安成。”安元慢条斯理地分析道。

野比山助急忙抄起电话打出去：“马上对安成停止刑讯。”

安成被紧紧固定在医院的手术台上，双手高高拉到头部上方。野比山助第一次从他的眼神中看到了畏惧和无助，无影灯灯光照在他脸上，越发苍白。

“衬衫的料子是全上海最好的，你的长官对你真不错。”野比山助耐心地一颗一颗解开他衬衫的纽扣。

安成瞪大眼睛，张了张嘴，却发不出一点声音，在酷刑下的嘶吼已经让他失去了说话的能力。

野比山助看着他的口型微微笑道：“不错，是安元。”

衬衫无力地伏在他身体两侧，露出伤痕累累，起伏不定的胸口。医生锋利的手术刀在无影灯下闪着寒光，安成无助地闭上了眼睛，两行泪从眼角滑落，没进凌乱的发丝里。手术刀划开胸口，取出一件滴着血的东西。

“好好给他医治，我现在需要他活着。”上面传来野比山助冰冷的命令。

“对不起，长官，他的胃伤太严重了，最多只能活十天。”医生据实回答了他。

“好吧，尽一切努力让他活着。”

圈　套

安元一个人回到了公馆，空荡荡的房子里，每块地砖都翻了过来，特别是安成的房间，天花板都拆了，家具扔在地上。安元俯身拾起扔在地上的画，画框被踩碎，画上留着许多脚印。那是一幅风景画，湖畔旁，树林边，还有一间小木屋。看着手中的画，眼前又浮现出当时的情景。

“你在画什么？”安成喜欢画画，他说过，等战争结束了，他就专心画画。安元开玩笑地说，娶不娶老婆呢？安成说，老婆要像画中一样漂亮才娶。

“家园。”安成回答。

“家园？你这房子也太破了点，画里漂亮的老婆可不嫁你。”安元揶揄了他一下。

“这就不对了，金窝银窝，不如家里的草窝嘛。”安成开心地笑起来。

“是狗窝吧？”安元不甘地报复他。

……

安元紧紧把画按在胸口上，躬下身子，又倒在地上，用力蜷缩在一片狼藉的客厅里。

三天前新政府办公厅。

安成把手包交给安元：“大哥，一会儿你去我办公室，那里有一个暗间，不会被人打扰。”

看着安成换好卫兵的衣服，悄悄离开办公室，安元收拾上安成的衣服，趁人不注意进了他办公室的暗间，取出准备好的东西。

他把照片冲洗后，根据照片，用日本特高课的专用稿纸临摹出一份真假难辨的文件，而后翻拍出两份胶卷，再销毁一切不该让敌人发现的证据，现在他需要做最后一件事，就是找个人穿上安成的衣服，做他的替死鬼。

安元在等待着，他知道自己必须这么做。为了这份计划已经有太多人牺牲了，他绝不能让这变成废品。如果日本人得知计划已经泄露，势必逼着他们修改原计划，那样，再找到那些鼠疫杆菌就不可能了，所以他要让日本人觉得自己已经追回了胶卷，让他们相信，原计划还是可用的。

“大哥。”安成突然闪身进来。

“你？”安元腾地一下站了起来。

“大哥，这个东西是我的。”安成向安元伸出手，要他手中的东西。

“你居然敢不听我的命令！你忘了我对你说过的话吗？遇事不可擅自做决定……”

“除非遭遇生死选择。”安成接上了下一句。

“胡闹，这是生死选择吗？”安元怒不可遏。

“是。”安成第一次迎着大哥的目光没有退缩：“你的位置关系到多少人生死，你比我清楚。你和我谁更重要，你也比我清楚。这不是你我的生死选择，是更多人的。”

“你少给我讲大道理，军统和上级同时给我这个命令，就说明我有死的价值。”

“大哥，已经来不及了。”安成的声音放缓了。

“你什么意思？”

“我已经回来了。酒会上与青木接触的人是我，青木最后一个电话是打到我的办公室，而现在，这里的一切东西也都在我办公室，包括这个暗间，所有线索都指向我一个人，我还清除了你的一切痕迹。现在你要做的就是配合我，完成这个计划。被捕后我会一口咬定你就是我的上线，他们查不到证据，再加上你的特殊身份，就会怀疑我在陷害你。然后你无论如何都要想办法在狱中见到我，此次见面就是让野比完全信任你，而且相信我才是银蛇。接下来就是你们发现胶卷藏在哪里。”安成狡黠地笑了笑又说了一句：“大哥，你那个计划真不怎么样。”

“安成……”平时能言善辩的安元，此时不知道该说什么。没想到安成早就设计好了，他一步一步把自己引进了他的圈套。

安成看着安元说道：“大哥，那么多人都死了，大小姐，小少爷都死了，我也可以，但为了胜利，唯独你不可以死。”

“安成，你告诉我，告诉我实话，你为什么要这么做？”安元扶住他的肩膀问道。

安成微微低下头，过了一会儿说道：“因为大姐，大姐希望你能给安家留下一点血脉。”

“糊涂！”安元低声怒吼。

“给我吧。”安成拿出大哥紧握在掌心里的东西。

野比山助看着手中的报纸，头版头条就是安成双目无神，穿着病号服的照片，下面醒目的标题写着：“军统上海站负责人安成弃暗投明。”

属下敲门走进来，向他报告，已经对胶卷进行了核实，确定已经追回来了。

野比山助终于松了一口气，放下报纸问道：“对安成审讯有进展吗？”

“我们对他进行了药物审讯。”属下递上来审讯记录。

野比山助接过来，审讯记录是空白。他扶着额头叹了一口气，不得不承认他是个非常强大的人。“他的身体怎么样？”他再次问道。

“还活着，医生正给他治疗。”

“告诉医生，尽一切努力让他活着。他身上有太多我们需要的东西，一定要撬开他的嘴。”野比山助放下审讯记录说道。

“是。”

“安元这几天在干什么？”

属下想了想说道：“每天正常上下班，还有他找人正收拾他的公馆，嗯，他的堂哥去看了他两次，好像他精神不太好，看样子这个安成对他的打击很大。”

野比山助点点头：“难怪，所有资料显示，这个安成十岁就被他带在身边，虽然名义上是管家，但实际上对他来说，安成是比他亲兄弟更让他觉得亲近的人，可是就是这样一个他绝对信任人的，却要置他于死地，这是任何人都难以接受的。噢，对了，你们调查他那个堂哥了吗？”

“查了，一个普普通通的生意人，他香水的代言人还是与我们大日本帝国有着密切关系的女明星。”

“好。你去忙吧。”

兄　弟

冰冷的刑讯室门被轻轻地推开了，一个穿着宪兵衣服的人走到用于刑讯的水泥方台旁边。安成静静地躺在上面，身上没有任何束缚，因为他们知道，他不需要了。他现在就是一具在喘息的“尸体”，日本人使用了大量的药物和兴奋剂在延长他的生命。

安元低着头，站在旁边，只是这样看着他，虽然他知道自己的时间只有代价高昂的七分钟，可是他还是这样看着。

安成很平静，像纸一样苍白的脸色让血显得更加鲜红，身上的伤口已经不能用数字来计算。忽然他轻轻皱了皱眉，紧闭的双眼微微闪开，他用尽全部的力气睁开眼睛，目光却没有焦距。又过了很长时间，或许只是一分钟，他用力呼吸着，失神的目光看向他，缓缓地把手臂摊在安元的手边。

安元从口袋里拿出早就准备好的注射器。他出奇的平静，从接到军统清除安成的命令后，他的心就像被千万条毒蛇在撕咬，在腐烂。没有人想要去营救他，他们愚蠢地认为，只有死人才最安全。只是当他看到安成的这一瞬间，他竟然平静了下来，他知道安成一直在等他。

他慢慢握住安成那苍白瘦弱的手腕，针头刺进血管，液体一点点推进去，安成的呼吸越来越急促，失去距离的目光依旧落在安元的脸上，干裂的双唇却微微动了动。

他说了两个字，谢谢。

那双明亮的眼睛平静地合了起来，呼吸越来越微弱，直到静止……

忽然阴暗的刑讯室渐渐有光闪进来，柔和，温暖，残忍的刑具一点点消失了，只有柔和的光和被那团光包裹的安成。

不远处一个银发老人焦急地，用力地想要站起来。他看到安成站了起来，一步一步向他走过来。笔挺的身形，合体的西装，深蓝色的风衣，打理得一丝不苟的头发，面带微笑，走到他面前。

“大哥，该回家了。”安成向他伸出手。

是啊，该回家了。老人急忙伸出手，握住安成的手，那么有力，那么温暖，他感觉自己充满了无限的活力。

他跟着安成的脚步往前走，面前是一片荫荫绿色，湖畔旁，树林边，一间小木屋，他闻到了饭菜的香味，他看到了大姐和小弟，还有一些孩子，他们在追逐打闹着。

“你们两个还怔着干什么，过来吃饭了。”

是大姐的声音，他转过头看看安成，安成被大姐骂后，正一脸无辜地瞪着自己。

是啊，我回家了！

对了，大姐说过，安成已经二十七岁了，该给他说一门亲事了，只是不知道这个臭小子有没有中意的人……

家　园

红霞早早起来准备开始工作，她却发现那个神秘的银发老人竟然坐在柏树下，晨光照在他脸上，平静而祥和，嘴角还噙着淡淡的微笑。

“首长，你怎么出来了？”红霞急忙走过去，想把他推回去，却发现他有些不对劲，她小心地到他鼻翼下试了试，突然惊叫了一声。

“怎么了？”院长走过来。

“院……院长，他……他……他已经……”红霞吓得说不出话来。

院长试了试他的呼吸，然后从老人手里把画抽出来打开，不知有多少年了，已经看不出这画的图案和颜色了。

院长吩咐红霞：“你去联系殡仪馆，我向上级请示。”

院长汇报情况之后，得到的答复是，不开追悼会，不要铺张，由疗养院自行安葬。院长放下电话，再次看看手中的这幅画。

湖畔旁，树林边，一处风景优美的地方，安放着一座新坟，没有墓碑，除了院长和红霞外也没有人送行。

红霞眼圈泛红，他觉得这个神秘的老人很凄凉，孤零零地走了，没有一个亲人来为他送行。

院长五十多岁，是个慈眉善目的人，手中拿着那幅画，看着眼前的坟墓轻声说道："我不知道他的名字，不过我曾经听人说起过他。"

"他真的没有名字？"红霞忍不住问道。

"谁知道呢？也许他有过很多名字，却没有一个是他的吧。"

"院长，他身上一定有许多故事吧？"

"不知道。我只知道，他是因为一起案子被牵连，以勾结国外特务的反革命罪被判刑，先后在狱中度过十五年，即使在疗养院他也一直处于被监视中。"

"他是罪犯？"

院长抬起头看着天空说："据说他一个兄弟是军统叛徒，被暗杀了，但他说他兄弟的真实身份是地下党员，所以他要追查一批解放时遗失的东南局档案，证实他兄弟的身份，为此他还得罪了很多人。"

"他查到了吗？"

院长再次摇了摇头："不知道，遗失的档案太多了，有些甚至根本就不可能找到。就像有些人一样，没人知道他们的存在，当然也没人知道他们去了哪里。"

两个人陷入了沉默。

过了好一会儿，院长拿出火柴点燃了手中的那幅画。

"院长，你……"

"既然对他这么重要，就给他吧。"院长说完把燃烧的画扔在了坟前，红霞回头看看坟墓，跟上了院长。

湖畔旁，树林边，一幅破旧的画一点一点燃成灰烬，随风盘旋在绿树之间。

也许一年，也许两年，孤坟也不见了，只有一处风景如画的家园……

后　记

1945年，安成被捕后第七天被军统潜伏人员暗杀于特高课监狱。

野比山助收到贮藏鼠疫杆菌冷库爆炸的消息，死樱计划失败，野比山助剖腹谢罪。安元悄无声息地撤离到北平，化名周怀诚。

1945年8月15日，日本天皇宣布投降。

1947年安元再次以安家大少爷的身份回到上海，接管安家的企业，继续从事地下工作。

1949年上海解放后，安元拒绝政府的其他职务，申请到当时的档案馆工作，任档案馆馆长，这期间他始终在追查东南局遗失的一批档案，甚至不惜借助私人关系，与当时在中国台湾和日本的一些特工人员接触。

1955年，安元因通敌反革命罪被捕判刑，先后于狱中服刑15年，直至1979年，因精神出现问题，转到清水轩国家疗养院。

1982年，直至安元离世也没有查到那批档案的下落，他唯一抓住的东西，就是那幅模糊不清的油画……

一路花开

◎杨 树

导读：小说《一路花开》从几种花卉着眼，对梁音与方大山的情感波折进行追述，展开了改革开放后真正的山区画面。通过对方大山的父亲方正的台上台下、生与死的描绘，让人们看清急功近利带来的严重后果。无序的滥砍滥伐对大自然造成伤害，大自然也会回应给人们无尽的灾难，虽然老场长方正爹以一己之力难以阻挡洪水的前进，但他的行为却给人们敲响了警钟。

作者用老到娴熟的笔法，为我们透析了北方山区林场不为人知的生活点滴和采伐场景。

每年五一我都要回林场一次，不仅是因为这是个杏花盛开的日子，还主要是缘于五一是方正爹的生日。

方正爹喜欢种树，数十年来种了多少棵树没人说得清，但都知道新立林场的路边河畔荒沟野岭上猛劲生长的树都是方正爹种的。方正爹除了种树外，还喜爱养花，房前屋后，园子边角都种上些。爬满房顶的是爬山虎，房后种上一溜串红，园子边上还有一片野菊什么的，没一种名贵的，但都活得旺盛、鲜亮。我曾说过要给他带几盆好花，但他总说山里人就该养山里的花，名贵的花娇贵，经不了风雨的，就该养在城里的。我一大早就起来了，准备些糕点酒肉，临时决定，把家里开得正盛的君子兰带去两盆。

杏 花

每年五一，新立林场旁边的新开岭就开满了杏花，白里透粉，夹在绿树中间像落满了一层厚厚的白雪，并不时有雪花片片飘落。为什么这片山有这么多的杏花，谁也不清楚。我只知道每年会有好多人为了看杏花，不辞辛苦来到这山沟里。我第一次看到杏花的时候还是在将近三十年前，那时我可不是为了看杏花来到这里，而是为了这片山，这片真正的山。

我那时在省林学院毕业已经两年了，始终在绘图室画图、画图，这和我在大学校园的愿望截然相反，我不断向院领导提出请求，这次终于得偿心愿，可以到林业第一线看一看了，可以与大自然亲密接触了，可以和设计队的同志们一起工作了。本来是十来天的勘察设计任务，把我搞得像出远门似的，不管怎么说，这毕竟是我第一次到基层工作。我不属于四四方方的生活，我像一只小鸟，需要自由的空气与歌唱。

临行前的那个晚上，我整理着衣物，就像整理着复杂的心事，虽然缓慢，但很清晰。我选了半天，还是选了那只半新的绿色书包，上面印着一排红字：为人民服务。我喜欢这只书包，它和我一样青春，具有活力，我抚摸着书包上的褶皱，像抚摸柜中呆板有序的日子。

我就那样来了，来到了新立林场，既像经过长久的思虑，又像毫无准备，总之，很多事情不仅不像我之前所想象的，反而相去甚远。但现在是不是有些后悔了呢？我不敢肯定。还记得刚到林场的时候，我面对着满山绿色狠狠地喊了一声，要喊出心中累积的郁闷。五月的山林，是那种清新含蓄的绿，是那种懵懂羞涩的绿，有一种冲动叛逆的绿，我不知道这密实的大山对我意味着什么，冥冥中，一切早已注定。

场长有50多岁，肩宽体厚，腰板挺得笔直，像在背部安插了一块钢板，这让他的身体多少有些僵硬，这一点，有点像他的名字：方正。迎接的人群中，有一个二十七八岁的后生，是方场长的儿子方大山，我在后来回忆当时的场景里没有一点他的影子，但他的目光却始终黏在我的身上。

场里没有住宿条件，就一个职工宿舍，自勘察设计队王队长以下都挤在这间大通铺里。考虑到我是队里唯一一名女同志，把我安排在场部值班室的床上。场部是一溜平房，有七八个房间，值班室其实就是场长办公室，在墙角安了一张单人床。把这里当作值班室是有一定道理的，其最主要的原因是有电话，虽然经常要摇好几遍，接线小姐才懒洋洋慢腾腾地问你要哪里。办公室很简陋，两张对摆的办公桌上面油漆脱落，斑驳的黄色像一张地图，在边角地区还有几处烟头的烫伤赫然在目。最值得注目的是一排椴木书架，没有漆面，原木质地，本来椴白的木面上已是烟迹斑斑。书架除了最上一排有几本《毛泽东选集》《林业工人手册》之外，下面几层却堆满了钳子、斧子、凿子、手锯、刨子之类的工具，看来这位方场长还是一位木匠。

黑夜，无边寂静的黑夜。

这种黑，是我从没见过的，黑得那么深，那么彻底，没有楼房灯光，没有山川树木，甚至没有人类的痕迹。我不敢关灯，害怕自己也成了黑的一部分，好像那种黑里包含着一万种可能，让人不可捉摸。

面对着两扇窗六块玻璃，我无法入睡，就像临行前那晚上一样难以成眠。但它们又是多么的不同：临行前是有些兴奋和忐忑，而现在有的只是恐惧，这是我没有一丝准备的恐惧。

窗子外面一片漆黑，没有掺杂任何颜色，浓浓的，厚厚的，透不出一丝光亮，很瘆人。幸亏在门口的屋子里还有一个打更的老头，要不然在此起彼伏的夜鸟声中我是无法入睡的。最不方便的是起夜，厕所在场部西侧50米处，我是说什么也不敢走进这不知深浅的夜色中。两扇窗户六块玻璃像六个黑色的魔盒，不知什么时候会跳进一只老虎或者一个人。我把自己紧紧贴在墙上，恨不得嵌进坚硬的墙中。后半夜我无法入睡，躺在床上憋着一泡尿，这也让我无暇去想窗外的事物，整个注意力都在这泡尿上。

整晚的灯光终于把晨曦接进屋子。我几乎是冲了出去，当我痛痛快快地方便之后，才有心思欣赏这山区的清晨。山林里雾气袅袅，一切都像是在水里刚捞出来的，湿漉漉的，清新的空气淘尽了我半宿的思虑，整个身心又充满了明快的力量。

早饭是在食堂里吃的。大米粥、馒头、鸡蛋，炒了四个菜，外加几样小咸菜。这些并不是林场常用的食物，也就是这几年，这要放在七〇年那阵，恐怕就得喝点苞米粥吃张大煎饼了，现在虽然国家刚刚提出改革开放，但在这深山老林里根本不知道开在哪里，放在何方，只是粮食比以前多了一些，但要敞开吃也不够，但不管怎样，省里来的是不能怠慢的。

方场长看我的脸色有点难看，问我是不是没睡好。我点点头说，不敢起夜，外面太黑。方场长呵呵笑了，用手拍着脑门说，你看你看，这事怨我了，是我没想到，女孩子嘛！没事，今晚给你屋里放一个便桶。说完便哈哈笑了起来。我有点不好意思，低头呼噜地喝粥。

方场长问王队长，你们勘察怎么进行呢？王队长说，我们分两组，至于梁音嘛，你派个技术员带她熟悉熟悉山里的情况即可。我知道自己没有工作经验，这次能让我来，也就是院长发发慈悲，让我看看什么是真正的山而已。那么辛苦的林业工作，从来都是男人爷们儿的专利，在林场，女人是彻底的看客而已。方场长回头一眼看到了儿子，心想，不管咋说儿子也是林业中专毕业，是林场最高学历持有者，看来儿子是当然的人选了。

第一天上山，我觉得处处新鲜，步步好奇，就连一朵花一片叶都能让我叫喊半天，若遇到清澈的溪水，那更会兴奋不已，对着沉默的山林念出几句诗来。方大山带着我走的是山路，没有树林和荆棘遮挡，我成了一个名副其实的观光者。方大山则亦步亦趋，像我的影子。

我摘了几朵山花插在头上，回头问他，你也是林校毕业的？他只关心花朵在我头上抖动的姿态，漫不经心地“嗯”了一声。我想，这个书呆子也不比自己强哪去，不过就是生在山里，长在山里，熟悉大山罢了。我不再理他，自己四处溜达。但我一旦进入密林里面，他就及时地喊我出来，甚至用身体挡住我的去路。我闹心死了，有几次想跟他大吵一顿，但考虑到刚刚认识，他又是场长的儿子，弄得太僵也不好，这一定是场长嘱咐他的。

我忽然看到一片一人来高的树棵子，密密麻麻整整齐齐地铺在山路的一侧，厚实阔大的树叶有着与众不同的绿，浅浅的嫩嫩的，无法看清这片绿的内部。我脑中灵光一现，如果用这些叶子编一个窗帘挡在窗子外面，那么晚上睡觉也不会害怕了。我为自己的想法而得意，但又无法实现，我望望眼前的方大山：“喂，你能把这些树叶给我弄回去一些吗？”方大山不解地问：“你要这玩意干吗？”我歪着脖子沉吟着说：“我不告诉你，这是秘密。”

如果我不说是秘密，方大山就是用手也能给我撅回几根，但我一说秘密，方大山竟然笑了，“那你最好保留这个秘密吧，不要轻易告诉别人。”他用一根手指立在唇边，显得极为夸张。

走了一会儿，我觉得无法让这个秘密成为秘密，便转身对他说：“看你也挺辛苦的，也不像坏人，我就告诉你吧，我想用这些树叶编一个窗帘，挡在窗子外面。”方大山笑吟吟地听我说出所谓的秘密，虽然很意外，但觉得我的这个想法也不是太幼稚，最起码能用两天，但白天就要放在阴凉处，不至于被太阳晒蔫。方大山说，“城里的人就是不一样啊，想的就是浪漫！”

我的声音低到了脚面，“我不是为了浪漫，这样我就不害怕了，窗外太黑了。”他点点头，“是个好主意，但今天没带镰刀，只能等明天了。”

我中午很有胃口，吃了两碗饭。饭后，倦意袭来，我便上床睡了。方场长看我睡了，便把电话扯到了技术室，大家有事就在那里唠扯唠扯。我这一觉睡得很香，昨晚没睡好，今天又走了这么多的山路，直到晚饭时才起来。

晚饭后，我在夕阳中散步，感受着山区的夕阳与城市夕阳的区别。等我回到场部，看到方大山正在我的房间挂窗帘。窗帘是大花图案，应该是月季花，是做被面的那种。布料是新的，不像是从被上拆下来的，看来是下午刚从公社商店买回来的。这个方大山，一个山里的男人，还有这么细的心思。我看到一朵朵红花配上一片片绿叶，煞是好看，不仅挡住了六只魔盒，也挡住了夜的眼睛。

方大山挂好窗帘后就走了，他说，“这样就不会害怕了，你用树叶当窗帘也不好，一旦树叶后面钻出一条狼来怎么办？”

马兰花

进入山区，杳无行人，半天也看不到一辆车的影子。我悠然地想着往事，这些沉淀几十年已经快要风化的往事，我悠然地驾着车，像在森林中漫步。前面拐弯处有一片草甸，长满了密密匝匝的马兰花，虽然还没到花期，但有些已经迫不及待地放出紫色。我停下车，走下来活动活动，望着这片马兰花呆呆地想，我和他不就是看过一次马兰花吗？

就在方大山给我挂上窗帘那个晚上，我果然睡了一个好觉。早上醒来想想也觉好笑。半夜起夜，我看到墙角有一只水桶，白铁做的，要说水桶也不对，这只水桶上宽下窄，比一般水桶矮小，是用来喂猪或瓦工装泥用的，俄语的译音叫喂得罗，吉林、哈尔滨的乡下大多都这样叫。在寂静的夜里，我蹲在喂得罗上面，觉得哗哗的声音能传遍整个场区，那声音清脆响亮，透出一种金属的硬度。鲜艳的窗帘上面传来阵阵的花香，让我的梦都变得香喷喷的。

今天的山路好像非常平坦，尽管我们走的还是昨天的路。同样的事物在不同的心境下看会有不同的样子。我心情舒畅，对方大山也是满脸热情。

方大山说，有一片马兰花，非常美，但是现在花开得不是太多。我一听就来了精神，嚷着要去。他带我走了不远，忽然一片草地呈现在我的面前。这片草地非常广阔，在草地里长着一片一片的马兰花。他给我掐了几枝含苞的，说回去插在瓶子里，过两天就开了。我抓过花枝，用力地闻着。

方大山问我还走不走，我说当然了，并一马当先，向山里走去。

从昨天的地头往南走，山势又是一变，昨天还是些低矮树木，今天却走进了高山密林。他在一片暗红的像葱一样的植物面前蹲下身来介绍，“这叫猴子腿，这林子里都是，炒着吃味道很好，这些单根的绿色的是蕨菜，都非常鲜美，蘸酱吃也行。”他又从草丛中摘下一朵蘑菇，很肥很大，像一把伞。我拿在手中细看，研究半天说：“我认识了，我要自己找。”

方大山听我说要自己找，话里竟有比赛之意，他也只好低头找了起来。过了一会儿，我把衣袋都装满了，抬头不见了方大山。我喊了一声，没有声音，再喊一声，还是如此。我陡地着急起来，用手做成“喇叭”，向四个方向不停地喊了起来。隐约之间，我隐约听到他的回声，我仔细辨认了一下方向，向回声奔了过去。

走了一会儿，早已出了松树林子，来到了阔叶林。虽然很多树木还没有绿透，还光秃秃的，但阔叶林里枝多叶密，灌木又多，找个人更加困难。我急得满头是汗，听到的声音时有时无，时高时低，不辨方向。突然，我脚下踩空，摔进了一片黑暗之中。当我落到地上，我才感到这是一个很深的坑，有三米多深的坑。上面被伪装过，就是所谓的陷阱。

我很害怕，拼命地喊着。不一会儿，方大山的声音也越来越大，越来越清，就听他喊道：“你在哪里？我怎么看不见你？”我大声地喊：“我掉坑里了，在你脚下。”

方大山在外面仔细地寻找着，不一会儿我就看到一张焦急的脸在洞口晃着。也许他看到我落魄的惨状，竟在上面咯咯地乐起来，我气恼至极：“人家都这样了，你怎么还笑？一点同情心也没有。”

方大山找了一根树枝把上面的杂草划拉一下，坑口全露出来了，原来是有人偷猎挖的狍子坑，是猎狍子用的，坑自然挖得比较深，防止狍子跳出来。我身上落满了杂草，活像一只傻狍子。也许是我的狼狈相打动了他，方大山忍不住又笑出声来。

我气得差点哭了：“都什么时候了？你还笑！”方大山忙说：“没笑，没笑，你别着急，我看看怎么把你弄上来。”

陷阱有三米来高，就是他自己也爬不上来，他琢磨着得利用一根小原木，人才能爬上来。可是放眼满山的树木，究竟哪一根能用上呢？他没有工具，砍不倒任何一棵树木，只好四处搜寻死掉的树木。走了很远才找到一根胳膊粗细的死木，看来是以前造材剩下的树头。他把枝丫扳掉，拖着木头回到陷阱。他叫了我一声，让我注意了，然后把木头放下去，让我爬上来。

我答应着，刚刚站起又蹲了下去，他顺着我的“哎呀”声看去，我双手在揉着脚脖子。“怎么了？”他问。“掉下来时把脚脖子摔坏了。”我闷着声说。等了一会儿，我试着站起，然后歪在木头上。我扶着木头往上爬，可是几次攀爬都以失败而告终。

方大山这回有点急了：“这可怎么办？看来她自己是爬不上来了。”他扑通跳了下去，站在我的身边。“你怎么也跳下来了？”方大山一脸严肃地说:“我怕掉下来一个黑瞎子把你吃了。”我很气恼:“黑瞎子专吃你这样的坏人,不吃好人。”他很疑惑,有这样的坏人吗?不知我对好坏的界定标准,也就无法知道好人与坏人。但不管怎么说,他能跳下来有难同当,就足以让我领情的了。

我望望这个深深的陷阱,心里激起对这些不法猎人的恨意。当人类预设陷阱的时候,又可曾想到困住的不是自己呢?

方大山用身体把我推出陷阱,他自己在陡立的土壁上慢慢挖出几个小洞来,然后他脚踩着小洞,一步步爬上来。

也就是从那以后,我就真爱上了他,我明白,这绝不是一时的感情冲动,确实是爱入心扉的感觉。后来,我就调到了新立林场,和方大山结了婚。

冬青花

车在公路上继续行驶。前几天连续下了几天的雨,道路有些积水和毁坏,我不着急,慢慢地走着。我和方大山的相识过程像快放的影像,在我脑中仅仅停留那么一瞬。我从来没后悔过我的选择,因为我们相爱是幸福的、快乐的,尽管这场婚姻是匆匆地开始,又是匆匆地结束。

我承认婚姻是需要缘分的,我与方大山的缘分只有一年,结婚一年便离婚了。为这事,方正爹气得暴跳如雷,骂方大山是畜生,还到医院住了几天院。我内心虽然很痛苦,但我依然拿方正爹当作自己的父亲看待,反而是我来安慰他。

事情的起因很突然,毫无征兆,我相信命运,认为就是命,该来的一定会来的,从不会事先与你商量或依着你心情的好坏。

我结婚后在林场当技术员。考虑到我与场长及方大山的关系,上级领导把方大山调到和平林场当技术员,离家比较远,他不愿意去,但场长爹板着脸骂了一顿后,他也不得不去。他每周才能回来一次,看我的眼神里,明显感觉到了不舍和依恋。就在婚后的那个冬天,我送他。场里的吉普车等在路口。他怕司机看见,我们走进了路边的密林里,我知道,他想给我一个拥抱作为分别的形式。但没想到,他忸怩得比刚认识时还有过之,我明白,现在的不好意思与之前的不好意思是两码事。我主动抱住了他,并吻了他。他不知道如何表达内心的情感,左右看看,忽地爬上了一棵杨树,在枝丫处采了一把冬青溜下树来,把冬青送给我。冬青有黄有绿,黄的像花,绿的是叶,在这一片银白的世界里是唯一具有生命的东西了。我高兴地接过,插在家里的酒瓶子里。

那是我结婚半年后,林场招工,有很多外地的工人,其中有一名山东的女工人,这让我感到好奇。林场一般不招女工,这次招了一名女工还是外省的,这让我感到很新鲜。

新工人到来的那天,我在厂部看到了那名女工,叫宋青,挺好听的名字。二十多岁的姑娘,长得很平常,但就是让人感到有些不平常,有点狐媚的味道。由于都是女性,我礼貌性地和她打了招呼,并帮她收拾住处。现在好了,场长爹把一个废旧仓库改造成了一个女工宿舍,有保洁员、做饭的、后勤的,还有厂部宣传的一共六个人,宿舍有两间,三人一间,宽敞洁净。

我和她很快就熟悉起来,这多半是缘于她热情大方的性格。她到家里来过几次,从不避讳方大山这一明显的雄性动物,和我什么话都说,说着说着就是咯咯的一阵笑,我不明白为什么那么可笑,为什么有那么多可笑的。

方大山从小母亲病故,是方正爹一把屎一把尿拉扯大的,方正爹把自己的精力都放在场子里和儿子身上,这些年单身一人,从没想过再娶一个。方正爹的性格有些倔强耿直,心里想的都表现在脸上。每次宋青到家里来,方正爹都是眉头深锁,背着手就出去了,像躲避瘟神一般。

如果宋青仅仅就这样也没啥可说,但她做出了一件大事,是一般人做不到的。

她在山东就是一个农民,没有什么学历,场里就把她分到后勤班。正赶上冬采期间,就安排她到山里给采伐工做饭。那时的冬采很艰苦,伐树后,削枝打丫出材,然后用牛爬犁往山下倒,倒到山下成小楞,然后再装汽车拉到大楞,检尺、造材、归楞,然后运走。这些工人吃在山上,住在山上。

吃得还不错,场里尽量改善他们的伙食,干活嘛,需要力气,需要能量,那么就得吃点好的,补充能量。猪肉炖粉条、酸菜炖猪肉是他们的传统菜,也是颇具欢迎的两道硬菜。一个山东姑娘做这些菜,也不是什么难事,只要看过吃过,宋青就会做。住得就不怎么样了。当时的冬天零下四十多摄氏度,经常会听说谁谁冻死了,冻伤冻残更不是个稀奇事。有人开玩笑地说,尿出的尿都能冻成冰棍,还得用树枝往下敲。为了保暖,山上的工人都会挖地戗子住。地戗子是半地下的土木建筑,说是建筑,只不过是对它的溢美之词。地上的部分,是由比胳膊粗的木头搭建而成,两面抹上黄泥,地下一米到两米深不等,在地下的屋子里搭上火炕,猛劲烧火,屋子里自然就热了。

宋青这个组在南山,也离场部最远,各组都是按片儿分配的,每个组基本就是一座山,宋青这个组也不例外。这个组共有十四个人,只有她自己是女的,全组两个地戗子,这就是说,宋青不可避免地要和男人们住一个炕上。宋青不在乎,倒是那些个男人很在意。他们表面都说不挨着她睡,甚至比女人还不好意思,但心里却都愿意,后来的结果就是选一个年龄最大的人挨着她睡。年龄最大的人叫大老王,四十岁,比她大十五岁,他们的理论是年龄大的稳重,甚至年龄都快赶上她父亲了。

这个大老王也是做饭的,他和宋青要给十二个工人做三顿饭。前两天还相安无事,第三天,大老王就显露出年龄大的优势了。年龄大,经验就多,相比年轻的胆子要大,而且比年轻的有手段。也赶上宋青天生就是这么一个人,两个人在工人都上山后很自然地开始了探秘之旅。

其实,有些情节都是臆测的,或是大家风传的。也不知是怎么回事,大老王做爱时猝死在了宋青的身上。有人说是脱阳,有人说是脑梗等,不一而足。

死了人自然要调查的,县公安局及时介入,场领导协助调查,结果很简单,大老王就是脑梗而死,宋青摆脱了杀人的嫌疑。虽然宋青不负有法律责任,但生活作风糜烂,影响极坏,林场毫不犹豫地把她开除了。

月季花

宋青被辞退了,要回她的家乡山东。我到场门口去送她,分别在即,竟不知说些什么好。我是一个不会拐弯的人,不会去虚虚地说几句再见、来玩之类的,只是默默地看她上了马车。

林场安排一驾马车送她去县城火车站。车老板是林场工人,近四十的人了还是过着一人吃饱全家不饿的生活。他姓李,人们叫他铁拐李,他是在山上放爬犁的时候,爬犁从右腿上碾过,从此,他走路都会像铁拐李一样,唯一不同的是铁拐李有拐杖,他还不用拐杖,只是走路像小鸡刨食,一点头一点头地走。他算是工伤,不能上山了,只能在后勤干点力所能及的活。

马车在雪路上滑行,说是滑行,是因为车辙很深,且弯弯曲曲,马车的轮子在冰雪的车辙里左右乱滑,忽高忽低,车上的人也就前仰后合,忽忽悠悠。

铁拐李放任马车缓缓前行,并不扬鞭催马。铁拐李卷了一根烟吞吐着,回身斜眼看着宋青:"大妹子,你真是狐狸精吗?我看也不像啊!"

宋青瞪他一眼:"什么狐狸精?你才狐狸精。"说完把脸扭向一边,不再理他。

铁拐李哈哈大笑着,笑声里一片轻薄。他不再回头,但话却没断,"你就这样回去了,怎么和你的父母说?"他听后面没有反应,继续说,"不如找个人嫁了,还回去干吗?"

宋青没好气地说:"都这么丢人了,嫁给谁去?嫁给你吗?"

铁拐李忙接话茬:"行啊,只要别让我死在你身上就行。"

"你也没脑梗病,怎么会死?"

铁拐李叫了一声"吁",让马车停下,回头

又问了一句,“真嫁?”

宋青点点头,“真嫁!”

铁拐李调转马车,挥舞马鞭,向回赶去。

铁拐李请示场领导,要和宋青结婚,场领导说,结婚是你们自己的事,场里不干涉,但她是被场里开除的人,不可能再回场里。

铁拐李不管能不能回去,先把婚结了再说。当天宋青就住在铁拐李家里了,第二天早晨铁拐李一看自己还好好地活着,更增加了他结婚的信心。两个人把房子打扫了一遍,上趟公社供销社扯了一床被面被里,给宋青扯块花布,买回些酒菜,第二天铁拐李就挨家挨户通知了,第三天就结婚。可结婚时,加上来帮忙炒菜的邻居也不到两桌人。但铁拐李不在乎这些,能结婚就行。

我当时觉得和宋青还比较熟悉,走得比别人近,我在结婚前一天就去帮她收拾屋子了。我给她带去一百元钱,还给她带去两盆月季花。宋青一个劲儿地闻着花香,嘴里说着真香,真香,眼里就流出泪来。我知道她心里很苦,但又不知怎么安慰她。我四处看看,突然看到那床新被子,绿叶红花,让我不禁想起了我刚来林场时,那场部的窗帘。我心中动了一下,又是月季花,怎么大家都喜欢这种花呢?是不是因为它四季开花,月月留红呢?

看着这个经历非凡的女子,我暗中庆幸自己找了一个好丈夫,有一个好家庭。

就在春节马上到来的时候,家里发生了两件大事,一个是好事,一个是坏事。方大山调到和平林场才不到三个月,就被提拔为副场长了,但同时又免去了方正爹的场长职务。方正爹才五十多岁,正当年富力强的时候,就被免职了,这主要缘于他耿直方正的性格,得罪了不少人,更违逆过局长,所以,这样的结果在所难免。为了平衡方正爹心中的不满,方大山被提为副场长也就顺理成章。

在除夕的年夜饭桌上,方正爹正色地说:“其实,对于这个场长我并不是真正的在乎,局里把我想错了。我只是感到遗憾,只能眼看着他们对这些林子下手了。你们看看,现在采伐都采到18公分的了,为什么年年非要下达那么多的采伐任务呢?你们看看现在的山,还有树了吗?都快秃了,造孽啊!天天只知道采伐,不知道造林,这就是利益驱使啊!腐败啊!”

方正爹喝了一口酒接着说,“我们管不了别人,但一定要管住自己啊!你现在是副场长了,良心要放正啊!”

方大山笑着说:“这可跟我没关系,小小的副场长,没那个权力,更没有话语权。”

方正爹瞪了他一眼,“那你就听之任之,随波逐流了?”

“那我能怎么办?还能像你似的,让人家给撸了?”

方正爹“啪”地拍了一下桌子,“怎么的?我还说不了你了?你个瘪犊子玩意儿!”

我赶紧打圆场,敬方正爹一杯酒,发自肺腑地评价了他的成绩,方正爹听得直叹气。

方正爹从此以后在林场的路两旁,荒沟河套不停地种树,林场苗圃有树苗,他就直接拿而用之,整得林场领导没有办法,只能睁一只眼闭一只眼;没有树苗,他就自己花钱买,找其他林场买,其他林场场长都熟悉,谁也不好意思收钱,只能意思意思。但即使这样,也架不住他几十年不停地种啊!大家防他就像防贼似的,后来没办法,我每年从县里的绿化办买些树苗送去。

方大山就任副场长不久,外面就有一些流言,说宋青离婚了,和方大山好上了,宋青离婚我知道,但说和方大山好上了,我的确不敢相信。

后来我托人找和平林场的职工核实情况,结果不是传言,是确有其事。整个和平林场都传遍了,她们职工给我朋友讲得绘声绘色,我一听就知道所言非虚。

那是在方大山当上副场长不久,他们场里有一个后勤的吴大嫂,平时处得都很熟悉,她男人是林场的工人。那天,吴嫂对方大山说,“我们家老吴请场长下班到家里来一趟,想跟场长唠扯唠扯,方场长不能是因为当上了场长不搭理人了吧?”

方大山其实真不想去,但让人家把话堵在

那了，也不好意思不去，再说以前当技术员时也去吃过几次，轻车熟路，自然就按时登门了。

哪知道到了吴家，看到了宋青，原来宋青的丈夫和吴嫂有点亲戚，宋青结婚后，来往几次，宋青和吴嫂就处得比她丈夫还亲，已经超过了亲戚范围了。

在这种情况下，菜是越吃越香，酒是越喝越透，大家其乐融融，气氛是出奇的和谐。方大山经不住三个人的轮番进攻，主要是经不住宋青的主动出击，最后直接倒在炕上了。

宋青和吴嫂把喝醉的吴哥架到西屋睡下，然后把东屋的饭桌撤了，铺上被，吴嫂就撤了。临撤还不忘嘱咐宋青："事成之后，可千万别忘了你答应的。"

宋青边推着吴嫂出门，边说，"你放心，我答应的一定会兑现。"把吴嫂推出门去，然后就把门插上了。

宋青上炕脱了衣服，看着沉醉的方大山，一阵浪笑，我的小冤家，今晚看我好好地伺候伺候你。梁姐，对不起了！

纸娟花

车外忽然下起了小雨，往事虽然像雨丝一样绵绵不绝，但我还是终止了它。二十多年了，每每想到这些，都觉得像梦一样。

这些年的路都修得很好，不像二十多年前的那么崎岖难走，有些路段轿车根本就过不去。现在好了，我可以在雨中任意奔驰。快到林场了，就快看到方正爹了。

有些事情，你越是试图阻拦它们，不再想起，可它们却越会清晰地印在你的脑中。我和方大山最后的日子竟是在不温不火的气氛中结束的，这一点，就到现在我都有些怀疑自己。为什么？为什么我会那么冷静地与他分手？

当年方大山与宋青的事情，等我知道的时候，两人已经如胶似漆了。宋青已经离婚，后来干脆就住到吴嫂家里，两人竟然偷偷摸摸地过起了日子。终究事情败露，整得人人皆知，方正爹气得在炕上躺了三天。我伤心欲绝，心里总有一个声音，我从省城一个人来到这偏远的林场，当初是顶着多大的压力啊！父母、朋友、同事没有一个人理解我，但我还是义无反顾地来了，没有犹豫，没有瞻前顾后。可是方大山呢？结婚刚刚一年，竟另有所爱，怎不让我悲愤不已？我是无论如何也不会原谅他的，我对他无话可说，形同陌路，我冷静地和他离了婚，就像结婚时那么快速。

离婚后，我就离开了林场，到城里开了一家天然食品有限责任公司，到现在已经有几家分公司了。当我离开林场三年后，方大山调回了新立林场当上了场长，宋青也被正式安排了工作，在林场当检尺员。再后来听说宋青在林场的一次事故中被木头离奇地压死，公安介入后的结论是谋杀，而杀人者竟然是她的丈夫方大山，最后经过法院的裁决，判处方大山无期徒刑。

方正爹就剩一个人了，陡然间老了十岁。他的话变少了，饭量变轻了，只有一样事情没变，那就是每年不停地栽树，栽树。二十多年过去了，也不知道他栽了多少树。他挂在嘴边的话：十年树木，百年树人，破坏环境，早晚会受到惩罚。方正爹这些年，最喜欢过他自己的生日，他认为它比一年中任何一个日子都重要，因为每年这时候我都会去看方正爹，和他一起过一个简单但幸福的生日。

车子马上进入到场区，但路况出现了问题，公路上粗石裸露，沟凹遍布，公路两边树木有序地伏倒在地，且一片泽国。我马上意识到，这里前不久发生了洪灾，也就是前两三天内。再往前走，我看到有两座山体已经滑坡，看起来这场洪水一定不小。通往林场的路旁，有些大树耷拉着脑袋，神色不安，那些小的或断或折，随洪水走了。我知道，这些都是方正爹种的树，现在变得七零八落。

我七拐八拐进入到林场，那些老房子都趴在地上，奄奄一息。没塌架的墙面上清晰地留下洪水肆虐的痕迹。我慢慢地开到方正爹家，房子完好，但大门紧锁。我下车，四面打量着。

忽然，我听到哀乐慢慢响起，且越来越清

晰。这让人颤抖的哀乐，让我不由自主地向它寻去。

哀乐是从林场场部的大喇叭里传出来的，当我走到林场部门前，也听到了喇叭里的悼词，原场长方正的字眼像一枚惊雷在我头中炸响，我的思维当即停顿，跌跌撞撞地冲到木制的棺材旁，泪如雨下。

悼词里说了什么，我一句没听见，我无法接受这突如其来的变故，我呆呆地傻跪着，自己都不知道想些什么。

方正爹没有什么亲属，场长就来征求我的意见，问我有什么要求，坟准备立在哪儿。

我基本不知道怎么办，全靠场子领导做主，但要把他埋在那片红松林的旁边，那是他以此为豪的林子，是他几十年汗水浇灌而长成的。就把他埋在那里，让他和他的树去做伴吧。这是我提出的唯一的要求。

当我多少清醒了一些，我就问他们方正爹是怎么死的？那些认识我的职工马上就给我讲了他死亡的经过。

昨天上午，山洪突然暴发，几处山体都滑坡了，洪水冲走了很多家畜，也冲倒了很多房屋，有两个岁数大的老太太也被洪水冲走了。方正爹与大家一起抗洪，但人们在大自然面前竟然是那么的软弱无力，方正爹急得乱骂，骂现在这些领导祸害人，不停地伐树，山都秃了，能不发洪水吗？一边骂着，一边向着洪水迎去，他张开双臂，企图用自己的胸膛挡住无情的洪水，大家就眼睁睁地看着他被滚滚的洪水吞噬了。

我听得心惊肉跳，荡气回肠。方正爹自退休起就开始栽树，他说过他没培养好儿子，就培养树吧，他栽了近三十年的树，想用他栽的树弥补他儿子对大山的错。如今他才发现，凭他一己之力是改变不了什么的，他只好用自己的生命完成理念上的救赎。

晚上，场领导让我回方正爹家休息，场里的年轻人多，让他们守灵。我也感觉很疲劳，就回到方正爹家。

家里的一切还是那么熟悉，那么亲切，只是人去房空。我胡乱吃了一点东西，坐在椅子上默默地看着窗外。忽然，桌上的一封信引起了我的注意，我拿起一看，原来是方大山写给方正爹的信，不对，方正爹的名字后面还有一个括号，括号里写的是转梁音收。我一看是写给我的，觉得很奇怪，就把信纸抽出来了。我先看看落款的日期是他刚刚蹲监狱的日子。

梁音你好，我是在监狱里给你写的信，也不知道你能不能看到。我现在虽然生命还在，但我觉得咱们已经阴阳两隔，不然我也不会给你写这封信。

我知道，在你内心深处有那么多的恨，也有那么多的痛，这一切都是我给你带来的，我深深地忏悔，不是为了你的原谅，而是为了自己的良心。我想，我现在已经是个死人了，所以我所说的话都是真的。

当初宋青把我灌醉后，有了性行为，但我第二天真的不清楚啊！只知道和她睡在一个被窝里。我当即大怒，给了她一个耳光。穿上衣服就走了。但后来，她拿出一份木材买卖合同的复印件，上面有我的签字，我才知道她是场长派来的。我一切都明白了，最近有一份合同款项巨大，我尽力抵制，这才有了今天的结果，我只能束手就擒了。

我对不起你，也对不起自己的良心，我被他们拉下水了，我无力反抗。后来怕影响到你和父亲，我就同意离婚了。

后来，在场长的帮助下，我回到了新立。然而，宋青始终阴魂不散，始终缠着我，让我食不甘味，寝不得安。我只好杀了她。我知道这是犯法，但我的良心得到了解脱。

我不想得到你的原谅，只求良心得到解脱！

祝你幸福！

后面是年月日。我反复翻看这封信，突然明白这么多年方正爹没转给我的原因，他是不想打乱我的生活，让我平复的内心不起波澜。可现在为什么又给我了呢？是预感自己就要离开这个世界？还是认为我的内心已经彻底平复了呢？难道我的内心真平复了吗？

梅园桂花阁的幻影

◎文 茫

导读：知识是文明的外衣，能力是财富的本钱，人性在失去道德约束的荒野，将蜕变成野性，幽灵披着外衣竟成为绅士漫游，司机践踏善良的人性。现实中不知有多少企业家或者公司老板，他们财大气粗，泯灭人性，仗着金钱玩弄女人，愚弄感情……在物欲横流的时代，为何总有那么一些女人被玩弄？为何总有那么一些感情被愚弄？本文通过不同角度，揭示了马冯建筑装饰设计创意公司老板冠冕堂皇的表象，隐形玩弄女人愚弄情感的阐释，警示女性，尤其是年轻女人在婚姻、爱情及情感寄托上，假若脑子里少一根筋，那就务必多一个心眼儿……社会的发展需要文明，人类的进步更需要道德。

追梦逸芳与她的诗

4月25日下午，紫薇正在办公室电脑前设计一家住宅的室内装修效果图，手机突然响了，一看是竹风论坛总版主蓝天发来的短信：“千愁的散文集《夜来香》出版发行了，兹定于4月26日晚8点30分在滨河路前门大酒店举行签名赠书仪式，特邀请本市所有在家的竹风会员届时参加，顺便集体会餐，费用AA制。”

千愁是竹风论坛文学原创版的区版主，文笔洒脱，尤其擅长散文，语言行云流水，凄婉柔美。紫薇是现代诗歌版的版主，与千愁有一年多的网络交往，对其人品颇有好感，遇上这样的好事说啥也得参加。其实这件事，三天前千愁已经在QQ聊天时告诉紫薇了，还说到那天晚上带她一起去白河边数星星呢。

这天晚上，紫薇因为有事晚到了几分钟，本以为场面轰轰烈烈甚是热闹，可一看并没有什么签名仪式，跟着服务员来到二楼一个两室的大通间，两张大圆桌，屋里坐了二十几个人，虽说是同一个市的网友，因为平时只在论坛上交流，见了面除了蓝天大都不认识。蓝天主动前来握着紫薇的手给大家作介绍，然后在座的几位男女网友都各自介绍了自己的网名，个别的还介绍了真实姓名。有一位30岁出头的女士戴着墨镜，一身黑衣服，黄头发长披肩，一副黯然摄魂的样子，听蓝天说，这就是诗人追梦逸芳小姐。紫薇主动上前拉拉她的手，说了些客气话，然后就近坐下。大家吃着瓜子，等着后续的网友，大约过了二十分钟，该来的陆续都到了，蓝天站起来宣布：“今天晚上大家聚在一起，参加千愁的赠书仪式，千愁无论如何是要到场的……”说到这里停顿了一下，好多人眼睛四下搜寻，不知道哪位是千愁。蓝天接着说：

“可是呢，临时有变，千愁被市作协领导拉去参加一个重要的晚会，所以今天晚上的赠书仪式呢，就委托我来办理。”说完，将一摞子新书分发给在座的，最后还缺了几本，有五六个人没有拿到，蓝天自己也没留，她把最后一本避开几个人的哄抢递给了紫薇，紫薇甚是感动。然后，就吩咐服务员上菜斟酒开宴了。因为千愁的缺席，人们都有一种怅然若失的感觉，喝酒的气氛显然活跃不起来，喝过三杯开场酒后就有点冷场了。有人提出来玩成语接龙，到谁那里接不上来或者首尾接错就罚一杯酒，然后出句继续顺时针转。大家举手一致通过，两桌同时分别玩起成语接龙，一气转了十几圈子，每次轮到追梦逸芳那里，她总是默默无语端起酒杯就喝，眼看她喝得都有些晕了，所以只好暂停了下来。有几位相互礼节性地敬过酒之后，几个男士开始划拳猜枚，女士们相互问长问短加深印象。追梦逸芳满怀心事似的少言寡语，突然用带有东北口音的普通话提议大家对诗，谁要是对不上来就喝酒。紫薇觉得不妥，因为在座的不是所有的人都会写诗，就主动说：“我来赋一首谜语诗，大家集体来猜，十分钟内猜不到就每人喝三杯酒，如果有谁猜到了，我喝三杯。”有人嚷嚷，说赋诗的人起码得喝六杯，三杯太少了，紫薇说要是谁觉得喝三杯少了的话，那他来赋诗，自己愿意参加猜谜。结果无人应言。紫薇稍加思索随口咏道：

古简心丝言缚茧，
今文心亦意缠绵。
手牵心友情尤在，
窃失心魂两有缘。

咏完诗然后说：“这首诗的题目叫《心心相印》，答案是两个字的词。”两桌的人们互相商量，有猜“四心”的，有猜“死心”的，也有人猜“心爱”的，等等，你一言我一语没有定论，眼看面临全军覆没喝酒的危急关头，追梦逸芳小声说：“是‘恋爱’。”此刻所有的人除了用敬佩的眼光看了追梦逸芳外，接着都把目光转向紫薇，等着她表态是对还是不对。作为诗歌版版主的紫薇，不仅人长得漂亮，而且性格温柔贤淑，为人诚实善良，大家都觉得她不会耍赖。紫薇果然笑了笑说：“那没话说，我喝三杯。”说完先喝两杯，最后一杯端起来邀请追梦逸芳碰一杯，追梦逸芳不同意，有人提议让紫薇喝过三杯后，再让追梦逸芳与紫薇碰杯，追梦逸芳爽快地接受了。两个人碰过杯，大家都说由追梦逸芳接着赋诗。追梦逸芳说谜语诗没有现成的，一时半会儿也想不来，就说自己来一首以前的旧诗，题目叫《残花絮语》，说不上助兴，让大家体味一种心情，明白一个事理，随即带着感情吟诵：

春风柔柔的
阳光雨露滋润着
花蕾，绿叶簇拥围合着
随风飞来一只马蜂
远远凝视着，叶间
怯生生的花苞
含羞吐火

马蜂再度光顾
盘旋缠绵，轻盈抚慰
花朵嫣红吐芳
马蜂含情脉脉
日升采撷花的粉蜜
日落寄宿花的心窝
蜂狂，花醉
香蕊蹂躏成粉末
醒过，梦过
谁知是爱还是罪过

暴风推开了紧闭的窗扇
惊雷结束了开春的承诺
风雨过后的夏天

该热的却很冷落
马蜂远去，花瓣漂泊
只见残花相伴的果
满身伤痕的花枝
流淌着泪雨混杂些污浊
花在雨中凋零
果在风中哆嗦
唯不见马蜂在何处取乐

花瓣已无力抗争
在泥土里掩面呢喃
罪不该信甜言蜜语
罪不该受假象迷惑

追梦逸芳诗句刚落，全场爆以热烈的掌声。她激情荡漾的朗诵，如泣如诉，她本人也黯然垂泪。紫薇用餐巾纸给她擦着泪，连声说："别太激动了，别太激动了，朗诵得真好。"

大家在为追梦逸芳的诗朗诵感慨的同时，暗自里谁都会想，诗中为什么是蚂蜂呢？要是改成蜜蜂或者蝴蝶那不是更好吗？不过见追梦逸芳那声泪俱下的激情，大家除了喝彩称赞就不再去想更多了。唯独紫薇心里有一种酸酸的、辣辣的、说不上来的滋味，一直到酒会结束，心里还在琢磨那首诗的意味，无论如何也想不明白。

聚会结束了，大家热血沸腾，有说有笑，不再为千愁没有到场而感到失落，相互握手话别，蓝天除了同另外一位女文友乘出租车护送追梦逸芳回家外，还非常关心地问紫薇怎么回去，路上要注意安全。紫薇笑着说："谢谢蓝天大姐。没事，我打个电话找个蜜蜂来保护我。"话音刚落，她的手机响了，只见紫薇对着电话说："喂，谁呀?哦，是你啊!聚会结束了啊，刚刚结束。我正在回家的路上。真是太遗憾了，你怎么没有来呢?"对方电话里说："非常抱歉，我有个晚会刚结束。还好，这会儿还不耽误陪你一起去河边数星星。"

紫薇回答说："不了，改天再数星星吧，今晚为你的书成功出版特别开心，我喝多了，想早点回去休息。"

"你等着，我马上过去送你回家。"

"不用了，我有蜜蜂保护的，你放心吧。晚安。"紫薇挂了电话，紧接着又拨了一个电话，不到十分钟，一辆白色的花冠轿车开到紫薇面前停了下来。车门从里面自动打开，紫薇上了车，朝着南方驶去，很快消失在两行街灯渐暗的夜景里。

桂花树下话梅园

紫薇坐在轿车的副驾位，心怀不悦地说："马冯，你这名字能不能改改，听着真别扭，咱那公司也不叫马冯建筑装饰设计创意公司了。""你喝高了吧？我这名字怎么别扭了啊？你又不是不知道，我爸姓马，我妈姓冯，所以就给我起了这名字，从小到现在，还是第一次听人说我这名字别扭呢。"马冯说着话，车到了花园路一个住宅小区停下，他先下了车迅速从前面绕过去给紫薇开车门，并嘱托她别胡思乱想了，回去洗洗早点睡觉，明天早晨多睡一会儿，要是不舒服就不要去公司上班了。早晨醒来先给他打个电话，要是上班的话过来接她。紫薇答应着，伸着胳膊等着拥抱，马冯照常如旧地紧紧抱着紫薇，紫薇搂着马冯的颈项，使劲地在他脸上亲吻着，马冯依依不舍地将其松开，然后看着紫薇上了楼才开车离去。

马冯36岁，高挑英俊，文雅帅气，毕业于东北某大学建筑系，硕士研究生，注册建筑师，留校任教两年，2007年秋天辞职回到家乡宛城，创建马冯室内装饰设计创意工作室，由于过硬的专业知识和精湛的管理才能，事业迅速发展壮大，第三年扩大为马冯建筑装饰设计创意公司，注册资金五十万元，固定资产百万元，拥有员工八十三人，机动临时工不计其数，其中大中专以上学历的占30%，承揽建筑室内外装饰咨询、设计和施工业务，不仅垄断了本市的大中型建筑装修工程以及家庭室内装饰装修业务，还在鄂、豫、皖多个地区设有分公司，年实现利润近百万元。紫薇26岁，一米六七的身高，娴静秀丽，是某工程学院工艺美术专业本科毕业，去年春天应聘在马冯建筑装饰设计创意公司做创意设计，工作之余她经常在竹风论坛发表诗歌，认识了蓝天、千愁等论坛笔友。她心里明白，千愁对她有一种爱慕之情，总想找机会约她会面，由于自己倾心于马冯，所以一直没有应许千愁。尽管马冯比她大了十岁，两个人还是建立了恋爱关系。马冯平时对她关爱有加，百依百顺，两个人的感情与日俱增，如胶似漆。马冯对紫薇说，等在麒麟湖畔建一座小别墅后就结婚。

紫薇睡了一觉，第二天早晨醒来，懒洋洋地不想起床，想到昨天晚上千愁那本《夜来香》，躺在床上随手翻开看，大部分篇章写的是现代城市青年男女的夜生活，文笔细腻，情节感人。她深深地爱着千愁的文字，就像一个清纯少女爱着朦胧的心上人似的，痴迷执着，一口气读了六篇，竟忘了给马冯打电话，后来还是马冯把电话打过来，才将紫薇从那些情感纠结的文字漫游中惊醒。马冯问她休息得怎么样，做梦了没有，有没有梦见他等之类亲昵话之后说："今天天气不错，我们一起去麒麟湖畔选别墅的地盘吧。"紫薇一听心花怒放，满口答应，迅速起床穿了衣服，洗漱完毕，淡妆来到小区大门外等候。

紫薇今天穿一件米黄色休闲衫，紫色毛线裙，短碎发，戴一副紫瑛色太阳镜，看上去分外妩媚妖娆。那辆白色花冠轿车准时开过来了，在紫薇近前停下，副驾位的门从里面自动打开，紫薇上了车，关车门时裙角夹住了，开了一下又重新关好。汽车沿着人民大道直奔麒麟湖。麒麟湖在市北郊五公里左右，东邻绿荫葱茏的独山风景区，北连鸭河湾库区，是一处兴建别墅的风水宝地，远离城市的喧嚣和污染，依山傍水，空气清新。一路上春意盎然，道旁的桃花争艳，油菜花散发着清香，各色各样的彩蝶翩翩起舞，有几只短命的蝴蝶撞在了轿车前面的挡风玻璃上粉身碎骨，在玻璃上留下一些斑斓的痕迹。紫薇看了心生怜悯，唏嘘一声说："你开慢点，开慢点，好可怜啊。"马冯觉得没有什么，嘴里"嗯嗯"地应许着，却照常行驶，不多时就到了麒麟湖，车子放在停车场，两个人来到了湖边。今儿不是礼拜天，游人不多，游船上的船夫吆喝着让他们坐船，马冯问紫薇坐不坐，紫薇摇摇头，说想在湖边看小鱼游水。于是两个人沿着湖边向东走去。在一河湾处，有许多光洁圆滑的石头，纵情肆意地躺卧在湖边的浅水区，他们站在石头上，马冯捏碎手中的面包投向水中，招来许多小鱼，紫薇开怀畅笑。

在水边玩够了，这才沿着一条曲径，穿过一片杨树林爬上小山包，山包的南面有一片梅树园，马冯说这山坡向阳，左边幽谷松涛，右边湖光竹影，后面有靠山，前面流小溪，建一座别墅环境非常优美。紫薇疑虑地说："好是好，这地方是风景区，恐怕地不好买的。"马冯笑笑说："城建局局长是我小舅，这事好办。"紫薇说："这地方估计不属于城建局管辖，应该归旅游局或者林业局吧。"马冯不屑一顾地说："哪里不归马市长管啊？哈哈！"走出梅园往前有一片草地，草地上有一棵同根交臂姊妹桂花树，树干各有茶碗口般粗细，他们在树荫里坐下，绿茸茸的草坪，一片鸟语花香，真是令人心旷神怡。紫薇抬起头看看像一把大伞的树冠，满怀憧憬地对马冯说："要是能把这棵桂花树围在院子里，到了八月花开时节，满院桂花飘香那该多好啊！"

马冯说："这个地方不如那片梅园好，不能因为一棵树而放弃整个林子。"紫薇笑笑说："我就喜欢这棵桂花树。"马冯将紫薇揽在怀里，深情地说："那好，我们的别墅就取名叫桂花阁吧。”说完伏下身子亲吻紫薇的香唇，热吻好一阵子才慢慢停下来，咂着舌头说：“你唇角的唾液有一丝淡淡的甜意，比香槟酒的味道还好。”紫薇惺眼蒙眬地微笑着喃喃细语：“你的也是。”说罢双手环扣又将马冯的颈项搂下去继续品味那丝淡淡的甜蜜，如痴如醉。马冯右手伸进紫薇的衣襟，在胸部不停地抚摸那挺滑柔润的乳房，紫薇翻动着双腿，难耐地呻吟着……

太阳慢慢地偏向西边，精灵的小燕子低飞盘旋。紫薇和马冯离开林地时已是下午接近五点钟了，他们在停车场附近的小餐馆里吃了点东西，然后开车返回了。

欲火难耐的夜晚

一路上，紫薇的小肚子一直是结着疼，不知是饮食问题还是其他原因。马冯说带她去看医生，她说不用，心想休息一下就会好的。晚上，紫薇在马冯的单身宿舍里，两人一起勾画了桂花阁的草图，紫薇特意在院子里画上一棵桂花树，树上落着两只小鸟，马冯又在树的旁边画了一个游泳池，刷刷几笔就是波光粼粼的一池清水，水中有树和鸟的倒影。紫薇抢过笔说：“不要把鸟画在水里，会淹死的。”马冯风趣地说：“呵呵，有我保护着你不会淹着的。”两个人相视而笑，情不自禁地又亲吻起来。

这套住宅有百余平方米，进户是一个客厅，往里面走是餐厅，靠北边是厨房和卫生间，南侧朝阳的是两间卧室。马冯在装修时，特意将东边一间卧室原来的房门改装成一个装饰柜，里面放些古玩插花之类的面对餐厅；西边一间作书房，有书柜、电脑、高档布艺沙发；东隔墙开了一个圆门，与东边那间卧室套通。室内全部暗红色檀木地板，散发着一股恬淡的木质清香，配以简洁明快的装饰线条，几幅裸色西方名画点缀得恰到好处。但是对于这些画，紫薇并不欣赏，她比较喜欢山水花鸟一类的国画。心里想，等桂花阁别墅建好了，室内装饰从设计到施工要亲自操作。马冯把紫薇从书房的沙发上抱到卧室的床上，两个人混衣滚在床上狂吻足有一个时辰，难舍难分。马冯抑制着自己冲动的欲望低声说：“今天你累了，快睡吧。”我拿套被褥睡书房的沙发上，说着就去开衣柜。紫薇满脸红晕，羞涩地说：“沙发上冷吧？别受凉了。”马冯笑着说：“没事，我身体结实。”紫薇示意要马冯不脱睡衣与她一起睡在床上，马冯会意地摇摇头说：“那样睡不着。你今天太累了，好好休息吧。”说完就抱着被褥离开了卧室。

紫薇一脸绯红，翻了个身盖上被子睡了。她暗自里胡乱猜测着，不知道马冯此刻什么样的心情，自己长这么大在这样的环境气氛中睡觉还是第一次呢。她思前想后，翻来覆去睡不着，就起身去了趟卫生间，然后熄了灯又睡下，尽管暗示自己不要想任何事情了，赶紧入睡，可是马冯在外间书房里沙发上，不停翻身的声音总是影响她入眠，便坐起来问：“蜜蜂，你睡那里冷不冷啊？”

马冯回答说：“以前这屋里我一个人冷，今天夜里两个人，暖和着呢。”

“那赶紧睡吧。”紫薇叮嘱。

马冯说：“你先睡，你一睡着我就睡着了。”

紫薇又说：“你先睡吧，你翻身影响我啊。”

马冯接着回答：“那好，我不翻身了，睡着了啊。”接下来听不到马冯一点动静了。但是，又过了一个多小时，紫薇照样不能入眠，自己也不知道想些什么，在床上折腾又怕把马冯惊醒了，不翻身又难受不堪，简直是活受罪，索性起来不睡了。她不开灯，光着脚丫子轻手轻脚地摸索到书房里，小心翼翼地蹲在沙发前，偷偷地欣赏马冯那均匀有致的鼾声，心想，这家伙够憨厚的，还真能够睡得如此酣畅呢。默默盘算着，他会不会有毛病呢？想到这里，自己也暗暗地笑了。紫薇独自蹲了十几分钟，慢慢地感到无趣了，就又蹑手蹑脚地回到卧室里躺在了床上。无眠的煎熬使她开始有点后悔，要是回家睡就好了，遇上这样的蜜蜂，笨得像猪一样。

马冯在沙发上佯装睡着了，其实紫薇的一举一动，他都清清楚楚，就是不动声色，看看紫薇有何反应。突然听到紫薇在卧室里哼啊嗨啊地呻吟，就起来问怎么回事，紫薇说自己的肚子又开始疼了，越来越厉害。马冯说起床去医院挂急诊，紫薇说半夜三更的去医院多麻烦啊，算了吧，天亮再说。马冯无奈，便说："让我给你揉揉肚子吧，也许能减轻一些。小时候我经常肚子疼，妈妈给我揉揉就不疼了。"他说着就上了床，右手伸到紫薇的腹部，上下扒了几下，然后顺时针揉了三十六转，又逆时针揉了三十六转，随后问："好些吗？"紫薇没有回答，翻身把马冯紧紧地抱在怀里。马冯翻过身将紫薇压在身下，一边舌唇相接，一边解开紫薇的纽扣和胸罩，交替揉摸着两个丰满圆润的乳房，迫不及待地拿出了儿时的功夫。紫薇感到下身有一个坚挺的东西在蠕动，心里像虫爬似的缭乱难耐。她双目迷蒙，微微地喘息着，低吟着，仿佛焦渴的田地，等待着一场春雨的慰藉。

马冯已不再是文质彬彬的马冯了，散乱着鬓发像一头雄狮，双手并用，很快将紫薇的玉体脱了个赤裸裸的，白皙温润的肌肤飘香流韵。马冯迅速脱着自己的睡衣，同时欣赏着紫薇的乳峰秀色，头晕目眩，旋即伏下身去滚爬在一起了。两个鲜活的肉体，被精神的欲望彻底征服了灵魂，闪现着人类本真的自然的野性的疯狂……

追梦逸芳的再现

马冯在事业上蒸蒸日上，公司效益越来越好，他早就有意把公司总部设在北京，当初限于资金和业务匮乏，觉得在家乡宛城创业有利，等时机成熟再一步步发展壮大。就目前的实力，他亟待打进北京去。6月15日下午，天已经掩黑，紫薇下班刚回到家，突然接到马冯从公司打来的电话，说有重要的事情要她回一趟办公室，紫薇打的返回公司，来到二楼经理办公室，敲敲门，开门的是马冯，他随手关了门就把紫薇抱在了怀里，两人亲吻了一阵子后，马冯回到办公桌边，坐在老板椅子上说："小鸟，以后这把椅子就归你了。"紫薇有点莫名其妙，随即问："今天下午你去哪里了？回来这么晚。"

马冯踌躇满志地回答："我要在北京设总部了，以后这里的事情就由你全权处理。今天下午我通过马市长与北京那边联系一个项目，工程很大，我想借此机会在北京发展。今晚九点二十分的火车，一去估计短时间内回不来，有好多事情要办。"说完，伸出双臂要紫薇坐在他怀里，问紫薇会不会想他。紫薇分开双腿对面骑在马冯的腿上，感到事情来得很突然，担心公司的事情做不好，马冯毫不在乎地说没什么事，放开胆子做就是了。说话间，马冯已经将紫薇的乳头含在了嘴里，让紫薇心慌意乱，紧紧地搂住马冯的脖子。马冯褪下裤子，又把紫薇的裙子撩起来……自从那次在马冯的宿舍里有过第一次后，这样的事已是多次在这个办公室里发生了，甚至有时会在一天内重复地做。紫薇心甘情愿地配合着马冯的各种姿势，沉浸在激情浪漫的初恋情迷之中。

马冯走后，紫薇就成了公司的代理经理，虽然公司的工作她也很熟悉，毕竟决策的事情没有操过心，刚好又遇上一家客户刚做完的室内装修，客厅的粉刷层大面积脱落，找到公司来大吵大闹，虽然紫薇一口答应免费给人家维修，客户还要求赔偿损失费。这笔业务本来就是通过蓝天的介绍才做的，因为考虑到蓝天的人情关系，根本就没有赚钱，现在返工维修就已经亏本了，再出一笔赔偿费实在太冤枉了。无奈之下，紫薇只好给蓝天打电话说明了情况，后来由蓝天出面调解才算和解，只免费维修不出赔偿费。

公司的业务很多，下面工地上的大小事都要请示紫薇，好多事情她也拿不定主意，遇到大事只好打电话请示马冯，可是电话一直打不通。自从马冯刚到北京时给她打过两次电话后，已经三个月没有跟紫薇联系了。紫薇心情很郁闷，坐在经理办公室的沙发上正在胡思乱想，一个戴着墨镜的长发女郎进来了，紫薇一见觉得有点面熟，却一时想不起来在哪里见过，正在寻思回忆，那女士开口就问："马冯在吗？他跑了和尚能跑了庙吗？躲着我算啥本事啊！"一听声音，紫薇立刻想起来了，因为她的普通话里带有东北的口音。没错，绝对没错，她就是那天晚上在前门大酒店朗诵《残花絮语》的追梦逸芳。追梦逸芳经常在竹风论坛的诗歌版发帖子，虽然她的诗歌大都属于抒情一类的朗诵诗，直白易懂，但从那些字里行间里可以读出一种忧伤落寞的悲凉，没经历过坎坷的人是无法写出那样悲情忧伤的文字的。既然是网友到来，紫薇非常高兴，连忙让座倒茶，热情有加，随即便说："你不是追梦逸芳吗？那天晚上也不好意思问你的真实姓名，什么风把你给吹到这里了啊？哈哈，快请坐。"追梦逸芳一看同样惊奇："原来你在马冯这里当秘书啊？你可要小心被蚂蜂蜇住啊！"紫薇笑笑说："我不是秘书，原来在这里只是搞创意设计，最近马经理到北京去了，公司里的事临时让我代管，你有什么事情告诉我，咱姐妹们好说，好说！"

追梦逸芳摘下墨镜，面色憔悴，眼睛深陷，一副饱经沧桑的容颜，但是从她的气质看，绝对是一个隐忍内秀的女性。追梦逸芳长叹一口气说："紫薇妹妹啊，你这么好一位姑娘，怎么会在这里就职啊？那个马冯根本就是一个人面兽心的大蚂蜂，你千万可别听信他那套花言巧语。"紫薇听了此话一头雾水，本来为上次她那首诗里面的"蚂蜂"就耿耿于怀，今天这一番突如其来的诽谤，让紫薇心情极为不悦。不过故作很冷静地说："怎么了啊？话不能随便伤害他人的，根据我与马冯经理这一年多的交往看，感觉他不仅才华横溢，人品也是忠厚可信。"

"哈哈哈！哈哈哈！你啊……"追梦逸芳大笑两声，然后很神秘地凑近紫薇的耳朵低语几句，只见紫薇的脸霎时由红变白，又由白变红，一副无地自容的难堪形象。紫薇心里暗暗思忖，这女人究竟什么来头啊，她怎么会知道我和马冯已经上床了呢。紫薇听了这些，就像蒙受了极大的羞辱，简直无法承受，可是反过来一想，追梦逸芳既然如此了解马冯，其中必有什么隐情。她为了进一步了解情况，假装什么事也没有似的笑笑说："姐姐你有话好好说，别神神秘秘的了，都把我搞蒙了。"说完起身到门口把门关严，回到座位上用眼神质疑追梦逸芳，追梦逸芳并没有正面回答她什么，只是一再追问马冯什么时候回来，他的电话为何打不通了，又说自己没有钱吃饭了，女儿在寄宿幼儿园里要交学费了。并且要紫薇立刻给马冯打电话，就说他不给钱马上去法院起诉。越说越让紫薇头昏脑涨，简直是在听一个疯子的胡言乱语。

紫薇以极大的忍耐对追梦逸芳说："马冯去了北京后可能是换了当地的手机卡，因为工作忙还没有来得及告诉我，所以我也不知道他的电话号码。天也晚了，先不谈这事了，咱姊妹俩去吃点晚饭。"说着就动身要走，追梦逸芳半信半疑地问："不会吧，你也不知道他现在的电话号码？那就危险了。"说完起身提着坤包先出了门。紫薇强笑着说："我们虽然生活中没有什么交往，论坛上相处差不多也有半年了吧，谁的啥脾气多少也应该有所了解点，我能骗你吗？不说了，今晚我请客。"

意乱情迷醉方醒

在一家湘南云雾酒吧里，紫薇与追梦逸芳

点了两荤两素四个菜，紫薇本意是想礼节性地喝点红葡萄酒，可是追梦逸芳提出要喝就喝白酒，并说自己虽然大钱没有了，可是做东请客的小钱还是掏得出来的，说得紫薇挺不好意思的，只好要了一瓶白酒“一桶天下”。开始，吃着喝着也无滋无味的，后来越喝越上劲，追梦逸芳也不再神秘了，告诉紫薇自己的真实名字叫夏逸芳，并说自己原来在东北是马冯任教的那所大学附中的英文教师，跟马冯恋爱半年多就上床了，借着酒精的刺激，夏逸芳连两个人做爱的镜头也描述得绘声绘色。为了更详细地了解马冯在东北那所大学期间的事情，紫薇也放开了酒量，与逸芳一杯接一杯地开怀畅饮，一瓶酒很快就喝光了。逸芳说再拿一瓶，紫薇说不敢喝了，等改天再喝，逸芳不同意，对着服务员发脾气：“你愣站着干啥啊？怕不给你钱？拿酒来！”于是又开了一瓶酒，开始紫薇不喝，听逸芳在那里喝着说着，简直如晴天劈雳，便也借酒遮羞消恨，两个人都喝得醉醺醺的，但是逸芳讲述从前的恋爱故事还是头头是道。

在一个春天，逸芳第一次怀孕时心里又惊又喜，就问马冯怎么办，马冯说去医院流产，逸芳觉得当时要孩子也有点太早，马冯在事业上正处于爬坡的时期，怕影响他的前程，就做了人流。流产后两个星期还不到，马冯就要与逸芳做爱，说来也邪门儿，一个月还没有过去又怀孕了。马冯毫不犹豫地又让逸芳流产，逸芳忍受着肉体和精神上的极大痛苦，再一次走进医院。这次流产后，逸芳对性生活产生了恐惧感，无论马冯怎么纠缠，连哄带骗总算熬过了一个月，接着马冯就像有病似的愈加贪婪性生活，肆无忌惮地做爱，简直让逸芳心生厌恶。逸芳说马冯是性亢进，让他去看医生，马冯说逸芳是性冷淡，就跟逸芳斯打生气，焚烧逸芳的裤头。由于逸芳对避孕药过敏，马冯又不愿使用避孕套，没出两个月，逸芳又怀孕了。马冯照旧让做流产手术。逸芳听医生说连续做人流影响婚后生育，有可能患不孕症或者习惯性自然流产，劝她把孩子留住马上结婚。逸芳回到学校给马冯说明情况，马冯不听解劝执意要把孩子做了，说做了再结婚，不做就不结婚。逸芳想不明白，既然准备结婚为何不把孩子留住呢？马冯辩解说不愿逸芳挺着肚子度蜜月，太没劲了。后来逸芳发觉，马冯根本就是在玩弄感情，她一旦把孩子做掉，马冯就可以轻而易举地把她甩掉。为此，两个人闹得反目成仇，马冯一怒之下就辞职离开了学校。为了控制马冯和维护自己的感情尊严，逸芳决意把孩子生下，十月怀胎终于盼到了那一天，生了个女孩取名遥遥。原本以为生了孩子告诉马冯，他会回心转意呢，没想到他绝情绝义连见一面都不肯。好不容易等到孩子半岁，逸芳就带着孩子追到了这里，找到马冯提出孩子的抚养问题，不然就到法院起诉，马冯为了不声张保留面子，答应每月给孩子一千元抚养费，条件是给他保密。逸芳是个性格内向而又固执任性的人，也辞职了，宁愿这辈子做个单身女人也不放弃马冯，因为她太痴迷自己曾经钟爱的人了。现在，遥遥已经三岁了，在一所全日制寄宿幼儿园，逸芳在市郊租了一套单元房，吃喝所有费用都由马冯支付，马冯在家时还隔三岔五地去与逸芳私会同居，所以逸芳还抱着一线希望维护着马冯的荣誉，今天晚上喝了酒控制不住自己的嘴，就一五一十地和盘托出了。

紫薇听了如五雷轰顶，彻底崩溃了。两个人越喝越上劲，醉成了烂泥，躺在酒吧的地毯上，因为没人结账，酒吧老板见此情景，就让服务员抬来一个席梦思床垫，又抱来被褥，让紫薇和逸芳在酒吧过了一夜。

第二天早晨，紫薇和逸芳醒来，发现是在酒吧的地上睡了一夜，各自怀着难以诉说的心情，都不说话，但很默契，相互整理着衣裙发饰，就像经过一场同生死共患难之后，又像知心姐妹那样相濡以沫。紫薇拿着手提包去收款台结账，收银员还没有上班，酒吧老板亲自收了款，两个人一起离开了湘南云雾酒吧。

谁来陪我数星星

紫薇让逸芳跟她回到马冯建筑装饰设计创意公司去，说等到八点钟上班后，从财务部提三千块钱给遥遥交学费和生活费，剩下的让逸芳先用着，然后等马冯回来再说。两个人搭一辆绿色的士，又回到了马冯的经理办公室，紫薇先洗了脸，然后让逸芳用她的洗面液也洗了脸，逸芳接过紫薇递过来的梳子梳着头。等了半个多小时，到了八点，紫薇拿起电话拨通财务部，让出纳提三千元送到经理办公室，出纳说："账上只剩一千三百元钱了。"紫薇惊异地问："账上的一百八十万元哪里去了？"出纳回答说："昨天马经理让转到北京了。"紫薇一听瘫软在了老板椅子上，半天没有说话。还是逸芳见多识广显得很镇静，连忙过去扶住紫薇说："马冯又想玩'金蝉脱壳'了。没事，你不用怕，他跑不掉。"紫薇脸色苍白，失去了往日的红润，一句话也说不出来，傻傻地瘫软在椅子上，逸芳坚定地说："紫薇，你要坚强点，现在公司百十人上下都在看着你，你一垮下去这个公司就垮了。目前重要的是你马上通知财务部不要把账上亏空资金的消息传出去，让空壳公司负债经营着，然后把账号换掉，不出半年账上就有钱了。我知道，这个公司业务和信誉都不错，这就是他给你留下的无形资产。"逸芳拿起电话按个重拨键，然后把话筒移到紫薇面前让她说话。只听紫薇谎说，昨天马经理给她通过电话，北京那边业务已开展得很好，有个大项目急需要钱，所以就把资金转过去了，自己刚才忘记了。最后又补充一句，要出纳遵守财务保密制度。

事情安排妥当，逸芳对紫薇说："我得马上去北京一趟，看看马冯在那里又在搞什么名堂，去晚了麻烦可能会更大。他大学时有个女同学叫韩梅，家是北京的，当时马冯一直追韩梅，毕业时因为马冯进不到北京市，韩梅又不愿留在东北，所以就分手了。"

紫薇看到逸芳如此了解马冯，如此执着地追逐自己心爱的人，既感到羞愧也感到惊异，还有几分敬佩和同情，于是就亲自去银行用自己的工资卡给逸芳取了五千元钱，并嘱托她去了北京后及时保持联系，家里遥遥的事就不用操心了。

紫薇送走逸芳后，全身的骨头都软了，什么也不想干，哪里也不想去，就想回到自己的家里好好地睡一觉。她忍受着无比的痛苦，乘坐在一辆出租车上紧闭双目，回到了家才睁开眼睛，进到卧室关紧房门，看见床头柜上那本《夜来香》，一头扎进被子里痛哭失声。羞辱与伤痛，惭愧与悔恨同时交织在一起，让她痛不欲生。但是她不能死，爸爸妈妈都老了，自己又是独生子女，老人们承受不了任何打击的，不能让他们知道此事，不能哭了，要坚强，要像逸芳那样坚强地活着，但是她不愿与逸芳一起去纠缠那份毫无意义的爱情，逸芳是为了遥遥，紫薇也不愿意看到一个无辜的孩子从小就没有父亲。

紫薇想到这里，停止了抽泣，哽咽着仰面躺在床上。应该静一静了，是该冷静地想一想了。她想起了桂花阁，想起了马冯说过的那句话："……不能因为一棵树而放弃整个林子。"想起了韩梅会不会又成为下一棵树呢？难道他真的要占有整个森林吗？她也想起了千愁那句含情脉脉的话语："……还好，这会还不耽误陪你一起去河边数星星。"

千愁，他还能来吗？谁来陪我数星星……

汪文德/摄影

水娃的爱情

◎封期任

导读：时代在发展，人心在变化。骗婚在农村尤为突出，尤其是贫困边远山区。小说《水娃的爱情》，全面细致地反映了发生在当下的一个真实故事。作品以倒叙的手法，营造氛围，接着是媒婆说媒，水娃娶妻，水娃进城，到年底满载而归，故事一波三折，耐人寻味。

一

荷花跑了。

这个消息像根毒刺直入水娃的心脏。一时间，水娃像泄了气的气球，瘪瘪地被丢弃在满是污渍的角落。他觉得很累，来不及思考什么，来不及把这来龙去脉琢磨清楚。

水娃 21 岁时，已经是个骨骼硬朗的汉子。春耕刚刚接近尾声，而他爹也死了四个月。水娃有些木然地端着一碗剩饭在灶房门槛上大口大口地吃，他看见一个人步履蹒跚地朝他家走来，自打爹爹死后，来走动的人并不多。

“水娃……在家没有啊？”远远地，就听到一个老妇的喊声。

水娃一听，是杨三婆，腮帮子打转，连忙应道：

“在呢，在呢，杨三婆快来家里坐。”

杨三婆是马村数一数二的媒人，只有天上的星星月亮说不下来的，没有她说不来的媒。她来水娃家也是受水娃爹的请，请她为水娃找个婆娘。结果，媒还没说成水娃爹就先两脚一直，死了。因为拿了水娃爹不少好处，吃人家嘴软，拿人家手短，碍于邻里的闲言碎语，杨三婆皱了皱眉，加紧了说媒之路。

杨三婆坐在灶前的小板凳上，喝了一小口茶。

“水娃啊，你爹上次托我给你说媒可算有着落了，苦了我这条老命啦。人家女方是咱邻村一户姓宋的姑娘，叫荷花，人呢长得一般，但贤惠又勤快。我把咱的情况跟她家人说了，他们都没有意见……现在就看你的话了。”

水娃有些木讷的脸上因为兴奋有些颤抖，他放下饭碗说：“好嘛，人家姑娘都没有意见，我还嫌弃人家哪样。”

“要是没得哪样了，那就找个日子把礼物拿去把婚事定下来。”

“要得。”

水娃边说边转身进屋拿了 500 元钱来递给杨三婆，说：“三婆，那就麻烦你了。”

“左邻右舍的，谈那些没意思，包在三婆身上。”

杨三婆接过钱，转过身点了点，放在口袋里，又和水娃扯了些咸吃萝卜淡操心的事。

农历四月的天虽然黑得晚，但最终还是黑了下来。杨三婆要了截葵花秆点燃起身走了，水娃送她到院坝边，杨三婆还不忘说一句："放心，包在三婆身上！"

水娃唯唯诺诺，仿佛在应着某位神仙的忠告，一轮圆月悄悄从大柏树另一面升起，静静地挂在马村的上空……

二

几天后，杨三婆捎来口信，日子定在农历五月初三。

水娃听到这个消息，霜打的茄子顿时变成了雨后的春笋。院坝边的石榴树花开得格外的火红，异常的鲜艳，像分散在枝头的爆竹，时机成熟便叭叭地响起，迎接喜事的到来。不要说女人是什么空气，男人和女人就是如鱼得水，这样的光景在水娃家就缺绝了十一年了。水娃娘在水娃10岁时，不幸患病撒手人间，有几次媒婆曾想撮合水娃爹和一个寡妇的，但是水娃爹嫌寡妇带着三个孩子，顾及水娃以后日子可能要吃穷，自此，水娃爹又当爹又当娘，默默抚养水娃到21岁，即使有几回条件都符合，水娃爹还是回绝了，他说，年纪一大把了还娶啥婆娘，要遭笑话。

水娃开始张罗自己的婚事了。他觉得应该先把门前的杂草扯了，夏季的太阳如火般烤着水娃，水娃光着膀子，汗水大粒大粒从额头、手臂、背上滚落，头发也被润湿了。偌大的院坝水娃整整搞了两天才算扯完。接下来，他把房子周围打扫得干干净净，从远处看，水娃家变得光鲜不少，接着他又从山上背来泥巴把六间房的地面重新垫了一番，原来已经陈旧的泥巴地凹凸不平，经水娃重新夯实后变得平平整整，焕然一新，他还买来白石灰刷在变黑的墙板上，好让房间变得敞亮。

一阵忙活，五月初三近在眼前，马村有规定，凡是有红白喜事，皆不请自来。初二这一天早上村民们扛着桌子、板凳陆陆续续来到水娃家。水娃乐得合不拢嘴，向前来的众人打招呼、递烟……至于家里没有的东西，就叫伴郎去买，要么几个朋友回家去拿。

虽说自由喜庆，但越这样水娃越觉得无事可做，族里的长辈对他说："水娃，去给你爹娘烧点钱纸（冥币），告诉他们你成家立业了。"

"嗯，要得。"

水娃提着檀香、纸钱、刀头（猪肉），走在去往爹娘墓的田坎上。青山一派葱绿，田里的秧苗疯狂成长，蜻蜓、蝴蝶成群结队地不高不低地飞着，给乡村增添了不少美丽。水娃爹娘的坟是并排着的——一新一旧，让水娃的眼泪在眼眶里打转，最后还是决堤了。

水娃摆了祭品，点燃檀香，半蹲着烧纸钱。

"爹娘，水娃来看你们了，明天儿子就成家了，要是你们在该多好。"水娃回想起儿时，父母在田间劳作，自己在一旁玩耍的情景，一家三口其乐融融，胸口有种莫名的疼痛，痛得他要喘不过气来。

三

按村里惯行的仪式，婚礼顺利进行。

水娃满脸红光，穿戴一新，水娃在帮忙的人群中格外显眼，年纪相仿的人说一些老掉牙的或下流的话逗水娃。水娃只是憨厚一笑，笑容里糅杂着一些兴奋与局促。

水娃和一大群人站在院坝边等待新娘的到来。唢呐声越来越近，直至可以看到迎亲的人扶着新娘走来，一群人簇拥着新郎新娘走进正堂上拜天地，下拜爹娘。仪式结束后，新娘被送回洞房，水娃则留下继续为来道贺的人磕头，据说这是为了捍卫爱情的尊严。这个说法虽然缺乏合理的科学依据，但这一习俗一直在乡村流传着。

夜早已深了，两个年轻的后生架着烂醉如泥的水娃进入洞房，新娘荷花站起来替水娃答谢，并送走客人，忙到9点，人们才带着各自带来的东西回家。因为水娃喝醉了，所以闹洞房的事就被取消了。

荷花端了一碗酸汤，扶起水娃给他喝下，水娃昏沉沉地又躺了一两个小时，看见荷花坐在床边背对自己。荷花长得并不像荷花，脸上却也有几分清秀，长长的发髻盘在脑后，发髻上还插了一朵红花。还没见识过什么女人的水娃也眼睁睁地看了很久。

“荷花，饿不？”

荷花摇摇头，不回话。

“你困不？”

荷花仍摇摇头，也不转过去面对他。水娃坐起来，把荷花搂住，看着她的脸说：“你怎么了……不舒服？”

“有点。”她终于说话了。

“来帮忙的、道喜的人我全部送走了。以后喝酒别这样憨……”

“以后我不喝了，咱们好好过日子，”水娃说，“保管以后不喝了，只喝你的奶。”

“真不要脸，说那样肉麻的话……”

水娃更加有力地把荷花搂住，顺势关了灯，三下五除二地把荷花脱得光生生的，一只粗糙的大手压在荷花的胸脯上，一股暖流瞬间传遍全身。水娃顿时像一头强悍的牛，在土地上不停地耕作，如猫叫般的声音此起彼伏，宛如一曲天籁之音，围绕在水娃耳畔。水娃更加卖力了，好像要将一生的精力都用掉……

四

农历五月，昼长夜短，仿佛人们刚刚进入梦乡，雄健的公鸡就站在柴堆上“喔——喔——喔”开始打鸣，打破甜美的或令人颤抖的梦境。

虽然春宵苦短，但水娃没有迷恋舒适的被窝，因为他从小就听惯了一句话，“早起的鸟儿有虫吃”，他牢牢铭记于心。坐在门槛边，他很是享受地抽着烟。烟雾被清风轻轻吹散开来，化为乌有。天蓝得像一潭水，纯白的云朵飘浮，四处游走，一轮太阳露出耀眼的光芒，但很柔和，水娃望着身边的一切，觉得太满足了，嘴角扬起来了，眼睛像两棵向日葵，随时追赶自己的生活。

烟抽完了，水娃接过荷花送来的洗脸水，利索地洗起来，三下五除二便完事了。他操起细竹子扎成的扫帚，清理院坝里的垃圾，几只小麻雀在他不远处叽叽喳喳地觅食，似乎当他不存在一般，当扫帚以秋风扫落叶之势快扫完院坝时，麻雀惊慌失措地乱飞，吓了水娃一跳，荷花刚好看见，嘿嘿地笑了很久……

水娃找来柴刀，在磨石上磨，不一会儿，锋利的刀闪闪发光，他用手试了试，感觉到位了才停止动作。

水娃进屋，把凉的茶水倒入背壶。

“荷花，荷花，我去山里砍柴去了……”

荷花在灶房边烧火，应声答道：“要得，早点回来。”

草上的露水还没有被太阳晒干，水娃没走几步，鞋子就湿透了，经过马村中心地段处，时不时会遇到村人，村人无论老少，见了水娃就拿他打趣说，“水娃昨晚犁田累不，要当心哈，自古只有累死的牛，可没有犁坏的地哟”，或者干脆说，“水娃，你婆娘那乳房像他妈猪心子那样，摸起舒服不？”……水娃不生气，在马村这是微不足道的，但到了必须回答时，他也只是口齿不清地说：“就—你—烂—舌—根！”听的人哈哈一声。

村人亦不生气，也不会使脸色给水娃看，在马村，人与人的交往就是这样，有点像城市人的问候。水娃走在前面。村人慢悠悠地在他后面走着，水娃不会说话，舌根浅，马村很多人都明白。调侃水娃没有什么好玩的了，但跟在后面的村人嘴也没有闭上，继续谈论不温不火的话题，尽扯与自己八竿子不沾边的事情，偶尔他们重复村子里的轶事，站在一个旁观者的角度去解读，话到深处，他们为了形象，或者谈得很完美，会说一句“杀了我也不干那事。”

林中很寂静，风中夹杂着很多水分使水娃感到有些冷，清脆的鸟鸣时断时续，有点像儿时把两片树叶含在嘴边吹出来的声音。坐在地上休息的水娃，想起了很多玩伴，他们大多在经济浪潮中证明了“鸟为食死，人为财亡”的道理。

感伤之后，水娃站起来，准备砍柴了，他去

拣那些经济价值不高且长不大的杂木砍，或者爬上树剃树枝。

日上梢头，是马村该吃午饭的时间。水娃砍了两大捆柴担着回家，背壶里茶水殆尽，腹中咕噜直响，一想到回到家热气腾腾的饭菜在等他，他脚步仿佛更加有力了，大步大步地向前跨。遇到早上那几个村人，他们又调侃他，“水娃，跑这么急，是你婆娘等不及了，还是你憋不住了？”

然后就是一阵哈哈大笑。

五

夜晚的乡村总是特别的宁静，少了城市的霓虹和喧嚣，只有一轮镰刀般的月亮，静静地挂在夜空。

水娃搂住荷花没睡着。心里暗暗琢磨，爹没死时，吃穿都不用自己愁；一个人单独过时，也无所谓。但是娶了荷花后就是硬生生地多了一个人，多一个人就是多一张吃饭的嘴，多一双花钱的手。自打爹死后，田地全租给村人耕作，虽说吃饭不愁了，人难免有个生病的时候，即使不生病，以后要有了个娃肯定是要花钱的，水娃在心底想着不如去省城打工。

有了这个想法后，水娃更睡不着了，他推醒荷花，告诉她自己的想法。

荷花满脸疑惑，揉了揉眼睛说：“在家不也过得好好的吗？干吗非要去打工？再说我听从外面回来的人说，世道变了，坏人很多，你这么憨厚，我怕你会吃亏。”

“现在是挺好的，但我想去挣些钱，争取等有了娃后把房子拆了重新修，如果不修房子，钱多点不也很好?怕吃啥亏啊，常言道‘吃亏是福’，我是读过书的，不怕坏人。”水娃指着柜子上的书说。

“你就在家收拾家务，种点菜，养头猪来过年就行了，不要太累。”

荷花依然有些忐忑。

“要不，还是别出去了，就在家找点事做……”

“没啥。我这么大个人还怕被人吃了不成？再怎么也没有吃人不吐骨头的人。”

“竟瞎说，”荷花拗不过水娃，半天才说，“那出去可得当心，什么时候去？”

“等身份证办好了就去。”

“睡觉吧，都深更半夜了。”

荷花刚说完，水娃就像一只饥饿的老虎扑在她白花花的身上，窗外的声音低沉了不少，屋内却一浪高过一浪，直到有人从云端坠落发出一声“啊”才戛然而止。那轮弯月也沉了下去，夜晚的单调无味慢慢呈现出来。

六

水娃长这么大，还是头一次照相。他以为还是老电影里演的那样，照相时会有一团巨型烟花散开，同时伴随着一声“哧”，他很紧张地坐在一块蓝布前，神色严肃，只见一道白光如闪电闪了一下，照相师傅就喊，“好了”。接下来，他亲眼看见照相师傅在一台机器上处理“自己”，过了十几分钟，八张照片就出来了，他也是后来才知道，那台机器叫电脑，和电视一字之差。

水娃拿着照片到派出所办身份证，方才知道，身份证也分长期与临时，迫于时间，他不可能再待在家里半年等身份证，于是他对民警细声细气地说：

“办一个临时的，再办一个长期的。”

民警面无表情地操作着，嘴上叼着一支香烟像个流氓。幸亏是闲天来，要是赶集时来，照民警这速度，指不定要等多久，水娃心里嘀咕。

“一共105元钱，临时的35，长期的70。”

水娃本能地掏钱，双手递给民警，民警一把抓过钱，一边把户口簿、临时身份证给丢到服务窗口内。水娃捡起身份证、户口簿等东西，朝里面笑了笑转身离开。

有了身份证，水娃开始盘算去打工的日子。他原本是想邀几个同村人一起去的，但是村里人大多不愿背井弃乡，固守是一代又一代忠于田地的农民最根本的思想。无奈中，荷花也曾几次劝诫他不要外出，犟牛般的水娃依然要外出。

那天下着雨，很大。水娃背着简单的行李走出家门，荷花本来要送他上车，结果因为雨太大，他不放心坚决不许而作罢。

荷花站在门口目送水娃消失在雨中，心里五味杂陈，消失在雨中的这个男人，这个对自己十分贴心的男人，要是和他这样过一辈子，是不是……荷花立即告诫自己停止这样的念头。

水娃先坐汽车到邻县，然后再乘火车去省城。几番折腾下来，像被抽走发条似的挤下了火车。眼前的一切都如此陌生，直插云霄的大楼比村里学校的旗杆还要高好几节，车辆穿梭在大街小巷，年轻的女子穿着低胸衣，半截乳房露在外面，超短裤短到等于没有穿……水娃想起了荷花的话。世道变了，坏人很多。

水娃第一次感到自己的卑微和渺小。硕大的城市，宽广的街道，他竟有些眩晕和恐惧。想回去吧，怕被耻笑，找工作吧，不是要文凭就是要技术，除了力气大之外，其他的与他毫不沾边。

接二连三碰壁后，水娃有些心灰意冷，想回去都难了，剩下的钱除了能买几个包子，连车票角角都买不到。在省城转来转去，没有半点思路，再这样下去难道要被饿死不成？既然那些要文凭、要技术的厂不要，我可以去卖苦力，水娃突然想到。

跑了几个建筑工地，还是瞎子死儿——无望。水娃又跑了几个地方，最后找到一份搬运工的工作，管吃、管住，月底还能领1000多元钱，找到事做是水娃来省城一个月来最开心的事。

七

所谓搬运工，无外乎就是给挪个地方，但就算做得好也要挨些骂。水娃做得十分认真，拿人一分钱，为人做三分货，在他心中是杆天平，时时称着良心。

水娃工作认真，很快得到老板的认可，试用期内就直接转正了，工资翻倍。与他一起进来或早几天的工人们都羡慕他，甚至有点嫉妒，尤其是工头对他很是不满，三番五次地找他麻烦。一次工头喝醉了，和外头的工人发生了争执，被打得头破血流。出租车本来就不愿意拉工人，看流了那么多血更是没人敢停车。后来水娃一个人把他背到医院，还垫付了医药费，好在工头伤势不严重，没几天也就回来继续干活。对于水娃，工头感谢不已，大家对他也都敬重起来。

这些人大多也是来自农村，骨子里透着一股农民特有的气息。他们很快就熟了，不仅工作时连下班也时常猫在一堆，用新学的方式玩扑克，累了就各自躺在各自的床上聊天。

水娃不玩扑克，也不聊天，每天下班后，在食堂吃了饭，别的工友都出去“看世界”了，他一个人走进宿舍，繁重的体力劳动丝毫没有使他减轻对荷花的思念，荷花就像空气，在他周围占据了他心底很重要的一部分。虽说思念，但荷花对于他仍像一个巨大的谜，他无法了解到关于荷花的以前，更读不懂她的眼神，她的笑。胡七乱八地想了一通，水娃渐渐进入梦乡，同事们什么时候回来的他都不知道。

迷迷糊糊中，水娃做了一个奇怪的梦。

他梦见，每晚他睡着后，荷花就悄悄起来，东翻翻西找找，不知道在找什么，在屋里转了一圈后，荷花变得很着急，四处张望，突然，不知道从哪里传来一阵阵婴儿的呼唤“妈——妈——妈——”回荡在屋子里。

荷花听见声音，忙应着，“娃，别哭，妈来了——”随即，荷花推开门，一踮脚飞走了，消失在黑夜里。

水娃大喊，“荷花、荷花……”猛然坐起来，满头大汗，嘴里喘着粗气。

“还好是梦，还好是梦。”水娃自言自语 。

“你做梦了？”睡在下床的工头问。

“嗯。”

“什么梦？说来听哈。”

水娃一五一十地把梦见的断断续续讲了出来，同时倒吸了一口冷气。

“梦由心生，从主观来解释有时有一定的合理性，但不可全信，你俩有过娃？”

“没有啊，我们刚结婚不久。”

“……”

工头不再问下去，他说我给你讲件事吧，“有一回，我也做梦，梦见我婆娘跑进一片苞谷地里，我也跟着进去想看看她没事跑到苞谷林去干什么，我在里面找了好久也没有看见婆娘，不知从哪里跑出一只狗追着我咬，然后，我被吓醒了。你知道后来出了什么事吗？我婆娘跑了，带走了我的全部钱，还给我欠下高利贷。”

“荷花不是那种人……”

“又不是说你婆娘，急什么，不和你说了。”

水娃顿时感到有些过了，忙道歉，那人没理会他，蒙头大睡。他靠在床边，想的还是荷花以及梦里的事情。他想，杨三婆是不会骗人的，由她说媒，很多人现在都过得好好的，没有理由到他这里偏偏出事。杨三婆不会干那种自搬石头砸自己脚的事的。

找到了自我安慰，水娃心情舒服了不少。望着窗外的城市，黄色的灯光照亮的路，他觉得舒适，要是有钱了，把荷花接来多好！想着到年底可以拿着一叠钱放在荷花面前，水娃脸上挂满了喜悦的笑，那是一种被女人崇拜的笑，沉溺于幻想中，他很快又睡熟了，大街上的声音渐渐归于寂静，回到田园般的时光。

八

日子犹如一部旧电影，内容从来不会变，只是随时光流逝，和大部分人一样，水娃过着朝九晚五的生活。以前是日出而作，日落而息，而现在全乱套了，昼夜没有了明显的界限，在一个特定的圈圈里，水娃像一头拉磨的马，每天重复着相等的半径。

秋风来了，叶子落了，冬风腐蚀了落叶，吹来了雪花。水娃看着公路上，观赏树下，以及每个角落都白茫茫的一片，他边干活边想起了马村。“那里应该也下雪了吧，肯定有不少松树被折断了。”他自言自语道。其实，他还是想起了荷花，但碍于年代限制说不出爱。荷花一个人在家是否好，是否习惯，很长时间没看到了。当有两个同事忙里偷闲聊到回家的事宜，给婆娘带什么，给娃买什么，或为爹娘添置点啥之类的时候，水娃突然意识到该回家了，年关接近了。

水娃有了回家的念头并没有立即申请辞工，而是选择有条不紊地上班。只是，工友们都发现他有些不对劲了，晚上下班后他不再第一个回宿舍了。

有天上班时，工友逗水娃，“怎么最近火气大，出去找鸡泻火去了？”

“去，去，你火气才大呢。”

“难道找婆娘了？嘿，好看不？”

“找个屌，认真做事。”

下班后，水娃依然没立即回宿舍。

草草吃过饭，水娃悄悄背开同事，消失在车水马龙的街头，他径直朝一个夜市走去，夜市同样是由一群天南地北的人做的小生意，卖盗版光碟的、黄色书刊的、衣服鞋子的、算命的、卖身的……杂七杂八的叫卖声不绝于耳，为招揽生意，他们不惜用任何讨好的手段，目的都一致：生存。

水娃在夜市上走着，各种各样的商品使他眼花缭乱。他恨自己笨得连荷花喜欢什么都不知道。思前想后，他觉得还是实用点的好，逛来逛去，他被一个半老徐娘却风韵犹存的女人拉到了服装店，尚未明白怎么回事的水娃还在发呆，那女人就是一通夸大其词的介绍。

“大哥，我店里新到各款香港最新服装，在这里仅此一家，价格便宜。”

水娃胡乱看了一眼，有几件他见老板穿过，自己根本就不配穿，也没有必要，他四下看了看，眼睛定格在角落的墙上。那上面挂着一件做工精美、色泽光鲜，朴素中不失高贵的呢子衣，他暗自想，如果荷花穿上它，肯定比马村任何一个女子都好看。

那女人读懂了他的心声。

“大哥是要给爱人买呢子衣？”(“爱人”就是指婆娘，也是水娃听说的。)

“先拿来看哈，可以不？”

“可以。”女人取下那个呢子衣，说：“大哥眼光就是好，知道拿最好的。”

水娃听得美滋滋的，仔细打量衣服后，确定荷花穿上差不多了。

“老板，这个要好多？”

“今晚你是第一个客人，给128算了。”

“太贵了，少点嘛。”

“这件，一分不赚，108。”

水娃做出一副要走的样子，说：“100行不？行我拿走。”

“算了，当帮个忙，100就100。”

水娃没有应答，匆匆穿梭于熙熙攘攘的人海，他只顾低头行走，身边的一切仿佛与他无关，他提着衣服，时不时用手摩捏着，仿佛是在抚摸荷花的脸。

九

转眼已是腊月，城里人对过年的态度不热不冷，水娃看不到别人杀年猪、磨豆腐、推米粉之类的场景了；要是在马村，此时，每家每户都开始忙活起来，村子里处处皆有年味，年味就像空气弥漫在村头村尾。

小娃们身着土布红衣，三三两两聚在一堆，闹啊闹啊，乐此不疲，他们唱自编的歌谣。

“杀年猪，过大年，娃娃乐开怀。

推米粉，打粑粑……”

水娃仿佛记得几句，其他都忘了，他想知道荷花现在是否也在准备年货，家里杀猪没有，她一个人能否忙得过来？宿舍里同事该走的都走了，只剩下一两个过年不回家的。水娃铁定是要回去的，之所以还没走，是因为想多挣点钱，出来一趟也不容易。

年关将近，水娃决定辞职，尽管老板开出丰厚条件让他不回家，但归家心切的他毅然拒绝了。老板亦不强留，把所有工资结给了他，从办公室出来，摸着厚厚一叠钱，他眉开眼笑。

水娃去了超市，买了很多在集镇上买不到的东西，顾不上休息就往火车站去，在售票厅排了几个小时的队，终于搞到一张站票，望着售票厅内的人群，他有点同情，或怜悯，身处异地哪个人都吃了不少苦，受了不少罪。

奔波了两天多，水娃又回到原来的土地，在集镇他没有逗留，日过中午，如果逗留将走不回马村。水娃扛着大包小包向马村奔去。车上的疲劳已抛到九霄云外，想着快要到家了，可以看见荷花他别提有多开心。

在落叶小径上行走，落叶已经发出“沙沙”的声音了，一脚踏下去就是水钻出来沾在鞋子上。苍松翠柏失去光鲜，在其他光秃秃的树丛间却显得格外耀眼。

临近马村，天完全黑了下来，像一床巨型黑棉被盖住大地，水娃用打火机照路，缓慢地行着。

“是水娃哦，发财转身了？”

水娃回头看，是同村人，笑呵呵地说：“发哪样财哦……”

“怎么，你婆娘没和你来？”

水娃顿感疑惑，心想你吃孟婆汤了，我婆娘在家呢。

“我婆娘没出去啊，在家呢。”

“那就怪了。”

“哪样怪了，哪样事哦？”

“水娃你狗日的装憨，分明是把婆娘接去了还装不晓得？全村谁不晓得啊。”

“到底哪事哦？全村都晓得了。”

“你狗日的刚出去个把两个月，你婆娘就和村里人说你找到好工作了，要把她接出去，她把猪卖了，山林卖了，田土转包了……大房子都卖给别人拆走了。不过后来还发生了一件奇怪的事，你婆娘走后没多久，杨三婆也走了。”

“哪样？你狗日的莫乱说。”

“真的，不信你回家就晓得了。”

水娃和村人都不说话了，水娃的心里乱哄哄的，除了一个小偏瓦房孤零零地立在那里，大房子的地基上尽是瓦片散在地上，水娃撞开耳房门，打开灯，桌子上、柜子上……布满了尘埃且空荡荡的，桌子中间有一个碗压着一张纸，他拿开碗，捧起纸。上面歪歪扭扭地写着：“水娃，我对不住你。我已经是有家的人了，为了给孩子治病，不得已骗了你。下辈子做牛做马也会报答你。”

水娃疯了，脸上有些抽搐，他大喊“杨三婆，杨三婆……”

绝处逢生

◎李跃平

导读：本文主要写了一个三线建设的山区工厂退休职工的心路历程。他与养女的生活与他们工作的工厂息息相关。由于工厂经营不景气，女儿下岗自主创业，老婆为了养家，赶上时代风潮，去沿海城市打工。柳歪脖子始终希望女儿能重回工厂，对自己工作一辈子的工厂充满了怀恋与热爱之情，终于在历经种种失望的事情之后，他的生活有了转机，迎来了“西部大开发”的政策，这对他来说，是人生的“绝处逢生”。

夕阳斜照，炎炎似火。

燕子呼啸着的飞翔刺破了空气。

屋内，一桌并不丰盛的饭菜，摆在掉了漆的四方桌上。热气早已散尽，哀怨的疑问在傍晚燥热的气氛中飘荡。艳群还没有回来，柳歪脖子没有胃口，他坐在窗口的折叠桌前，小声地干咳着，那张仿佛没有生命的脸，有些发肿，完全像死人一样。

柳歪脖子眨了眨死鱼一般的眼睛，困惑地朝窗外望了一眼，只见他“哧”地划燃一根火柴，点燃香烟，一缕青灰色的烟雾从他的胸前升起来。柳歪脖子深深地眯着眼睛，一口一口地吸着烟，黄皮寡瘦的脸在浓郁的烟雾中闪出一片亮丽的斑斓。

窗外，有一个双层花坛，栽满了许许多多的花卉，一丛丛花枝招展。玫瑰的芬芳，被太阳一晒，那香气几乎使人受不了。沉默着的柳歪脖子，微笑早已消失，岁月的阴影漫上了他粗糙的脸，那一反常态的表情里，有一种使人不安的东西。

柳艳群接替了父亲的班，在蜀南电机厂伙食团当上了一名炊事员，然而没上几天班，却又下岗了。半个月前，刚刚下岗的柳艳群清楚地告诉父亲，工厂陷入了困境，明天就不去上班了。这样一来，一下子没有了收入，这让柳艳群睡不着觉。柳歪脖子把这一切看在眼里，暗暗祈祷着，渴望女儿能够尽快找到一份工作，然而柳艳群学历不高，失业后虽然四处出击，但或许是运气不好，总是处处碰壁，这让柳歪脖子无端生出许多烦恼。

柳歪脖子的愿望，老天没有满足他，仍让他坚守着烦恼的阵地，不许他撤退半步。顿时，过去和现在，柳艳群的一切，仿佛成了他完全不了解的世界，多么残酷而又多么荒谬的现实，柳歪脖子有些喘不过气来。想到这里，柳歪脖子觉得窝囊，有些委屈，也有些心酸。昏暗的光线中，他直视着柳艳群的眼睛，女儿这么漂亮，完全可以找到一份好的工作或嫁个有钱的老公，过上穿金戴银的日子，然而却走到了这一步，柳歪脖子的心里实在不好受。柳艳群身上的一切是那么与众不同，但没有了工作，也就意味着没有活路，没有活路也就意味着贫穷和一无所有。

记得柳艳群小的时候，柳歪脖子带女儿经过十字路口的麦当劳，柳艳群哭喊着非要进去，说他们班上的同学经常到那儿吃，她也要尝一尝好不好吃，然而柳歪脖子摸摸口袋，包包是空的，他只好骗女儿说那里的东西太脏，吃了会坏肚子的。当时，柳歪脖子想，只要能让女儿过上好日子，他什么都愿意做。女儿是他的命根子，他不能眼睁睁地看着女儿跟着他受穷。

然而今天，可怜的柳艳群已失去生命的支点，活命之路对柳艳群来说，是她唯一的合情合理的期望，而这期望如今却不能如愿，柳歪脖子仿佛被当头一棒。柳艳群已经长大，而他却老了，他不能再像当年收养艳群一样，保护艳群了。茫然中，他有些捉摸不透，一贯坚强、喜欢挑战的柳歪脖子早已习惯屈服于命运了。

从模模糊糊的思维中，柳歪脖子抬起头来，朝窗外望了一眼，老龙坝的太阳正掠过蜀南电机厂，往日的体面和威风渐渐隐没在岷江对岸的那片绿树丛中。

昔日的辉煌已成为历史。

柳艳群下岗了，柳歪脖子归罪于女儿不好好学习技术，而柳艳群不这样认为，她总觉得祸福相依，也许下岗本身就是她人生一笔难得的财富，一种掩盖着上天恩赐的表现。

今天，柳艳群突然对父亲说："我想在虎口湾开间饭馆。"柳歪脖子一听女儿要开饭馆，心里乱极了，在那样偏僻的地方开饭馆，笑话，不赔本才怪。柳歪脖子越来越暴戾成性，他同女儿的矛盾也越来越不可掩饰。

下午的时候，家里又充满了火药味，父女俩又围绕开饭馆的事展开了争论。柳歪脖子再一次表明了他不赞成女儿的想法，一个女孩子离开单位去社会上抛头露面，这是柳歪脖子不愿看到的一种结局。他总觉得让女儿的生活美好，是他的责任，是他的义务，是他不可推卸的使命。

对于柳艳群，柳歪脖子一向是宽容的、慈善的。他带着异乎寻常的亲昵态度走近柳艳群，而柳艳群却尽量不去看他，好像在围绕着某种秘密的意图兜着圈子。望着女儿不相连贯的面容，柳歪脖子所有的想法，永远不能表达为语言，这时，微笑突然在柳歪脖子的脸上转拐，他的火气也腾地上来了，他仿佛使出超人的力量，露出他心中凶狠的感情，在柳艳群的脸上留下了响亮的一个巴掌。

迎着这突如其来的一记耳光，柳艳群的一双细嫩的小手一下子捂住了脸颊，嘴角里殷红的血透过指缝，渗了出来。有生以来，柳歪脖子第一次打女儿，这让柳艳群深感意外，她皱起眉头，突然觉得父亲往日的慈善都是假的，都是在做戏。柳艳群在吃惊之后，很快稳定了情绪，望了望柳歪脖子闭着的眼睛和一动不动的前额，以不容置疑的姿势转过身子，冲出了大门，只给柳歪脖子留下一个愤怒的背影。

望着柳艳群远去的背影，柳歪脖子有些后悔，心中充满自责。他又想起女儿小的时候，为什么生活得那么寒酸，连麦当劳都不敢带她进，女儿能跟着他受苦受穷到现在，已经相当不容易了。要不是想到自己是个男人，有泪不能轻弹，柳歪脖子真想大哭一场。

是的，是工厂和女儿从来不相容吗，是他和女儿从来不相容吗？柳歪脖子在脑子里思考着，在心里呼唤着。他的一双手在胸前不停地搓着，只感到力气渐渐不济。柳艳群下岗后的生活和工作，使他的心中有一种针扎似的疼痛。正是这种琐碎的折磨，才使柳歪脖子任着性子，随心所欲地向女儿发了脾气。

顿时，柳歪脖子神色黯然，柳艳群走到今天这一步，他的心里也不好受。他想，自己总有一天会死的，但他死后，柳艳群还贫困地活着，柳歪脖子不由得皱起眉头，他慢慢地闭上眼睛，那个可怕的问题在他脑子里转来转去，心中的疑团给他的自尊心极大的挑战，让他感到极大的痛苦。是的，老婆跑了，他不能没有女儿，他活着就是为了让女儿活得更加幸福。女儿在他的眼中永远是一潭清澈的水，纯净得令人眼花缭乱。

柳歪脖子又想起他的老婆，她小名叫王三妹，人长得年轻、漂亮，如果不是因为农村户口，打死她也绝不会嫁给柳歪脖子的，然而嫁给了柳歪脖子，就意味着她选择贫穷，这一点王三妹是知道的，但她转念一想，这总比一瓢三窝的日子要舒坦一些，自在一些。

这样一人工作，两人用钱的日子快活地过了两年，王三妹却始终没能怀上孩子，这无端增添了他们夫妻俩的心病。柳歪脖子悄悄去医院检查过，问题在他，责任在他，这让他在王三妹面前矮了一截，他时时刻刻都让着王三妹。

那次十字路口出了一场奇怪的车祸，夫妻二人当场死亡，留下了一个三岁的小女孩，柳歪脖子没有生育能力，便把小女孩捡了回去，把户口上在了自己的名下，这就是后来的柳艳群。柳艳群的出现，彻底改变了柳歪脖子夫妻二人的生活，后来发生的一切，都无不证明王三妹是害怕过穷日子的女人。

有一天，王三妹突然对柳歪脖子说："我想出去打工。"柳歪脖子没有及时回答，他不愿往深处想，现在挣钱这么难，挣钱容易的工作，又容易让人往别处想，他不放心。

"我们家现在又添了个女儿，没有钱，她怎么长得大呀。"王三妹几乎用哀求的口吻说。柳歪脖子听老婆说起女儿，心一下子软了，说话的声音明显低落了许多。女儿是他捡回来的，都怪自己没有本事，既然事情已经发展到了这个地步，柳歪脖子还有什么可说的呢。

然而，柳歪脖子不死心。那一夜，他们夫妻二人尽情地做爱。趁着情意绵绵之际，柳歪脖子又求王三妹了。"你别走了，我一定努力做事，想办法多赚钱，让你和女儿过上好日子。你给我一次机会好不好，就半年时间，如果我半年后还没有起色，你再出去打工，好不好，就给我一次机会。"

尽管柳歪脖子苦口婆心，王三妹却无动于衷地说，"别乱许诺好不好，到时兑现不了你不怕难看？你有多大的能耐我还不清楚，别说发财，养家糊口都难。我出去打工还不是为了这个家，你放心，我绝对不会做对不起你的事，我的心永远在你和女儿身上。"

听了王三妹的话，柳歪脖子的心乱极了。为了挽留王三妹，他用尽了一切办法，先以离婚相要挟，后来又对王三妹百般乞求，甚至跪在她面前，可王三妹不为所动，铁了心要走。

王三妹走后，柳歪脖子自己觉得一个大男人的脸面全丢尽了，整个人颓废到了极点。有时他想，干脆同王三妹离婚算了，但内心深处，他还是喜欢王三妹的。再说，和王三妹离了婚，女儿怎么办。无奈之下，柳歪脖子只好自欺欺人地劝慰自己，王三妹又没有做对不起自己的事，即使出去打工，也并不代表一定是干"那个"的呀，何必计较那么多。

窗外，老龙坝的太阳完全隐没在远山的背后，惨淡的余晖倨傲地向着山野漫延，柳歪脖子掉过头来，一桌饭菜早已冰凉。

柳艳群还没有回来，这让他实在放心不下。他取出锅盖把一桌饭菜盖好，一瘸一拐地走了出门，一瘸一拐地走下了葱茏山，他要去寻找女儿，寻找这片衰败的土地上开放出的奇迹的花朵。

蜀南电机厂坐落在老龙坝上。今天是星期天，厂里更加黑灯瞎火的，从虎口湾刮来的江风，直冲柳歪脖子燥热的心灵。柳艳群到哪里去了呢？柳歪脖子的心里很乱，他希望一向理智的女儿千万不要干出任何蠢事来。

这年头，下岗工人不断增多，有关下岗工人生存与命运的打油诗也应运而生，"下岗女工最实惠，昂首走向夜总会，厂长书记一起睡，事后还要进小费……”，商潮之下，世风不古，柳歪脖子不敢想下去了。

但是，柳歪脖子毕竟与柳艳群相依为命了多年，当初一腔热血收养柳艳群，为的是什么？他又想起了女儿的微笑，那是一种不用嘴唇来笑，而是用眼睛来笑的微笑，是一种女儿家独有的风采。厂区的路上没有光亮，烦恼无法排遣，间隙性的腹痛突然发着，向着全身扩散开去。

柳歪脖子不知道要发生什么？

一个三线建设的山区工厂，在军工断奶以后，一步一步地陷入困境，在埋葬柳歪脖子青春和爱情的土地上，没有升起他年轻时的希望，唯有柳艳群是他的安慰。今天下午，柳艳群负气出走，柳歪脖子有些克制不住了，他害怕所有的担心和恐惧变成不可动摇的事实。

月亮早已从张家山的背后升了起来，借着光亮，柳歪脖子直挺着身子，全神贯注地走着，路边斑驳的墙上，隐约可见那排朱红色的标语——迎接西部大开发，国有企业三年走出困境。

中国政府开发大西部的政策，迅速而又彻底地消除了柳歪脖子心中的烦恼和不安，所有的感觉和思维都积极活动起来。望着这震撼人心的标语，柳歪脖子的睫毛在跳动，嘴向前伸着，低垂的眼皮又露出往日的笑容，他衰老的心中又重新燃起对工厂新的感情和慈爱的火焰。

柳歪脖子向着道士观走去。

一晃眼，半年过去了，王三妹突然打电话回来告诉柳歪脖子，她现在已经离开成都，到深圳去了。柳歪脖子问她去深圳干什么。王三妹说，你别问那么多好不好，你要相信我，我是爱你的，你在家把女儿照顾好就行了，我会按时寄钱回来的。

王三妹从成都到了深圳后，很少打电话回家，但隔一段时间便有汇款寄来，而柳歪脖子渐渐死心了，不想再追问她的行踪。是的，柳歪脖子已经够痛苦了，索性对王三妹不闻不问，这样也许会少点痛苦。

王三妹去深圳的头两年，一直没有回来过，她说工作太忙，抽不开身。随着渐渐长大的柳艳群对王三妹的思念越来越强烈，对王三妹的印象也越来越模糊。有一次，柳歪脖子终于忍不住在电话里吼道，“三妹，你给我听好了，你如果再不回来，女儿都不认得你了。”

柳歪脖子听见王三妹在电话的那端哭了，哭得很伤心。柳歪脖子的心也软了下来，赶紧劝她别哭，劝着劝着柳歪脖子自己也跟着哭了起来。

春节时，王三妹突然回来了，他们一家三口终于可以过个团圆年了。看得出来，王三妹很高兴。她对柳歪脖子也是百依百顺，极尽柔情，对柳艳群更是呵护有加。

那个春节，柳歪脖子一直没有问王三妹在深圳的工作，他刻意回避着这个令人尴尬的问题，尽情地享受着难得的温馨和愉快。可春节过后，现实又摆在了王三妹的面前，王三妹要走了。临走时，王三妹对柳歪脖子说了实话，她在深圳认识了一个有钱的男人，那个男人看上了她，包她做了二奶。

听着王三妹的叙述，柳歪脖子想起了一个“大度”的故事。有个老师，中年丧妻，他的膝下有两个女儿。他本人喜欢唱川戏，后来经人介绍，他认识了火把剧团的一位女演员，就这样结成了夫妻。

然而，仅凭老师的那点死工资是无法让演员老婆花枝招展的，原本就不规矩的老婆红杏出墙了。有一天晚上，老师外出回家时，一开门，他轻手轻脚地走进卧室，看见老婆和奸夫躺在床上。老师没有惊动他们，而是轻手轻脚地走到客厅，在沙发上和衣而睡。

天亮后，老婆起床后看到客厅的沙发上睡着一个人，她走近一看，竟是老公，她吓得赶快跑到卧室，对奸夫说，快跑，我老公回来了。奸夫起床就跑，却被老师拦住。他说，别跑呀，欢迎你以后常来呀。奸夫竟感动得流出了眼泪。

柳歪脖子不是老师，他不能眼巴巴地看着自己的老婆和别人睡觉而装作若无其事。

然而，面对王三妹的坦言，柳歪脖子无言以对。经历了这些年的情感折磨，他那点男人的尊严已消磨得所剩无几，已变得麻木的他眼巴巴地看着王三妹又一次离他而去。望着王三妹远去的背影，柳歪脖子眼冒金光，发誓要把柳艳群拉扯成人。

道士观位于岷江之滨，紧靠着虎口湾，脊鱼背所产生的涛声从夜幕中隆隆滚来。

柳艳群扑在父亲的怀里，突然感到自己的幼稚。柳歪脖子的身上，浮肿得更加厉害了，眼睛底下显示出松弛的泪囊，鼻子上的肉早都瘦干了，高高的鼻梁上显示出瘦骨嶙峋的一条棱。看着柳歪脖子琥珀色的肌肉，柳艳群充满了自责，也充满了悔恨。

找到女儿，柳歪脖子的表情慢慢活跃起来，不再那么愁眉苦脸，伴随着腹痛而来的疲劳的感觉也随之消失，他感到一阵轻松。“孩子，我们回家。”柳歪脖子说道，声调郑重庄严，那勉力为善的慈爱，充盈洋溢在柳歪脖子的心中。

听到父亲低沉、急迫的声音，柳艳群好生感动，眼睛里所有的沉思和自傲，在寂静中奇迹般地消融。家，对柳艳群来说，那是生命的圣地和灵魂的天空，只见她的脸上微微一笑，充满了纯洁，充满了友爱和情谊。她惊奇地望着父亲，柳歪脖子并没有跟她说话，他的下巴向前伸着，额头上满是汗，那自言自语的表情，莫非在说胡话。

原谅我，爸爸。柳艳群转过朦胧的泪眼。

工厂已走进困境，这是柳歪脖子不愿看到的现实，他奋斗了大半生并赋予它多彩的老龙坝难道就这样无情，这样令他伤心绝望。

半个月来，柳歪脖子时常回忆起一些毫无意义的往事，这些往事在他已经记事不多的脑子里忽然扩大起来，他像一个孩子似的，常常一个人笑着。柳歪脖子在不知疲倦地回忆往事，搜寻着前半生的光荣和梦想。柳艳群也不知疲倦地奋斗着，她在十字路口的左侧，开了一间小小的餐馆，取名为新塘沽酒家。

新塘沽酒家很快成为老龙坝的新闻中心，有关工厂时好时坏的情况不断传向那里，又不断从那里传出。一会儿这个月又下岗了多少人，一会儿某车间又出了工伤事故，柳艳群字斟句酌地听着，对工厂未来命运的关怀，使她常常睡不着觉。

晚上，柳艳群躺在床上，她又听见隔壁柳歪脖子轻微的呼噜声，在一点一点重新拼凑起来，将她心底搅起的许多记忆重新浮出水面，再也不肯沉下去。天气异常闷热，令人有些喘不过气来，柳艳群只穿了一条绣花的三角内裤，只见她反背双手，解掉那黑色的乳罩，那白皙的双乳像一对奔跑的小兔，小小的乳头四周，呈现出一片处女晕，特别令人心动。

柳艳群微微睁着一双眼睛，这样的夜晚，她觉得很惬意，她轻轻地抚摸着那对奔跑的小兔，有一种生理上的快感，脑子里满是各种各样的想法和计划。柳艳群喜欢设想，那苦恼的胸中，一股重新燃烧起来的火苗摇曳着，照在天花板上，产生一些光怪陆离的黑影。

早晨的时候，柳歪脖子来帮厨，他小声地告诉女儿：“艳群，我刚才去厂里转了一圈，听魏厂长说，国家投资西移，大西部的日子很快会好起来的，你有活路了。”

柳歪脖子的一声活路，使柳艳群看到了父亲那种对濒临破产的工厂的朴素的感情，这是一种使人困惑又不能否认的感情，甚至是一种久已存在的柔情。

忘掉过去，一切重新开始。

柳艳群的心中又燃起希望。

风停了，细雨蒙蒙，一辆崭新的本田雅阁停在了新塘沽酒家门前。

一位花枝招展的妇人走下车来，走进了新塘沽酒家。柳艳群迎上来，“太太，你请坐。”望着风风火火的柳艳群，妇人一阵酸楚，那种本能的情感又在她沧桑的心头复活了，然而妇人不动声色。

趁着柳艳群忙乱的时候，妇人环顾四周，天棚底下，总是吹着一股过堂风，几盏电灯精打细算地分布着，发出油灯似的雾气腾腾的光。墙上，几幅破了的画片在风中飘动，这一切是如此庄严，如此寂静而荒废。这就是柳艳群求生的地方，几分钟过去了，妇人仍呆呆地站着。

“太太，你坐吧，很快就要好了。”柳艳群转过身来，再一次望了一眼妇人，那一尘不染的旗袍，色彩鲜艳，富丽堂皇。

妇人有些眼熟，只是想不起来了，柳艳群额头上的疑问重重地抖动了一下，趁上菜的间隙，她敏锐地打量着妇人，她分明感觉到妇人那急促的鼻息吹到她的脸上。柳艳群抬起头来，只见妇人的脸上一层厚实的胭脂。

“小姑娘，下岗多久了？”妇人问。

“三个月了。”柳艳群非常平和地答道。

“想上班吗？”妇人在和蔼中夹杂着一种亲昵，两人的距离在缩短。

“单位还在大量下岗，如果有可能，我会争取上班的。”

饭厅里充满了菜汤的香味。

这时，柳歪脖子又来帮厨了，他一瘸一拐走进酒家，见女儿正在同客人说话，径直朝厨房走去。

“老柳！”望着柳歪脖子瘦骨嶙峋的面孔，大鹰钩似的鼻子，妇人喊出了声。是的，柳歪脖子满头白发像铺了粉似的，很有特征。

柳歪脖子转过头来，只有瞬间的停顿，便认出了妇人，大吼一声，“三妹！”

夫妻二人扑上前去，紧紧地拥抱在一起，久久不能分开。柳艳群木然地站着，迎面而立的妇人，就是自己从小没有记忆的养母。

“艳群，快叫你妈呀！”柳歪脖子好生激动。

王三妹望了一眼沉默中的柳艳群，以略带得体的殷勤神态说道，“其实我不想来打扰你们的生活，最近魏厂长来电话说，艳群下岗了，我特意过来看看你们。”

“我知道你一定会回来的，三妹。”柳歪脖子说。

夫妻二人打开了话匣子，便热烈地谈起来。从麻木中清醒过来的柳艳群赶紧为两位老人沏茶。

“老柳，这些年你为了女儿，吃了不少苦，我感谢你了。”王三妹站起来，朝着柳歪脖子深深地鞠了一躬。

“你这就见外了。”柳歪脖子说道，“你来的意图，不摆了，我理解你，我让女儿跟你走。”柳歪脖子的心里有如鲫鱼背的流水，翻波涌浪。柳歪脖子清楚，如果女儿跟王三妹走，日子一定会好过些，一定会幸福些。

“我不走，爸爸，”柳艳群扶住柳歪脖子，“生生死死我们都要在一起。蜀南电机厂没有垮，魏厂长那天在酒家吃饭的时候，还给我讲起蜀南电机厂的前景和未来。”

王三妹根本没有听清楚柳艳群在讲什么，她心急难熬，两颊发烧，柳艳群谜一样的话语，直冲肺腑。柳艳群挺直着身子，那青春的乳房在一起一伏。她又一次望了王三妹一眼，王三妹面容鲜活，很靓丽地站在自己的面前，额角和头发闪闪发光。

王三妹有些失望，她又一次望了柳艳群一眼，柳艳群的脸上露出青春的朝气，一簇长长的卷发遮掩着红扑扑的脸颊，那充满活力的眼神中，充满希望，充满生活的快乐。

望着王三妹难堪的样子，柳艳群又有些过意不去，她说：“谢谢你还记得我，谢谢你来看我们，不过我舍不得离开爸爸，舍不得离开老龙坝。”轻轻的话语中，蕴藏着柳艳群对柳歪脖子多年养育之恩的深深的感谢。

柳艳群成熟了，王三妹也从心里高兴，对于蜀南电机厂的前途，可以从柳艳群这里看到新的希望和自豪的感情。“谢谢你，老柳，培养了一位最优秀的女儿，也为蜀南电机厂培养了一位最优秀的员工。”

“不，还是感谢这片土地吧！”柳歪脖子顿了顿又说，“开发大西部，使我们看到了希望，我相信蜀南电机厂一定会绝处逢生。”

“对，绝处逢生。”三人异口同声。

栏头题字/薛树源

专栏主持/周鹏程　彭殿基

特别視界

黔西南采风

冬天来看双乳峰(外一章)

◎蔡 旭

陈永明 / 摄影

黔西南的冬天,也是冬天。

没有雪,但风中有雪,雨中有雪,心中有雪。

许多树掉光了头发。许多人被一层层衣服所包裹。

连爱美的布依族大姑娘小媳妇,也用毛衣、棉衣、大衣,平整了优美的曲线。

从岭南过来的我,穿完了所有的衣服,还觉得骨头里冷。

只有双乳峰不怕冷。

只有双乳峰照样在大地上,在天空中,袒露着她一对硕大的乳房。

挺拔,高耸,丰满,圆润,健壮,妩媚。

一对世界第一的乳房,世界唯一的乳房。

千万年了,她一直这样挺立着。不管风吹雨打,不管天寒地冻,不管风云变幻。

用她充沛而甜美的乳汁,养精养气养天地,哺云哺雾哺日月。

用她包容天地的大爱,养育了贞丰人,布依人,乃至天南海北的人。

站在她的面前,我不由得想起了母亲。

不能不想起母亲,也只能想起母亲。

想起她的慈祥,仁爱,包容,含辛茹苦与体贴入微。

想起永世不忘的母恩与母爱。

而在这个冬日,我更加想起母亲温暖的怀抱。

母亲是不怕冷的。

只要母亲在,心中就不再会有寒流。

此时,我站在双乳峰面前,觉得胸中有一股暖流涌动。

立刻想给所有的朋友圈发出一条微信:

是的,即使你冬日来到双乳峰,你也会拥有——

永远的春天。

走进必克布依寨

一样的布依人的迎客仪式,必克寨更加隆重。

一样的彩旗、标语,必克寨更加鲜艳夺目。

一样的长号、铜鼓、山歌、鞭炮,必克寨更加惊天动地。

一样的全寨出动,必克寨的场面更加壮观。附近上班的、打工的、上学的,都回来了,寨门口还站着7名抗美援朝老兵。

一样的龙腾狮舞,必克寨翻腾更加热闹,有两条龙,一条是大人舞的,一条是小孩舞的。

一样的竹竿舞,必克寨跳得更加欢乐,让小朋友拉着手跳,更加活泼天真。

一样是拦路酒,必克寨摆得更加令人难忘,要过三道关呀。

第一道拦路酒摆在寨门外,穿着节日盛装的阿婆、阿婶、大嫂、小妹,盛满米酒站成一排。谁能推却这份盛情?

虽说是三碗,敬酒的一拥而上,没有五六碗无法通过。

第二道拦路酒跟在两条龙队之后,老、中、青、少的布依女,按例又捧酒碗拦在面前。

第三道拦路酒照样摆在跳竹竿之前,不喝

这些酒,休想从竹竿下蒙混过关。

平时不沾酒的我,面对美酒却左右为难。语言是无力的,只需要一个动作,就是:喝!

我也知道规矩:捧起碗就得喝光。只敢伸出嘴巴迎接,每碗都舔上一口。

好在她们也知道应对,用一只手挡在我的下巴,好让酒水顺当地漏过。

有人美美地喝了十七八碗,喝下了布依人浓浓的美意。

我只是浅浅地尝了十七八次,尝下了布依人深深的亲情。

能饮的与难饮的,应该都没有喝醉。

酒不醉人人自醉。让我们陶醉的,是布依人纯朴的性格,好客的盛情。

还有如此丰富多彩的风俗,与悠久厚重的文化。

走进黔西南(组章)

◎夏 寒

夏 寒/摄影

必克,天下第一布依寨

布依族的歌唱,在必克寨的米酒里洒出,

洒进必克寨的山水里,也洒进了我们的心里,塑造远古时代的奇异与遐想。

我仿佛突然穿过时空,从树木的碧绿中,看见了古老布依人浓缩的青春。

独特的民族风情,在广场篝火的火焰里跳动,必克寨的意境燃烧成淳朴的热情。

我们在竹竿的音符上,也试着跳跃着我们的青春,其实那正是布依人的青春。

走在鸟语花香的必克寨,是什么在萌芽?

带露的花草,沾满了古老的布依人的风情,释放出醉人的芳香。

在我的心灵,激起未曾体验过的涟漪。

涟漪,一个连着一个,布依族妹子一个接着一个,米酒端成一杯又一杯,关口闯过一道又一道……

这其实是民族风情的热情燃烧,是热情把民族风情燃烧,是布依族妹子把我们燃烧!

难道,我们是天外的火种?

是他们,点燃了我们;

是他们,点燃了我们的激情和热血;

是他们,点燃了我们一颗颗跳动不断加快的心!

但他们,决不是把我们焚烧,

我们的眼眶里,含满了努力吞下去的感动!

打凼,山清水秀的村庄

一条小路,沿着山边伸进宁静。

古刹静谧。一棵神树,在冬季的凉风中绿着,绿得那样葱茏。

风中,含着米酒清纯的芳香,啼鸣在草径上尽情鸣唱。

水,泛着涟漪,爱,流动着心声。

久远的暮鼓晨钟从遥远的天边传来了千年的回响。

神树,与化石为伴;神树,与打凼湖相依。

化石的心脏,长着一个远古的传说,美丽的想象正在风沙中打磨打凼村别致的景色。

古树干上斑驳的记忆,依稀展示从前的弯月,我的思绪踮起脚尖就可以采摘远古的日子。

岁月，在我心里的墒情发芽，我心潮的涟漪填不满打凼迷离的梦幻。

波澜不惊的打凼湖，隐匿于群山之间，让所有的宁静洗涤尘世。

爱情的神话，在湖边开着花做梦，吮吸着上帝赐予的甘霖雨露。

打凼，被信仰浸泡在打凼湖里，神树却站立在湖畔弹奏出月明风清。

怀抱古琴，布依族情歌涂红了不朽的时光。夜晚，沉睡的钟声摘下月亮，饮尽月光洒下的惬意，听一曲古筝的弦音。

假如能住下，一定会枕着沉香和花露入梦！

香车河，一条通往平安的河

一缕袭人的幽香，搀扶着我的想象走进香车河。

心，抽出三片嫩叶，开出两朵心花，便长成一炷香的高度。

光芒，灼痛了童话般的想象；光焰，熏香了心花。

我没有考证“香车河”的来历。

但我走进了手工制“香”的人家，也看见了古老的“水车”，

更是漫步沿着一条“河”边走过，那条河就是香车河。

香车河，清澈见底的河水流过岁月，远离了喧嚣的红尘。

我从香车河岸走过，心路在心灵的制高点上跋涉。

香车河，是背山面水的高地，走进神灵的圣地，我亲自制一炷香。

让思想，随着蓝烟的缥缈升华，生命真谛的源头系着香车河的远古，而一端正流向明天……

一如香车河生产的香，根部系着远古，头部点燃今天的神火！

香火，点燃火红点燃平安，

让日子的根挽着农人，在阳光里编织布依寨结满的硕果。

火一般的日子，怀揣着最美的憧憬，踩着树影摇曳的激动。

古典诗词的韵律，在起起伏伏中响着，风雨中流出魅力的诗篇！

招堤，荷花的魅力世界

淤泥里隐藏的生命，在水中拔节。

你的词性丰腴，在水中张扬，孵出的卵荡在水中，朗读招堤池塘。

风，解读一尘不染，是源于纯洁的亭亭玉立；雨，恪守诺言，丝丝缕缕地与池塘的荷叶亲吻，以穿针引线的方式安抚粉嫩的荷花。

是谁挠醒绿叶掉落的诗句？风姿绰约，风情万种，推敲古典诗词的韵律。

根部，拽着淤泥在沼泽地邂逅。

招堤池塘，荷花海妖艳成群。

但每一朵纯净的心，都被水托起，荷花酽醉，荷叶向春风借雨。

柔水流动的韵律溢出美丽少女的情怀，伴随相思花开。

风，搅动荷花灿烂的笑容，吮吸娇嫩在羞涩中等待明媚的到来。

夏季，风的和弦在荷叶上弹起；秋季，风从荷叶上滑落，蜕变为枯萎的俏丽，绽放成一把把撑开的伞，倒立水中，伞芯与阳光对接。

荷花。馨香，肆意泼洒。

蜻蜓，倾诉荷语笙歌，踩着荷叶的娇嫩起舞。

誓言，撒满招堤的十里荷塘，密密匝匝地欢聚。

无言的喧嚣，在月光下倾泻，屏气凝神，所有微妙都在沉寂里躲藏。

一个沉寂的世界，柔和清纯，淡雅，娴静，灵秀、飘逸……

宛如面对月光下排满招堤的婀娜多姿的少女，挥洒着缕缕暗香。

黔西南四题

◎周鹏程

符文棍 / 摄影

夔门素描

夔门的门栓藏在水里。

一些水妖暗潮涌动，欲合力打开锈迹斑斑的宫门。夔门千仞，一泓碧绿，运送文明，在历史里穿梭……

峡，演绎成平湖。一浪高一浪的滚滚洪波成为奢望。没有江水哗哗，偶尔可听见岩崖发出呻吟。

猕猴并未出来伤人，我手中的入场券占领了它最后的阵地。

赤甲楼，炮台，角角神……物或神都格外谦卑，它们并不高高在上！

石梯下降，一地落红，满山相机按着快门……

冬日的辉光在薄雾萦绕的山门之上播撒金粉。惊人的造型直抵天空，远方祥云集聚。

巨斧劈开大川之后，时间的一半去了阴沉木里，一半矗立在夔门之巅，泪望瞿塘！

拦路酒

玉指送上金黄的土碗，在布依姑娘洁白的微笑里，我喝下九碗青春荡漾的霞光。

响鼓穿透云霄，玉龙翻腾，长唢呐指向天空，齐鸣！久违的锣声声嘶力竭仿佛是圣山奔走相告的呼喊：来了，来了，远方的朋友来了……

列队而站的寨老，整装而立的寨民，我可以握握你们的手吗？或者，站在你们中间，做一个瞬间定格的你们？

竹子轻轻击碰大地，那悦耳的声音似乎在传唱一个期待千年的缘分，我和你以携手而舞的方式跨过层层跳跃的竹竿！

我确信，这绝不是演习。

我确信，这绝不是梦境。

我确信，这是一次集体献礼，一次盛大的友谊对接，一次温暖的集体鞠躬！

冬天的必克村，你为什么不冷？

三道拦路酒，三次设防，设防是假拒，三碗美酒是真情！

请允许我以诗的名义向必克这个古寨致敬！请允许我以诗人的名义向布依族父老乡亲们致敬！

我向这个民族致敬！

双乳峰遐想

像？还是是？

丰满，圆润，坚挺，青春……一对巨乳长在贞丰的平原上，者相从此有了惊天动地的灵气！

膜拜者，泪流满面。忠贞丰茂，气韵神足，贞丰有了这对硕大挺拔的乳房，便被称为“圣地”！

仰面花丛的圣母，在无数的过客中，你可听到一个蓬头垢面孩子的心跳？他来自南方以南，来自心灵以外，一身的毒，一肚子的怨，满口的虔诚……

故事是神话。贞洁洗涤凡人灵魂的伤与痛，伪与劣！仰面花丛的圣母，你可曾看见无数穿金戴银的女人？或是少女，或是村妇，或是从高楼大厦里走出的阿姨……

她们都有母亲的慈性，更有母性的柔美！

都来跪拜你！邪念化为纯洁，隐私变为大美。

贞丰，沃野千里，八音绕耳，这里子民勤劳善良、智慧。

曾记否，鲜花绿叶、粮食马匹都是那高峰乳汁滋润而成?育天哺地润万物，是双乳峰啊，是双乳峰长流的乳汁传承祖先的祝福。

腰带变成一弯清流。圣母躺下去的那一刻，群山起舞是她的优美姿势。

玉坠，装满传说。

母亲睡在这里，坦露忠贞，瞭望世世代代的布依苗乡儿女……

双乳峰，我愿你是我的母亲，我们世世代代深爱你！

香车河

安龙普坪。

十二月的香车河，静若处子，七拐八弯的垂柳，依然婀娜多姿，秀发飘逸。

河水潺潺，水车空转，岁月悠悠。

沿河信步，抽了骨头的风，轻轻滑过休憩的旷野。午后，人们纷纷来到这里翻晒肉体，广场交给了老人和妇孺……

千百年来，祭祀神灵的香从这里产生。于是，这条河因香而得名“香车河”。今天，我们探古寻幽，制香人就在近处汲水，难道她将用这清澈的河水调制颜料，洗涤竹器或者木器？

河边农舍停步，老人为我们端来板凳，村姑为我们捧来热茶，远处孩子们举着甜甜的米酒，布依男子铆足劲吹响长唢呐，欢笑声划破千峰山上万里长空……

田园风光，农耕文化，穿越过去，思索未来。

此刻，我听见无数的声音汇集：文明走进原始，巨大的处女地悄悄开发，嫣然一笑的香车河被贴上了乡村旅游的标签……

香车河穿着淡妆，走在繁华的街市。

繁华的街市里，有一位淡雅的少女——香车河！

必克布依寨

◎彭殿基

肖 雄／摄影

乙未冬至地，寒节如凄天，东南西北诗友，冬天里相会盘江土地。

北国冰封时，南国冷雨季，季节寒凉挡不住诗人心底的追寻。

我们来了，双乳峰下，必克布依古寨，也许是数百年之缘，也许是千年的约会，我们这群爱诗者走到一起，携手走进这片古老土地，走进庄重神圣的布依古寨寨门。

热情好客的布依人，身着素雅高贵的民族盛装，围堵寨门。那是数百颗心的团聚，那是数百份爱的凝聚，四围青山被布依人盛装点缀得绮丽缤纷，广袤天地被布依人热心烘托得喧闹激情。双乳峰下布依古寨，两千位纯朴布依村民，请出千年神圣铜鼓，敲响古老的十二则布依铜鼓调，庄严启动世代传承待客热情礼仪。

龙狮齐舞，奇光异彩，龙游飞天惊鸿，狮舞荡地雄浑。舞龙队腾挪辗转，舞动彩龙飞天，甩动双龙抢宝争高下，龙动风声起处，彩带飘动飞花缭绕，猛龙宛转呈祥瑞；舞狮者鹞子翻身，舞动金狮跃地，扭动双狮吞宝比高低，狮跃气浪圈里，彩铃碰击叮当交响，雄狮跳跃显吉兆。布依古寨隆重礼仪，迎接天南地北众位诗人。

靓丽布依女，瑶池仙倩影，洁白帕，素蓝衣，盘头玉盘胜似皓月，身着盛装美若仙女，三道拦路酒，摆开两里地，敬酒歌唱响，诚意敬嘉宾。四方诗人进寨来，且把山寨当家归，三六九碗饮不尽，开怀醉饮布依情。

布依帅小伙，健硕好身躯，大脚裤，紧上衣，膀大腰圆好汉子，雄姿英发壮青年，吹响丈八长号震动天，敲响三尺大鼓撼动地，含片木叶随心奏曲迎客调，手把勒尤逐意鸣笛接贵宾。四方诗人进寨来，且把山寨当家归，大碗端酒豪迈饮，不醉不归布依人。

双乳峰下必克布依古寨，古道热肠纯朴布依村民，如此盛典般隆重礼仪热情接纳我们这群膜拜者。从未谋面的父老乡亲，见到你们见到亲人，我们的心在你们的热情里溶化，冬天里也盛满春的暖意。几十年也难遇的真情，人间大爱荡气回肠，心田润泽亲人温馨的爱，我们哭了泪流满面醉倒爱里；和布依汉子激情拥抱，你们是我们亲兄弟，我们笑了热泪盈眶欣喜若狂；和布依姑娘牵手舞蹈，你们是我们亲姐妹，我们笑了泪花飞溅快乐欢心。

寻根热土地，浓浓布依情，鹤发浓眉的寨老，古铜色脸庞浸透岁月风霜，和蔼笑容满溢父辈慈祥，把天南海北寻根者心慰藉。年迈衰弱的老兵，当年英勇雄壮的气派已留存记忆里，蹒跚步履莞尔一笑，温和面容绽放早年豪气，把天南海北寻根者心激励。

寻根热土地，浓浓布依情，我们来了，双乳峰下，必克布依古寨，天南海北寻根者，曾经习惯淡漠的心，在真情慰藉中焕发激情；天南海北的游子，在古道热肠抚爱中洗礼重生；天南海北寻根者，在人间大爱中找回自己。

黔西南的诗情画意(三章)

◎郭 丽

郭 丽／摄影

鱼儿的幸福

冬季赏荷，远瞻，一片枯黄，一种伤痛。

当你临近池畔，眼中的水域不再沉寂。曾经被茂盛莲蓬藏匿的生命，此时，正以庆幸的姿态与阳光接吻。

我眯缝着眼睛，唯恐灰尘堵塞昏花的视线。寻觅，寻觅。

是一尾鱼，荡开了我的眼帘。它一忽儿在泛绿的水草间招摇，一忽儿在水面的残荷下摆尾。停停走走，置我的追踪不屑一顾。或许，它们早已习惯了这样的骚扰。

寻常的鱼，生长在招堤的十里荷塘，它的生命就有了不寻常的历程。不再担心钓翁的诱饵，因为这里禁钓。不再担心污浊的伤害，因为这里四季清新。

夏日有荷花陪伴，冬日有莲藕相随。这是一条无忧无虑的鱼，这是一条随遇而安的鱼。

我为鱼的幸福生活鼓掌，为安龙人保护环境的意识点赞！

孤独的鸳鸯

一只红嘴鸳鸯，独行于老去的荷塘。黑色的羽毛不再靓丽，于衰败的莲蓬来相提，只是多了呼吸。

它缓慢地游动，身后，分出两行孤单的波纹，波纹里漾动着戚戚的哀鸣。

看着它渐渐远离的瘦影，一丝疼痛折断了我的目光。转身，珠泪溶于池水，一圈涟漪也扩大了我的愁容。

伤悲，困扰了观赏的兴致。

别了，不忍再看、再想你以后的故事。

神龟临岸

荷塘，与诗友踏风而来。惊呼！戛然止步。一只神龟，卧于突兀的石台上，甚或左顾右盼。

透明的池水，扎眼的寒凉。想象它在水底的游弋，该是何等的煎熬。它一定有过颤抖，或许得过伤寒。出水，求取太阳的照彻，求取诗人的怜悯。

我猜测，它一定是未成年的龟，缺少生活的历练，更缺少抵御寒潮的耐力。这一点，我是它的榜样，只是语言的障碍，我无法做它的教头。

它亦是一只幸福的龟，荷开的季节，满塘娟秀，皆是它馨香的背景，是它兴奋的制高点。

神龟，你坚强起来吧！冬天的脚印越来越浅，太阳正在酝酿春晖，你脊背上折射的光波，就是转暖的证明。你的期盼不是梦！

黔西南放歌（三题）

◎洪佑良

陈永明／摄影

布依族寨门

布依族的村口，一定有一座寨门，雄伟壮观，巍然屹立。高大的正门两边各有一个侧门。这是布依族最古老、最原始的传承。没有了部落之间的纷争，远离了战争的厮杀，寨门，已经从军事要塞的历史舞台退出，淡化了选择特殊地理位置凭险据守的考量，也没有沿着寨门设置配套军事设施的构想。在村子的边界上，伫立着这样的一座寨门，是布依族人心灵的归依、感情的寄托。

雕梁画栋，起承转合，榫卯相连，钩心斗角，集合了中国建筑行业最高的美学艺术，体现了这个民族高瞻远瞩的忧患意识。

一部布依族人的民族史就是一部少数民族的血泪史。曾几何时，部落之间，总有没完没了的征战。民族之间，总有冤冤相报的恩仇。被歧视，被挤压，布依人有山一样的胸怀，有海一样的肚量。他们承受着南蛮、野番的辱称，他们忍受着官僚、土匪的盘剥。直到他们的承受到了极限，直到他们的底线遭到了践踏，布依人才会奋起反抗，勇敢抵御。上帝的眷顾，民族的自强，布依人赢得了这方土地，成为这方土地的主人。

动乱的历史虽然不再重演，受人欺凌的悲剧也不会再来，但布依族人的心中，总有一些挥之不去的阴霾，总有一些难以忘怀的隐痛。为了铭记，更为了警醒，建一座代表不屈不挠的民族丰碑，建一座象征和平体现性格的精神垂拱，让子孙后代不忘历史，珍爱生活，其意义远远超过寨门的本身。

一座寨门就是一双穿透时光的眼睛。

一座寨门就是一部民族抗争的史书。

一座寨门就是一个民族文明的滥觞。

打　凼

是谁在这里打了一个凼，不深不浅，刚好盛满幸福的深度，想象展翅的维度，追求未来的高度。

是王母娘娘随意丢弃的一条手链？你看，那滴翠的山就是一颗颗玛瑙！你看，那碧透的溪就是一条绿色的丝绦！

是伏羲氏推演八卦时遗落的器物？天地雷风，水火泽山，每一项都能在这里信手拈来，而那些不知年代的重阳树，是他插在这里的蓍草？为什么不是天地之数五十，而偏偏是五十六棵，冥冥之中到底暗藏着怎样的玄机？是代表五十六个民族吗？那么，布依族的先民们，选择了哪棵树、哪棵顽强挺拔的树当成你们的民族图腾？

呵！打凼，你坐落在这片灵山秀水之中，氤氲着日月的仙气，呼吸着天地的精华，每一缕阳光都是金丝织就，每一片白云都是银线绕成，风，带来旷古的消息，雨，沾满天庭的湿润，而雷，像大嗓门哥哥，身后总是牵着羞羞答答的春妹妹。在这个凼里，在这个人间仙境，日月轮回，风云变幻，演绎了千年万年。

呵！打凼，我来到这里，我要迈步扩胸，吸入你新鲜的空气，我要倚靠在万年的重阳树上，感受你的浩然正气，我要掬一捧你的清泉，洗净我世俗的心灵，我要刨去时间的表皮，回到混沌初开的打凼。

呵！打凼，你已抖落了身上贫穷的羁绊，就像重阳树抖落破败的叶子，沐着从凼外吹来的清风，按照自然的道、包容的道，演绎着新的发展。

竹竿舞

两根竹竿，是布依族人的坦诚激情凝成的，沾满大山的翠绿，吸附着阳光的味道，在村口，在操场，在客人到来的地方。竹竿翻飞变幻，是欢乐河流里激起的浪花。歌声时缓时急，是热情的海洋中扬起的风帆。

竹竿舞，最简陋的舞！

竹竿舞，最率性的舞！

不用害怕你的脚会被夹住，也不用担心你的舞姿笨拙，只需要放开你的拘束，抛下你的矜持，加入到这个没有鼓点、没有节奏的舞蹈中。咔嚓嚓，咔嚓嚓，竹竿敲击的声音就是鼓点，姑娘们悠扬的歌唱就是天籁之音。

跳吧，打开你的心灵，释放你的压抑与忧郁。

跳吧，扇动你的翅膀，加入这场歌舞的盛宴。

贞丰行(四章)

◎郑 立

陈永明/摄影

北盘江大峡谷

一百公里,一道夜郎国的神秘。

北盘江,雄奇之美,在贞丰的胸襟,奔荡春秋秦汉的日月,激越南来北往的罡风,峡深,壑锐,谷阔。

花滩、伏流、旋塘,是藏而不露的心事。峰林、怪石、瀑布,是袒而不裸的心情。都有山青水绿的感恩,不言而喻。

远古壁画、古城遗址、摩崖石刻,泯泯灭灭的典藏,抹不去历史漫漶的真相,掩不去铁血漫卷的烟云。高于生命,低于土地。

古驿道、铁索桥、北盘江大桥,穿行雨的遗泪,雪的残骸,风的磋磨。一场场险阻与通衢的博弈,一次次旷古烁今的喧嚣……心比天高,命悬磐石。

在我红颜的黔西南,在我闺密的贞丰,在我滔滔不绝的北盘江,碧波流韵,山歌嘹亮,鹰飞湍急。

虎啸猿啼,隼掠鸢拂,在石头国里,命运没有选择。黄金滚滚的渴望,是鹰翅上飞。

壁刀崖剑,山塌水陷,血光杀气,傲骨铮铮,一匹匹矮脚马,踏碎了马帮的铃响。

北盘江的忧伤,是原始森林滴漏的绿烟;

北盘江的欣悦,是群山巍峨奇幻的色彩;

北盘江的痛楚,是绞骨与割肉的盘山道;

北盘江的欢乐,是天堑变坦途的拦路酒。

我是浪雾上的彩虹,一生用鲜花赶路,一生用岩石唱歌。

聆听炊烟袅袅、古朴熠熠的村落,聆听春绿秋黄夏葱冬红的故事,聆听山高水长、山环水绕的呼唤。

我携手了一份壮烈的美,迸溅出一峡江的星辰。

在赶往幸福路上,一边是布依的勒尤,一边是苗家的芦笙。

三岔河

木叶声声。

一头石水牛,徜徉温顺的时光,反刍石头的不朽。

吹奏木叶的布依郎,倾听木叶的布依女,把纳摩、者坎、纳孔三条弯弯的小河,“浪哨”成一湖粼粼的神韵。

“湖是一张画,画是一弯湖”,纳孔村、龙井村、纳蝉寨,湖光山色,绿岛葳蕤,鸥鹭翔集,婆娑枫影,山宁水静。

一缕水秀山清的风,拎着时光的灯盏。

在布依神柱上,周而复始,

在布依铜鼓上,此起彼伏,

在布依八音铜塑上,辗转反侧。

布依,鬼方国的幽藏。

布依,夜郎国的安谧。

布依,贞丰州的甜润。

三岔河边。喝一碗便当酒，竹筏轻舟，快意当头。铸剑为锄的畅想，水天一色的神往，珠联璧合，追风逐浪。

莲花岛上。哼一阕古歌谣，曲绿岛幽，风生水起。白鹭振翅，枫叶红染，心犹明镜，神如玉泽，魂若兰香。

我的三岔河，洗尽了人心之烦忧，擦亮了人生的豪壮。

竹林堡石林

走石成林，走石成诗，走石成画，走石成梦……

在竹林堡，山坡上，草地中，溪流边，一群群行走的石头，仰读时空的慰藉，埋读自然的遐思，咀嚼生命之殇。

母子情深、少女梳妆、千年之吻、将军出征、唐僧西行……模糊而清晰，刚直而曲柔。

栩栩如生的凝思，惟妙惟肖的痴疑，精妙绝伦的猜想，天地的契合，在亿万年的一瞬之间。

石径螣蛇而动，山岭孔雀而舞，在我的眼睛里，皱心的瘦，透心的漏，鬼斧神工。

山水婀娜之气，万物怡然之灵，在我的陶醉里，已是大慈大悲的心咒，落英缤纷。

所有的杜撰，在山脊上醒来，在鸟鸣上滑落。

重庆万盛石林，云南昆明石林，那是外婆的故事，粘着天方夜谭的墨迹，睡眼惺忪。

竹林堡石林，一个夜郎王的故事，独一无二的容颜，迎风如刀。

铜鼓、唢呐、长号，布依长调，温婉回旋，如诉如泣。

百越后裔，皇天后土。石破天惊的誓言，化身成石的豪迈，深邃在历史的天空，苍淼，浩瀚，悠远。

老马伏枥，苍鹰扑兔、神龟出海，海豚望天、天狗盼月……钻心磨骨的美，在浓淡之间，在高低之隙，千奇变幻。

逼真的是天成，逼真的是心境，逼真的是坦然。

在竹林堡石林，一尊尊石头，怀着一腔腔热血，揣着一个个梦想，擎着一声声呐喊。

在贞丰的膝盖上，石头，是美丽如初的疼痛。

者相六君子

在者相镇虎山公园辛亥革命烈士纪念碑前，一片片雪花，从我思绪的天空，飞腾而下。

捧起匍匐在生命的黑白之间的六片雪花，我触摸着白云幻化的名字——贞丰孔陶安，者相六君子。

千年古镇，六片雪花，穿梭在时光的驿站，奔涌在爱恨的潮头，在我的感动里，嘶啸如风。

我找不出六片雪花的真身。那追随孙中山的二十八勇士，血沃中华的二十八勇士，挺在一段尘封的历史。六片雪花，炫亮了一场场刀光与剑影。

一百年前的六片雪花，飘在华夏的胸膛，飘在者相镇，飘在威风凛凛的时空。

六君子，六片雪花。

忽闪在宋宁宗的手上，潜伏在宋理宗的暗角，饮恨在明熹宗的冤狱，消融在戊戌变法的门扉，站在历史惨淡的血泊上，引颈而歌。

者相镇，共和国小小的一隅，挺举历史如椽的重量，热土壮歌，抚今思昔。

读双乳峰的静穆，读纳孔古寨的明丽，读三岔河的清澈，读者相镇的彪炳，六片雪花，在“饭养身，歌养心”的瞳眸，迸溅着彪悍的虎气。

者相六君子，在红三军团走过的脚印上，虎虎生威。

者相六君子，在三岔河畔的虎字石崖上，虎虎生威。

者相六君子，精与神，化为者相镇的戎装，在贞丰的大地上，虎虎生威。

必克之夜

◎弓 力

肖 雄／摄影

一

无星，无月。关灯，合眼。

一个人的房间，一个人的世界。布依风情，弥漫；布依米酒，香溢。

篝火还在燃烧，热情还在演绎。传说写进了歌词，经历融进了舞姿。

一路走来。乐也歌，苦也歌。一个民族的信仰，一个民族的图腾，在荆棘丛中，星光般闪烁，朝霞般辉映。

什么刀山火海没有闯荡过，什么妖魔鬼怪没有征服过。斧钺，劈开了迷茫，劈开了沉寂。一条通向光明的路，就在眼前。

梦，驻足在寨前的古树上，郁郁苍苍。辉煌，印在一张张敦厚而坚定的脸上，火热激昂。援朝的英雄，神采奕奕。齐整的军礼，写满神圣，写满尊严，写满刚强。激情燃烧的岁月，别在胸前，铸成共和国永恒的骄傲。

二

窗外，细雨淅沥，浸润着土地，浸润着古寨，浸润着心灵。情感的种子萌动，穿越地域，穿越岁月，穿越记忆。在秀山丽水中，有一片恬适而潮润的回音。

心，紧贴着古寨。朴素的气息里，民风氤氲。沸腾的血液里，奔涌着民族的苦痛和荣光。不必粉饰，摈弃炫耀，也并非故步自封。最朴实的情怀，和白云一样飘逸，和青山一样坦荡。

线，自纺；布，自织；色，自染。蓝白相间，是天空的颜色，是画家心中五彩的世界。长长的头巾，像河流一样，在崇山峻岭奔波；朴素的服饰，似云雀一般，灵动在层层梯田。

隐隐中，小伙的歌声起了，谁家姑娘的芳心萌动。思念，化作音符；爱恋，如瀑音般激越。

一座叫八音魂的乐器雕塑，汇集了多少真诚，多少坚守，多少热爱。旋律曲折，旋律豪迈。一个民族的魂魄，和苍天一样广袤，和大地一样宽阔。

三

必克的冬日，不寒。

一双脚，穿越仰天长啸的白虎山，穿越神奇的击鼓潭，穿越远古的瞭望台，寻源。一颗心，在竹竿间，坦诚而率性地舞动；天籁之音，轻快悠扬。一个梦，从远古和蛮荒中走来，从泥泞和迷茫中走来，彩虹一样升起来。

酒，点燃了诗情。歌，飘荡着焰火。农家楼宇，和高山对咏，和飞瀑畅谈。

执着，在踏实的步伐里；追索，在倔强的骨子里。沿着时间的方向，带着血性，带着责任和使命，自信地向前，生活所赐的永远是阳光灿烂。

频频回眸，频频驻足。简朴的古寨，袅袅的炊烟，火热的歌舞，孕育了多少朴实的思想和文化。民谣里，民族精神飘扬。

舞台上，一群少年热情澎湃。每一个音符，都闪动着希望的光芒；每一次舞动，都是虔诚的召唤。

心，融入了古寨，融入了布依。清晨的歌谣里，有我的一缕和音。穿越时空，和流水一起吟诵，和古寨一起呼吸。

贞丰印象•枫之魅

◎紫 影

陈永明／摄影

一

冬，与枫一起被风吹。

只一会儿，我，在纳孔古寨迷失方向。

一个人拐巷又转街，

亲吻迷离，楠竹，飘香。

二

他家，有石头砌筑的墙，围满温暖。

探出窗外的花朵，正与檐下躲藏的白鸽对望。

辣椒、玉米、花椒……药果挂在墙壁，我看一眼醉了心房。

再看两眼，时光中，谁家的狗欺吾善良，要追赶我走，

它吼我，吠我，

似与两小孩说话，乡音尾长——

三

寻着雨巷，石头踏在脚下，

身上的银镯，银饰，随着风铃响。

叮叮当当，叮叮当当——

转三个弯，又转回纳孔布依广场。人家养的蜜蜂采蜜忙，

芭蕉树向天疯长，

躲入叶片的蝴蝶飞来飞去，

惹得我，像布依女人被情哥逗得心慌慌。

四

八音魂雕塑很有气场。

枫，种在风上。

淡红色，深红色，交相辉映。

大红，大绿，嫩黄，黔黄，层峦叠嶂。

锈黄，珠黄，金黄，柔紫在水乡。

从来没有过的，我双手击铜鼓，鼓腮吹勒尤，

花未枯萎，水未潮涨。

一群群燕子从树梢惊飞，要在天空为我们布下情网。

情深深，雨朦胧哦！

“二月二。”“三月三。”“六月六。”

情人一对对出彩，隔山对情歌，这边唱来那边和，

和出桃花朵朵。

五

枫林晚，晚过晚秋。

是冬至后，三岔河安静在贞丰，

水波荡漾中有我。

找不见同伴的影子，沿栈道行，蜿蜒。

太阳照身，喜洋洋。

要赴远方去。路，直达枫乡。

六

莲，从湖底长出。

纯洁。绽放的花朵儿，淡雅。

蒲公英瘦弱，弱不禁风中被吹出白梅花。

微风在，枫桥在。或缓步小歇，或对淡水素妆，

水面化为镜子照我娇羞。

七

风，吹过枫径。

一浪浪被冬天染成雪的秋水，一浪浪翻滚，荡漾。

湖里游泳的鱼儿自由自在，孤独一方。

独行，或许孤寂、落幕、夹带隐隐忧伤。

望荻芦扎根陇上，抚平我彷徨。

八

岸边的薰衣草凋谢，你要记得松松泥土，翻出红，黄。

绿，是麦苗一片片猖狂。

枫，熬出米酒催我醉，

浪哨。

来年，泥土总要长出春天的。

这世外桃源，适宜闲居。

风吹枫叶，飘飘。风吹来我，逍遥。

枫之魅，染指“五色糯米饭”，吃总归要嚼碎岁月，磨省迷茫。

枫之魂，扎染出蓝靛布依族服装，你们终会穿出风流，与时尚。

每一丛野草摇曳皆为你，明示红尘浪漫，

夜下，风中藏迷，

好去纳孔寨子摘月光。

山居·古寨

◎汪文德

汪文德 / 摄影

第一章　起

是你必克布依族古寨，依山傍水筑缘祈福。你耸立于黔西南绵绵起伏的群山之中，你从远古走来；辗转七百多个春夏秋冬，一路风尘、载歌载舞。

那一条清澈的小溪从你的怀抱里，蜿蜒起伏成日子的诗，日月星辰的歌，轻快地流淌着……，“清泉石上流”，浣女唱新歌。

布依族的汉子用一根扁担，挑弯了山寨的曲巷、田埂、石阶、花径。雄浑成山的宏伟，田野

的豪迈。

布依族的姑娘用一个箩筐，背起了清秀的丽影；柳丝、翠竹、小桥。轻盈成云的优雅，流水的涓细。

第二章 承

仰望双乳峰的风韵，俯瞰三岔河的俏丽。倾听《八音古乐》的激昂，感叹《布依古歌》的悠扬。

几面硕大的铜鼓擂响了“六月六”的天地人和，空前盛况。那真是布依民族的狂欢节，更是大山深处一道最亮丽的风景。

一声“浪哨”吹响；在希望的田野上，布依人极尽欢呼“六月六”，布依人喜笑颜开“六月六”，布依人谈情说爱“六月六”！

拜天祭地！祈祷：风调雨顺、富寿康宁；那是虔诚的心，那是真挚的祈福，更是布依人感恩的歌。

第三章 转

总有一首歌在耳边回响：“山不转哪水在转，水不在啊人在转，人不转啦梦在转，梦不转啊心也转……”听那些孩子们在学校的操场上唱歌。

看那一面鲜红的国旗飘扬必克村子的天空，真是美不胜收！

必克寨子里：

一条条淙淙溪水漫小桥、鹅在昂着、鸡在欢笑。

一栋栋小楼翠竹叶环绕，古墩相映、美妙成趣。

多彩如画的田野，淙淙如诗的溪水。翠竹掩映的村子，如茵的绿叶遮盖着，花儿们的笑靥，鸟儿们欢腾！云从花间过，人在画中走。沸腾山寨处处洋溢是古韵、沟沟壑壑有山歌。

此时此刻，身置云雾缭绕中的必克寨门前；欣闻长号吹、聆听唢呐奏、喜悦锣鼓敲、欢快鞭炮鸣、沸腾人欢呼。雀跃悠扬、载歌载舞。

第四章 合

三道拦路酒、心融布依情。村头鞭炮齐鸣，彩旗飘飘。身着美丽服饰的布依族儿女。

那美丽的村庄，那夜晚的舞台：糠包舞、刷把舞、铜鼓舞、杂技、舞狮、舞龙像星河般的流转，展示了布依人的智慧。

八音坐唱、棒术、古歌吟唱出了必克古寨的精彩，弘扬了人与历史、美妙了人与文化、协调了人与生产、和谐了人与自然。

木叶、月琴声；白帕子、花围腰、土布花格衬衣、耍须飘动的糠包在“花园”里不时闪动。

置身其间，宛如坠入歌的海洋，欢乐的世界。独特的布依族文化，仍在诠释着“只有是民族的才是世界的”！

唢呐声声、锣鼓阵阵，威严而雄壮。龙狮飞腾舞出了山的雄奇，那擎天的长号吹出了布依民族气势雄浑。

风情万种的布依文化，携带着厚重的历史印记，一如悠悠岁月中璀璨的明珠。

光辉灿烂的布依文化底蕴深厚，沸腾的必克布依人热情似海。带不走的是山清水秀，留下的却是魂牵梦萦。

贞丰二题

◎王安平

陈永明/摄影

拦门酒和被拦的客

来到贞丰，才晓得这里的绝世风情。

拦门喝酒是布依人待客的最高礼仪，被拦的客激情燃烧，烧红了天边红云。

世界上恐怕难有第二个国家有这种风俗，也难看见在光天化日之下拦着客人喝酒，而且还如此热烈隆重，礼仪的规格不亚于总统来访。

龙舞动了天魂，召唤了地的灵气。布依人的热情酿制的歌声把客人的心偷走了。

布依人用体温温干的牛皮做成的锣鼓，每个鼓点的叩击，是布依人心跳的频率在脸上的跳跃。卯嵌在鼓周围的楔子，就像布依人的手指，楔进布依人历史的回溯中，把布依人穿越过的时空好好地整理，写成了专著。专著里有布依人的歌，有布依人的舞，还有布依人创造的几千年的习俗。

布依人的酒是盛情和着汗水酿制的，每一碗里都有爱情煮成的月光，月光里都有年轻布依人漫步的足印。

喝一碗米酒，你会在酒中听到年轻的情侣的呢喃细语，还会听到他们月光下动人的歌声。

拦门的仪式就设在那棵千年的风景树下，一如风景树的盎然。青枝倔傲地放出春色，就像布依人的热情那样，虽是初冬你感受的却是春的温暖。夹道欢迎的乡亲，还有标致的姑娘，排成一道迎宾的风景长巷，心中的喜悦在脸上开放，灿烂得醉人。

八仙桌是布依人家祭祀祖宗的供桌，远方客人珍贵，只能用最高的礼节相迎。

客人从远处来，特意来品这样的风景，喝一碗忘情酒，让心留在这个动人的地方。姑娘捧起酒碗，将清澈的心意倒进客人的口中，连不爱喝酒的女子，也按捺不住此时的放纵，也找不到不喝的理由。就算有了昏然，纵然有了酡红，天下的风情有的是，也没有这样的风景值得留在记忆的深处。

酒，我喝了几十年，从来就没有今天这样香甜。

双乳峰下的布依人

都说盘古开天辟地，但它绝不会想到自己的缺憾，会遗落在这个地方。多少世纪之后，大地重新长出了乳房。

伏羲女娲创造了人类，但他们也想不到，人类的精华却被遗忘，好多万年之后，人类自己在贞丰找到。

双乳峰的神秘，她不仅仅像个传说那样在人们的心里储存，而是她的贵气的血统，是她的那种母爱的伟大。她是布依人的，更是中国人的。

说实话，双乳峰似乎有些俗，太平民化，应该给她取个高贵诗意的名字，可她就是这样的简陋，直白，光秃秃的，一点都不婉约，可就是这样的一个名字，把布依人的豪放，爽朗，憨直和淳朴以及那种热爱母亲的情结尽情演绎。

岩石成为双乳峰的骨骼，双乳峰就是岩石的辉煌。就像布依人的坚韧顽强，在青山流水间弥漫，变成了一种民族精神那样弥足珍贵。

一碗酒，氤氲着淡淡的米香。不仅是礼节，而是布依人爱你没商量。

有乳峰，就意味是母亲，母亲用她的乳汁哺育这里的儿女，山川，养育了这一方的美丽。养精养气养天地，哺云哺雾哺日月。母亲累了，静静地休息，人们也不忍打扰她，这一睡，就睡去了数不清的岁月。但儿女们有一样东西沉淀，无论走多远，母亲的眼睛总是朝着那个方向……双乳峰的沉静体现了布依人的性格和胸怀，双乳峰的伟岸就像布依人的情操那样源远流长。

母亲沉睡了这么多年，山里山外的精彩搅了母亲的梦，原来梦里的情景，已经变了画面，才小睡了一会儿，她就不认识这地方了，想必天堂也不过如此啊。母亲笑了。辛苦有回报，因为这里沉寂了若干岁月，也虚度了无数的光阴，贫困落后成了这里的代名。这一天终于来了，布依人用自己的热情迎来一批又一批的客人，不光是黄皮肤，还有黑皮肤、白皮肤，布依人酿制的美酒，也香到贞丰以外的地方，包括漂洋过海……

黔西南散歌（两章）

◎李东华

陈永明／摄影

醉人的必克

必克，我是在人头攒动，鼓号齐鸣，狮跃龙腾，山歌悠悠的热闹中走进你的。

走进你千年的古韵，千年的柔情。

拦路酒，一碗、两碗、三碗……可是，不胜酒力的我，还没喝完三碗就醉了，醉倒在热情动听的敬酒歌里，醉倒在醇香浓烈的米酒香中。

布依姑娘头上高挑的锅圈帕，像迷人的眼眸，动人微笑，注入我的脉管，让我在不知不觉中，醉成一名痴汉，在必克，长梦不醒。

曲径通幽的小巷，摆谈着古寨千年的历史；小桥、流水、人家……叙述着浓浓的乡愁和古朴的意境。

长号、唢呐、勒尤、竹笛……这些古老的乐器，一亮嗓，便把人吹得青春年少，想与时间做一次交易，让人停下脚步，在必克，再爱一次。

这是一块风水宝地，人杰地灵。

这是一块生长诗歌和才艺的土地，深情的浪哨歌，欢快的竹竿舞，悠扬的木叶调……洗去你一路风尘，让你将梦，永远留在千年古寨——必克。

安龙拾遗

一座千年的城池，一个千年经典的故事。大幕拉起，就没有谢幕的机会。

三千年文化，三百年荷花。

历史，在这里厚积着神韵。

血色黄昏，狼烟遍地。

一个皇帝在这里运筹帷幄。复明的幻想，虽然幼稚，却充满史诗般的悲壮。南明皇宫，虽然粗陋、矮小，能让一个皇帝放下心来，安寝，也算难得的功德。

一个文化名人，在半山亭驻足，气吞山河的豪气，让多少人倾倒？

漫步招堤，闻荷香，赏荷韵，千古的旋律，弹拨着心中素琴。

啊，在安龙，穿越古韵幽幽的小巷，踩着石级小道，我拾起一页页历史的珍珠……

情留黔西南（四章）

◎包明娟

陈永明／摄影

情落必克

心，被一个名字揭开谜底。

毫无理由地被感染着，那是必克的苞谷酒、那是必克的竹竿舞、那是必克的篝火、那是必克的男女老幼。

竹叶青青，入口则润。

苞谷金黄，为酒则醇。

还有什么，比在这世外隐居更能动人？鸡鸣犬吠、盈耳充风、天高云淡、日落而息。

别让我离开，那必克的小桥流水、糯米清香，都让我一头醉倒却又不愿睡去。搂着夜色四合的村庄，我的情感融化成布依古寨门前的一缕炊烟，袅然不散。

心落乐运

穿透古城烟雨，跻身这万峰相拥的大山怀抱。

一脚泥泞，从苞谷地旁穿行而过，我的脚下有很多脚印，透过它们，我真切地感觉到泥土的温度，那是劳作者留下的印记。

循着一种坚实前行在乐运的山路上，没有了城市中的猫步，没有了石板路的飘逸，红水河畔、青竹排筏，我来了，乐运。

就像是我们很早就约定过一样，我来了。

古老的黄桷树微笑着，像是知道我的样子，那么熟悉、那么亲切，每片叶子都像是召唤的手，我能有的只是拥着你的树干，轻轻用脸庞摩擦着、摩擦着……

你想必是知道我的名字的吧？写在树叶上，每回吹响的时候我都在想，前世的哪一次轮回，我一定是出生在这里的。

我一定是数过你的叶子。

我一定是爬过你的树干。

也或许因顽皮弄疼过你。

啊，不！

我宁愿相信，是因为今天我约定了和你相遇才会有千百年前我离开你。

而你，愿用千年的守望，换子孙一世的平安！

待我们年逾花甲，相携打凼安家

香樟木叶一片在手，我就是你一世的新娘了。

古树烟巷、香溪翠湖，袅袅升腾的人间烟

火，在重阳树周围。江南水乡的写意画卷，停留在一水之间。

漫步在石板路上，一袭长裙将陌上花开演绎得淋漓尽致。

手捏木叶急待吹响的山寨阿哥，将情歌唱得流水淙淙。飞凼桥上，张望的眼波，让整个情人坡红霞飞透。

吹响吧，我在等待的就是木叶一声的召唤；吹响吧，我在等待的就是木叶一声的倾情。吹响吧，我在等待的就是呼唤调里长长短短的无尽倾诉。

而我，可是你要等来的布依阿妹？

芭蕉叶宽藏不住，重阳树高遮不住，妹仔桥上"浪哨浪冒"，其乐融融。

看情歌写遍，而我只是飞凼桥上的过客；听木叶吹响，而我只是鸳鸯湖边上的游者。

就要走了吗？糯米饭没有吃够、谷米酒没有喝够、青石桥没有走够。就要走了吗?我还想在小巷带着风车游走，还想在疏影溪流旁哼着歌濯足。是的，我还有好多好多的还想，而只能悄悄与你相约：待到我们年逾花甲，相携打凼安家。

香车河水情意长

你就是香车河吗?一个满是诗意与遐想的名字，安静地走在我的面前。岸上残荷隐留的香气馥郁着，一路前行，夹竹桃将河水的波光剪碎，地头的小水车不知疲倦地转着、转着……

香车河的梦在连心桥处打了个结，一半滞留、一半急去。

满坡的细细碎碎的小花像极了河水的眼睛，跳跃着、跳跃着，不知怎的，就跳到了心里，挥之不去，又不忍触碰。

安龙的香车河，就这样在磨碎的香樟木粉屑里，在制香、擀香、晒香的岁月里，静静地流淌着，一任情深意长、一任别去无期。

情系黔西南(组章)

◎白晓娟

陈永明/摄影

无名红军坟

您是谁，无墓无碑，矮小的土冢在喧嚣里寂静，一条红绸带包裹的荣耀难掩凄凉，我都不知您啊您又怎知我，隔着一个世纪的沧桑，您我对话辛酸。

请您托梦还乡，好让早入黄泉的老母不再牵挂，她把期盼寄予青山，世世守候您的归来。然后请安息吧，尽管此语如此牵强，如此无力，我仍希望您能闭上年轻的双眼，硝烟早已远离，枪炮早已停息。

青草数载枯黄，昼夜无数更替，您在异乡以一捧黄土的质朴，抒写着一颗黄土的初心；

以一颗游子的魂魄与一颗臣民的忠诚，您在祝福谁，您在守护谁；

以一颗感恩的虔诚与一颗满怀的不安，谁在俯视您，谁在仰望您；

一串串脚印，无数串脚印，永远不会停下的脚印，是后人无以言表的愧疚；

于是，每天从您身边，下坡、低头、缅怀，上坡、抬头、敬仰。

可您没有怪罪啊，早把思乡的泪水化作河水，一圈一圈环绕乐运，头颅抛洒，再把心儿留下。

这里是您曾陌生的异地，却早已是您热恋的故土，一山一水，一草一木，一村一寨，一家一户，您能割谁舍谁？

为了无数的生命您舍弃自己的生命，为了大地不被鲜血浸染您倾尽所有鲜血，您给人自由的光明，自己却囚禁永生的黑夜。

我如此心疼啊，纵然今天能在阳光下竖起墓碑，可谁有资格撰写碑文，我们和您相隔不止尘土，不止黑夜。

我也如此困惑，隔一世尘土，我想望穿什么，隔永世黑夜，我能望穿什么？

喧嚣与寂静处，我脚踏坚硬的小路，头顶沉重的自由，

这坚硬的小路，因为您的热血所以坚硬，这沉重的自由，因为您的生命所以沉重。

而这满山满坡的阴冷，是否想让我触碰您冰冷的孤寂，牵您化为尘土的双手，给我新的指引。

您是谁啊，究竟是谁，如果此生只能深鞠一躬，我给您，如果此生只能敬仰一人，我给您。

香车河里叙香火

名字与使命毫无关联，我依然以身为一片桦叶而自豪，一个绿叶到灰烬的传说，在香车河始终如一。

我为绿叶只为燃烧，等不到枯黄，来不及坠落，我是岁月深处青春的献祭。

借一双勤劳的手，我从深山走进人间，我从光明走进黑暗，从光明来是为了带来光明，走进黑暗是为了点燃黑暗。

没有双脚，我作为一片叶我如此安静，没有翅膀，我作为一捧灰我如此沉寂，无心无肺，我如此孤独如此自由。

如何让我的祈愿，在一座深山里根植，在一片桦叶里传承，是我一直的担心，再在一根竹签里延续，再在一条香河里流淌。

香火，一代一代，一脉一脉，这是香的延续，火的延续，根的延续，木的延续，温暖的延续，生死的延续。

香车河啊，我生于斯，长于斯，在此点燃，在此泯灭。

我用生命的绿叶收取福音，我用生命的粉末无声祷告，从一片完整的叶粉身碎骨，只为把末再化灰烬，灰烬里驱散灾难，灰烬里挥洒美好。

为那些活着的，死去的，美好的，幽怨的，健康的，病痛的，所有的，

我将献身自然的、人为的祸端，点一豆和平的微光，我将在深山古刹，燃一地虔诚，

我将进入寻常百姓家，哪怕只作为一个祝福，我也要去除你心头的哀伤，我将在一盏清茶旁，把俗世红尘遮挡心门之外，

我是慈悲的使者，点燃，便意味着温暖，请告诉我，你不再恐惧，亦不再彷徨，你不再伤痛，更不再悲哀。

无须怜惜，生为桦叶，我注定光明里生，光明里长，暗夜里燃烧，暗夜里远离，竹签陪我一起，时光陪我一起。

所有美好我能否都记起，在月亮升起的村寨，我能否遗忘以往的清冷，以一缕烟尘躲入岁月深深。

招堤残荷

我所处的季节，爱无言，情无语，而一切依然适合在风雨里飘摇，

岁月静好，无谓白天黑夜，草青草黄，污里水自清，水里污自浊，

周遭喧嚣我心寂然，我默默地开，默默地败，我的悲喜不露痕迹。

我的世界云淡风轻，透过薄的烟尘我依然看到真实的人生，光阴易碎，红尘漫漫，

日子不仅是日升日落，睁眼闭眼，苦穿胸而过，乐穿膛而来，我始终在时光的另一头，

所有远离的幸福与伤悲，该记起还是忘却，风在风不在，云走云未走。

当我是一枝青莲，我盛开得空前绝后，当我是一枝残荷，我衰败得一样空前绝后，

苍天为证，我曾把一朵娇艳托举污泥，把一支纯洁托举污泥，把一种禅意托举污泥，

那刻，阳光洒落如佛光普照，如此柔软，如此温暖，

而今，岁月被我低垂得有点沉重，有点落寞，有点哀怜，有点残破。

世界在一堤之外，世界在一堤之内，我不想走得太远，让梦想越过天际，

当我化作一只小鸟想要起航，就有一根羽毛跌落心房，

提醒我需要低头，回归泥土的本真，需要重回清水，洗涤风尘，

所以我弯腰折颈，缅怀青春，感恩生命，

可我如何让你明白，一株植物的欢喜与创痛，埋藏淤泥的红颜白发，又如何让你感同身受。

贞丰，
刻在骨髓的吟唱(两章)

◎陈永明

陈永明/摄影

魂牵梦萦布依情

贞丰。暖暖的冬日，流淌的时光。

唐诗宋词的韵律里，我又回到生我养我的故乡。

梦里依稀，光阴犹在。

布衣寨，那是衣胞之地。那是少小离家的村庄。

那是荡气回肠的唢呐，歌和舞。

那是醉人心魂的“拦路酒”香。

当岁月的风沙，吹乱我三千白发。

当桃花又开满枝丫，当鬓发又挂满霜花。

古寨悠悠远远的酒歌，香飘四溢的袅袅炊烟。

梦回必克。岁月沧桑。

布依寨，有我眷念的布依姑娘。

我渴望，昨天的往事里，重复今天的记忆！

穿越千年的诉说

从一千三百年前走来的布衣人，用深入骨髓的坚贞和信念，

书写一个民族兴盛的历史，珍藏一段世人景仰的记忆。

一道石墙，几条山道。九条壮汉，九套石门。

繁衍了一个山寨的烟火，筑起了安居乐业的长城。

一座瞭望台，百双智慧的眼。洞穿必克。述说布衣人，

和一个古寨涅槃的前世，今生，和未来！

必克寨拦路酒

◎符文棍

千手观音，盛情
捧酒至唇
一仰脖，便饮进了
布依人的风情

一杯，又一杯
琼浆玉液的热情
在胸中　燃烧
把淳朴储存心底
让心回归自然

我醉倒在拦路的酒香里

◎潘银璋

陈永明/摄影

我是在寒流撕开寨门的时候走近你的，必克！

我是在冷风扑打脸颊的时候亲近你的，必克！

声声唢呐，携带冬至的气息，敲碎了我满身的疲惫。双乳的山峰醉了，古寨的田野醉了。

我伸出痉挛的双手，不敢拥抱寨边的老树，不敢热握八十老兵的手掌。我怕那双没有举过机枪的手扰乱了他们的灵魂；我怕上甘岭残酷的场面又在他们的眼前浮现。

秀丽的布依姑娘，拉着拦路带，仿佛从梦幻里跳跃而出。那善良的眼神，那洁白的裙裾，如雨如絮缓缓落入我残缺的空房。她们端着糯米酒，轻唱“苞谷足，苞谷青，苞谷煮酒绿茵茵”。谁也无法拒绝这最高礼仪的米酒！喝吧，不要辜负布依姑娘最淳朴的热情。一口、两口，一杯、三杯，醇醇的，甜甜的，从我们的心房流过，从我们的骨髓流过。

我醉了，醉倒在拦路的酒香里！古寨也醉了，醉倒在千年的诗韵里。凤凰山峦展动翅膀，仿佛真变成凤凰，在必克的上空悠悠盘旋；狮子山崖迈开双脚，仿佛变成真狮子，在必克的道路奋力狂奔。

拦路酒啊拦路酒，我真想：永远醉倒在布依的情怀里！

想象大竹堡石林（外一章）

◎秦　禾

即使用脚丈量大竹堡石林，不喝布依人的便当酒，你依旧能醉。

KARST——喀斯特……

只是南斯拉夫女郎，在伊斯特拉半岛石灰岩高原的自作多情；

岩溶地貌——三叠纪、角砾状，风化、发育……

不过是地理学家的故弄玄虚；

大竹堡石林的神话——

只能从布依老人，装满故事的背篓里，溢出，逸出……

纵使你想象的野马在石林任意驰骋，也是在神秘“盆景”里回旋——

“天狗盼月”“海豚望天”，天空真的是它们的神？

披袍顶甲的“关云长”“千里走单骑”，一千八百年了，可累？

“八戒巡山”，可是为“唐僧西行”开路？

“老鹰哺食”，可是为了嗷嗷待哺的雏鹰？

“浪哨归来”，可是布依青年恋人的身影？

“母亲”低头亲吻怀中的“孩童”，可是母子情深的“千年之吻”？

……

演奏了千年的大合唱，惟妙惟肖，栩栩如生！

你的想象有多深远，这里的舞台就有多宽广。

必克布依古寨欢迎你

一股穿桥而过的溪流，将古寨沧桑的年轮，映照在静谧的粉墙——

“始建于元代”，村寨悠久的记忆。1937年，喝米酒长大的布依人陆兆辉易帜，“必革村”改唤必克村。“攻必克、战必胜”！——布依人撼天动地的呐喊。

如今，一首村民自编的诗，飘落在古街小巷：“水经石上流，蜂从花间过。人在画中行，盛世桃花村。”

一曲曲“盎署蒙呀，妈满姑呀”的歌，在耳边萦绕——就算之前不知是“欢迎来到必克寨”的译音，我分明从布依阿妹的笑脸上，品味到了温婉的诚意……

就算在篝火旁，跳竹竿舞被夹了脚——那不正好是夹掉了我久积的忧愁？

盎署蒙呀，妈满姑呀……我学唱着布依歌，快乐一直在心头萦绕！

贞丰的树叶(外一章)

◎邓集跃

动人，因为纯绿，一双迷醉的眼，让树有梦。

太阳的辣味，争红了一张小脸。

月亮太淡，好想呼呼大睡。

半坡上，一阵秋风晃了晃，堆出一窝。

悬崖边，或躺或挂，留下一抹愁容。

树丛里，飞鸟常青睐，用它筑巢。

即便树上的鸟儿，也或歌或舞，将树枝或叶片缝成衣服。

默默坚守诺言

生，即为感恩；走，即为蓄能量。

心永向光明，脉脉含情，只为果实甜蜜。

无论贫瘠还是丰腴，从无半点怨声。

心如磐石，护枝护干，刀砍或火烧。

大义凛然，即便化为泥，也要逗乐花儿和庄稼。

河 流

◎杨 欢

我没见到河流，却见到酝酿千年的琼浆在缓缓流淌；我没见到河岸，却见到绿绒铺就的豪华地毯在向远方无限延伸；我没见到船儿，却见到满载青翠与歌声的竹筏在青青的河面上悠然漂荡！

我见到的是一条比河流还河流的河流。

这条河流一如少女的纤纤玉臂，将不老的村庄挥染成一片青绿。

是谁还在河边敲鼓捶锣，迎接这些笑容可掬的山外来客；是谁还在翘首吟唱，恭候远方的微笑；是谁还在不停作画，描绘一幅幅醉人的山水情缘。是布依人民，在古树旁作画，在水车旁吟唱，在篝火旁群舞，在河流旁欢呼！于是，一切汇融成一首交响曲，汇融成天籁之音，汇融成一地亘古的景致，顺着河流，日夜不停地，流淌成了岁月！

荷 韵

◎向 往

汪文德／摄影

春夏，你楚楚动人
让路过你身旁的红男绿女
羡慕不已
你神不知鬼不觉地
悄然定格在他们的镜头里
有的拉着情人的手
有的面带幸福的笑容
尽情地欣赏你
你成了无法比拟的
美丽的女神
成为爱情的见证者

秋冬，你虽卸下了美丽的盛装
也逃脱了行人的视线
虽躲藏在被人们遗忘的烂田里
仍然发挥着身上的余晖
或躺　或站　或倚　或靠
以另一种缠绵的姿势
铸成更加惊艳的雕塑
不卑不亢
默默无闻
呈现在世人面前
等待来年
再把美丽的风采
奉献给人间

情满必克布依寨

◎韩树俊

还没有进村，就传来了长号、唢呐的鸣叫，寨门上高高挂着鲜红的欢迎横幅，绵延数千里的迎宾队伍里，白色、黑色、青布盘帕格外显眼。

寨门口，十二位俊朗的布依男子分列路的两边，齐刷刷举起齐天长号对天长鸣，一时间，长号声、唢呐声、鞭炮声，伴随着布依妇女清甜嘹亮的劝酒歌，汇成了一片欢乐的海洋。

入得寨门，一道中间系着红绸带的蓝色布条挡住了我们的脚步，两位头戴青色盘帕，身着黑色布依绣花服的妇女抬着竹扁站在路中央，竹扁中盛满了一碗碗甘甜的米酒，左右一溜排开十余位高挑秀美的敬酒布依女，一式白色盘帕，青布衣衫外罩黑色背带上衣，黑裤宽大的裤脚上绣着花儿。她们边唱边将盛满米酒的陶碗送到每一个客人的唇边。听不懂“咿咿呀呀”的布依语歌词，那清越柔美的声音足以让人陶醉。

陈永明／摄影

腰系红绸带身着青衫黑裤的舞龙舞狮队伍喜庆热烈。穿过两条欢腾的巨龙，迎接我们的是身着黄军装胸佩军功章的援朝老兵以及白盘帕青布衫的老妈妈、黑盘帕黑长袍的古寨长者。老兵的威严，老妈妈的慈祥，古寨长老的淳厚。群山围绕的必克村，青山不老，古风犹存！

身着布依服的小学生们蹲在地上，将两枝竹竿一分一合，两位布依美少女牵着我的手一起跳竹竿舞，护我在舞蹈中过了道道竹竿。

握手、拥抱、合影、互道安好，共祝康泰，每个人的脸上都绽放着发自内心的笑容，犹如见到了多年未见的亲人。平生第一次受到如此礼遇，我被这个场面感动了，我被这个民族感动了，我的布依兄弟姐妹！

迎宾队伍中一位鼓乐手领我去乡村客栈。他 30 来岁，中等身材，一绺山羊胡子稀疏地飘在瘦削的下巴上，是古风与时尚的对接？从村办到客栈，是一条弯弯曲曲、高高低低的山村小路，路两边的民居小楼，一式的外墙，一式的木窗，一式的门楼。据介绍，按当地政策，老百姓投资造房子，政府出钱统一装饰外墙，无怪乎必克村的客栈、庄园民族风如此招人喜爱。拐过几道弯，面前是偌大的一幅青山绿水图。远山在暮霭中蒸腾着雾气，夕阳的余晖将眼前清清的小溪映照得泛着红晕。“水经石上流，风从花间过，人在诗画里，胜似桃花源”，古诗中赞美必克山水的景致活现在我眼前，我简直分不清是在家乡苏州的小桥流水，还是在黔西南的贞丰县必克布依古寨。

山羊胡子姓陆，必克小学的数学老师。小桥头我下榻的“小桥人家”正是他姑妈家。采风团五十余位诗人、作家，分住在村里多家客栈或农庄，小桥人家住五人，四方潭农庄住二十人，还有三三两两住在老乡家的。采风团成员毛鹰的家就在必克村，毛鹰是本次采风团最年长的诗人，他是中国民族文化研究会名誉副会长、黔西南文艺评论家协会副主席兼秘书长。有意思的是，被公认为“毛主席”的毛鹰家里，住下的是下一站采风点良田镇乐运村支书向鹰。我想，毛鹰和向鹰，一个民族文化研究者，一个民族村的村支书；一个年长儒雅的诗人，一个年轻有为的村干部：这一夜，一定是个不平静的夜。

“小桥人家客栈”，一幢三层小楼，青砖外墙，木质花格外窗，木栅栏里花卉鲜艳，即便已是深冬，屋前屋后依然绿树拥翠。入室，过宽大客厅，扶木扶梯噔噔上楼，一个小客厅的两面分列几间房间。打开房门一股浓浓的布依风情扑面而来。雕花木床上覆盖着布依人自己纺织的白布青条床单，白色青条的棉被，白色青条的蚊帐。青与白，正是布依族民族服饰最常见的配色。床顶宽大的蜡染青布帐罩上绣着吉祥花开，常青树，彩蝶双飞。夕阳透过窗棂，洒下一地拉长了的图案。床正对的白墙上一幅黑底织锦简洁素雅，瓷缸里的发财树枝繁叶茂。

是夜，村办文娱晚会的舞台就设在小学操场的司令台上。操场上，一盆盆炭火正旺，舞台上望下去，宽大洁白的盘帕汇成一片。整个晚会，主持是村民，独唱是村民，歌舞是村民，器乐合奏是村民，武术书法是村民，驱鬼辟邪传统节目则由村里长者来表演。作家、诗人不时上台即兴表演，来自呼伦贝尔大草原年轻的美女诗人包明娟背着小背包上台一曲甜美的《真的好想你》唱出了大伙儿的心声；本次采风团领队、中国散文诗作家协会执行主席夏寒用他磁性的嗓音高歌一曲《妈妈的羊皮袄》声震四座。这台晚会，我斗胆，直接搬上央视的“乡村大舞台”，绝对一流！

席间，山羊胡子穿梭在舞台上下，一会儿当演员，一会儿当摄影师。他的爱妻正是今晚美丽大方、机敏灵秀的节目主持人，也是必克小学的数学老师。他们有个聪颖活泼的女儿，正读小学，真是让人羡慕的一个布依小家庭。

演出刚结束，操场上就燃起了熊熊的篝火，人们围着篝火跳起了铜鼓舞。小伙子们举着大棒在打糍粑，妇女们将黏糯的糯米捏成饼。借着火花，我一眼认出一位身穿长袍端庄祥和的老者，他在迎宾的队伍中，他在驱邪传统节目舞台上，他在器乐合奏的乐队里，此刻，熊熊篝火将他的脸映照得更显温和慈祥。闪光灯下我俩留下了合影。

第二天早餐时分，一位笑意盈盈的中年布依女为我们端来一碗碗米粉、一盆盆糍粑，一碟碟咸菜。与她交谈，得知她正是山羊胡子的姑妈，小桥人家客栈的房东，姓陆名美。这位热情、利索、灵秀、知性的布依女，是位硕士研究生，现在是兴义民族师范学院的讲师，也教数学，还是系里一流的布依族歌手。她老公是兴义市社科联的干部。作家们听说是位硕士生，纷纷围过来询问，必克山寨走出的大学生、研究生、博士生有70多位，其中还有担任大学副校长的。我不禁联想到村名的沿革正源于民国时期的一位本地贤达陆照辉。1300多年前必克村这块土地并无人烟，只是一片茂密的原始森林。元末明初，必克村的先祖从江西被追歼入黔，散落于今的必克村当时只有十户人家，人口不到一百，其祖先经常遭到盗贼入侵，故被辱称为“被革村”。民国期间村先贤陆照辉学成回乡担任乡长，1937年正是他率领村民把村边一座古庙拆迁过来修建学校，命名为“必克学校”。正处于抗日战争初期的陆照辉怀着一颗民族复仇之心，将“被革”改为“必克”，取必定克敌制胜之意。自此，必克人扬眉吐气有了引以为豪的村名“必克村”。多才多艺的小陆老师夫妇、他的姑妈美丽的知性布依女大学讲师陆美老师，以及也是从这个村寨走出去，任市社科联干部的陆美老师的先生……我们看到新一代必克人知性发展的美丽现状与前景。

在必克村采风，分成若干个组，分别访问摩师、木匠、石匠、民歌与山歌、刺绣、纺织、靛染、布依武术、布依人文历史、援朝老兵，等等。小陆老师将我就近领进了民歌、山歌组。小屋里，炭火暖心，八仙桌边围满了与我年龄相仿的老人。一轮布依族山歌、民歌唱罢，这是老哥，这是老弟，彼此称兄道弟格外热火。昨晚篝火边与我合影的慈祥的老人居然与我同年。我不无谦虚地说，看来你该是我老弟了，我年初六生日。话音刚落，他欣喜地说：我也是年初六。幸哉，喜矣，妙也！再排出时辰，他午时我申时，我合十相拜：“老哥有礼！”人生七十二，我在布依必克村，第一次碰到一位与我同年同月同日生的老哥。妙的是，他正是山羊胡子的三伯。老陆一字一顿地说：“我是必克人，我也是苏州人。”字字掷地有声。我作揖回敬：“我是苏州人，我也是必克人！”熊熊炭火映红了我俩激动的脸。

次日的诗会由我主持，必克小学教室里炭火挑得旺，几十号诗人与村民围炉而坐，诗人们诗情喷涌，整个诗会高潮迭起。在必克村老年民歌演唱刚落音，我请出了歌队的顶梁柱老陆。我向诗人和乡亲们报告，我俩是同年同月同日生的兄弟，这是我俩的缘，也是采风诗人与必克村的缘。我用刚学会的用汉语唱的布依民歌，与老陆引吭高歌，给诗会带来了又一个高潮。孰料在座的民俗学会研究者甚多，一位专家说，按当地习俗，兄弟相认要彼此撞十二个响头。在一片欢笑声中，我脱下贝雷帽，捋一把头发，抱住老陆开始撞头。善良的观众生怕两个老头激动得撞痛了头，我俩却心有灵犀，相互用猛烈的撞击姿势而委婉地轻轻叩击。“一个、两个、三个……”全场几十号人齐声报数。机敏的老陆忽然把头一侧，我心领神会，赶紧配合来了一个侧撞，左一侧，右一下，逗得全场哈哈大笑。我乘势转过脑袋，与老陆用后脑勺相撞，左一下，右一下，两个年过七旬的老头的十二下撞头，给这炭火燃烧的布依族山寨岁末欢聚添加了一把熊熊的火。

此行布依必克村，我认识了这能歌善舞、淳朴热情的一大家子：俊朗多才的山羊胡子陆泽广老师、伶俐秀美的节目主持人陆夫人、知性美丽的小陆姑妈大学讲师陆美老师、我同年同月同日生精神矍铄的小陆三伯我的陆德欢老哥……这个冬日，在浓浓深情的布依必克村，我认了一个亲，我认了一家亲。

我想，山羊胡子陆老师这一大家子，是不是就是布依必克村620户人家三千乡亲的一个缩影。

清清的必克花溪河

◎余 里

陈永明/摄影

上午，九点半的样子，我和正律君匆匆走出布依古城文化研究会，直奔开往必克古寨的班车站点。

到达站点不几分钟，班车就开动了。

一路的阳光普照，一路的山水风光，让我们忘掉了几天来参加中国散文诗作家协会“贞丰—镇宁—安龙”三地采风活动的辛苦，也忘掉了时下正是严寒的仲冬时节。

我和正律君都是贞丰人，多次参加过县布依学会在必克举办的“六月六”布依民族风情节、“三月三”祭山节等民俗活动，对必克古寨虽说不上真正的了解，但也不应该算陌生。

必克距离县城不远，也就十多分钟的车程，说不上几句话的工夫就到了。

必克古寨是贞丰县最大的布依族古村落，全村六百多户，三千余人，民风淳朴，民俗文化保存较好，是了解布依人农耕文化的一个好窗口。

我们在村口下车。为了深入了解必克，我们打算以逆行而上的方式走访花溪河。

花溪河不大，它像一条不会兴风作浪的巨龙，弯弯曲曲，在必克古寨的大田坝上蜿蜒蛇行。花溪河的流量不怎么平稳，它随春夏雨量的丰沛而涨，随秋冬雨水的枯衰而落。这时的仲冬是了解花溪河全貌最好的时期，因为它的起承转合的脉络，藏露隐现的断连一目了然。

为了走捷径，我们先到村口一人家了解了必克花溪河及源头潭水的大致情况。

步行到必克小学，正好遇到在必克小学当老师的远房姨娘家的大儿子陆泽广。我们说明来意，陆表弟说今天全天有课，很抱歉不能陪同，但离上课时间还有半个小时，可以先用车子把我们送到距离最近的路段。这也好，我们可以节约不少时间。

在村尾的一段正在修建的新路上停下，老表又与我们沿古老的坎坷曲折的小路走一程，并指点了方位。

我和正律君都是从乡村走出来的布依“文化人”，对乡村生活有一种特别的亲近感。步行在就地取材的山石路上，我们并不感到冬日的萧瑟——石缝间的仙人掌旺盛地生长，小路两旁的蕨草郁郁葱葱，荆棘丛中野菊花虽然已过盛花期，但零星的黄黄的小花朵依然可以证明它秋天的灿烂……

“听，有水响声了！”正律君突然停下脚步。

趔趔趄趄，弯弯拐拐地跋涉两三百米，耳边传来了哗哗的流水声。

也许是人迹罕至的原因吧，山路已经消失，我们只好在乱石堆和荆棘丛中开辟新路。

此时此刻，我突然想起鲁迅先生美文《故乡》中的章节：“希望本无所谓有，无所谓无。这正如地上的路，其实地上本没有路，走的人多了，也便成了路。”我又想，有水的地方是有灵气的，人应该不断地寻找灵气，寻找生活的乐趣，才能不断地智慧。孔老夫子说，仁者乐山，智者乐水。在这有山有水的必克古寨，既仁又智的人应该是有的，而且应该为数不少才对。然而，为何通向最典型的喀斯特地貌，极富诗意的花溪河出水口的路会这么难找呢？这是不是与时下年轻人“倾巢出动”外出打工有关系呢？

我不是社会问题专家，不能给出准确的答案。眼前我能做的是和正律君在相互搀扶中到达花溪河出水口。

慢慢地，我们听到流水声越来越大，越来越清脆。

“看——水！”正律君又停下脚步。

顺着正律君手指的下方，一条潺潺的溪流出现在眼前。

经过一块微斜的巨大石板，再下几级石坎，我们终于来到花溪河出水口。

出水口不很大，但两米多高，四米多宽应该是有的。放眼望去，不规则的形状让人感觉深邃而神秘，幽静而庄严。出水口的黛黑色的石崖上灌木交错，藤蔓缠绕。右侧的一丛芭茅草的白花随风摇曳，仿佛在欢迎我们的到来。

我放下笨重的摄影包，和正律君分别在溪水旁的石头上坐下来小憩。

花溪河的水不小，应该有两个桶口大小的流量。

花溪河的水清澈见底，诱人极了。

不一会儿，我们都忍不住俯下身子将手在水面上净一净。水冰冰的，凉凉的，不刺骨，也不暖手。皮肤与水接触的那一瞬间，心里有一种说不出的惬意和满足。这大约是回归生活，回归大自然怀抱的一种心灵的唤醒吧。

休息十余分钟，我有克制地按动相机快门。我希望自己能把美景收入囊中，又不至于让“咔嚓”声破坏有节奏的流水声，产生不和谐的音符。

据村民说，人可以从花溪河出水口爬到进水口，只可惜我们今天没有带上照明的相关装备，只好借助太阳的余光在洞口深处几米的地方琢磨溶洞暗河的形成。

仲冬是一年中的枯水期，在山区，能有这般流水，已经是大自然对必克古寨的特别恩赐了。

我们像猴子似的在洞口可见微光的岩石上不停地攀爬——时而在水花盘绕的裸露巨石上跳跃，时而在美丽的钟乳石缝间穿行，时而停下来推敲溶洞和钟乳石的成长条件。

溶洞和钟乳石的形成十分复杂，也是十分漫长的。溶洞分布在石灰岩组成的山地中。石灰岩的成分是碳酸钙，遇到溶有二氧化碳的水时，才可能反应生成溶解性较大的碳酸氢钙。溶有碳酸氢钙的水遇热，或是当压强突然变小时，溶解在水里的碳酸氢钙才会分解，重新生成碳酸钙沉积下来。洞顶的水向下渗漏时，水中的碳酸氢钙发生反应，经过漫长的上万年，几十万年，甚至上亿年，才可能形成象形物，精美绝伦，蔚为壮观的钟乳石。

经过反复的比较，我和正律君都认为三块相连的钟乳石梯田最为佳妙。清亮的略有几分翡翠色的田水，在岩浆水滴溅的滴答下，泛起了涟漪——一圈一圈地收缩——开张，形成一幅幅抽象的图形，十分的画意，十分的诗情。借助相机的内置闪光灯，我们看到了极富诱惑力的延伸的微斜而上的洞穴路径。越往里行走，哗哗的流水声在天然音箱的扩展下，音色越加浑厚，越加振奋人心，越加让人认识到“清泉石上流”诗句优美的图画意境。苏东坡说“味摩诘（王维）之诗，诗中有画；观摩诘之画，画中有诗。”融合诗画成一家，大概如是。这时，我与正律君之间的交流更多的不是通过口头语言，而是用肢体语言，特别是被文明遗忘了的手语。

看来，人类文明的脚步，不但行走在安静的生产劳动中，也可以行走在嘈杂的环境里。

大约在花溪河出水口待了一个小时，我们不得不带着不能深入的遗憾依依惜别。

距离出水口五米左右，有一堵巨大的方形石墙，简易而不简单，不知有多少年月了，但通过分析判断，年限应该不短了。后来与村民提及此事，虽没有得到确切的答案，但也吻合了我们久远的推断。

原来，石墙是必克古寨的水碾遗址，是必克人智慧的结晶。这里曾经热闹非凡，曾经是村民集聚的场所。我想，在这里修建水碾，必克的先辈们一定是经过反复的论证，依靠这里充足的水源优势，依靠这里山势的有利地形。在机械化打米机没有问世的年代，能减轻人力的就是水力，就是取之不尽，用之不竭的天然水资源。作为以种植水稻为主的布依人，除了披星戴月的辛勤耕耘，要让稻谷变成餐桌上的美食，剥壳是必需的。繁杂辛苦的剥壳需要投入不少人力。于是，解决这一问题，除了每家每户可以自制的依靠人力推拉的剥壳土磨，就是不需要人力的水碾了。

水碾让人从繁重的体力劳动中解脱出来的同时，也提高了人的生活品质——水碾碾出来的米粒既完整美观，又能保住最有营养价值的米嘴。如此发明，应该说这是布依人农耕文化的一个重要代表之一，很值得布依文化学者研究啊。

看完水碾遗址，我们采取了“打山向”的方式，找到了花溪河进水口。

花溪河进水口与出水口的直线距离大约有三百米的样子，人可沿山路步行，即使走捷径，长度也得翻倍。

花溪河的两岸已经修筑砂石水泥河堤，尽管现代化的东西与原生态的环境有些格格不入，但它毕竟解决了水涝的隐患，应该说也是一种人文关怀。

花溪河进水口有两个洞，但“殊途同归”，最终都合并在一起，和平共处，给一片片良田润泽灌溉。

告别进水口，我们沿花溪河岸逶迤而行，除了观赏两岸的山水，主要是围绕花溪河之“花”，寻觅“花之味”“花之香”和“花之魂”。

从自然山水上说，必克之山可望、可观、可品，必克之水可捧、可掬、可读，再深度追寻，必克之山水，皆可仰、可赞、可祭。这大概就是抽象意义上的“味”“香”“魂”吧。

必克的花溪河不是大江大河，不是大家闺秀，而是小家碧玉，是时断时续，时隐时现的明河与暗河组成的一条河流。花溪河如同中国传统书画用笔的线条，它在笔断意连中突出“计白当黑”的美学，在“无画处皆成妙境”中强调虚实相生的法度，从而形成既属于华夏，也属于世界的东方艺术门类。当远远地看到三四十米远处的花溪河岸有一位戴白帕，着蓝衣，穿藏青色裤子的布依妇女正在浣洗时，我们激动万分——这一美丽的局部画面放置在葱郁的麦田大景中，尤为和谐，尤为动人，且有国画兼工带写的韵味。吸人眼球的画面让我们加快了行进的步伐，恨不得飞过去近距离看妇女翻来折去的原生态的浣洗艺术“表演”。

当我们走到跟前，才发现布依妇女是在花溪河右侧的用混凝土围起来的一个方框上浣洗。我们一边用布依语与妇女交流，一边观赏她漂洗新染面料的优美动作。当妇女浣洗完一匹布时，我们惊奇地发现框内的水并非河水，而是不停地涌出的清澈潭水。

从妇女的口里得知，这是一口出水量极大的喷泉井，井名“董内”。“董内”是布依语，意思是装纺织线的竹箩。这个井名很形象，很状物。“董内”不仅仅是一个名称，一个符号，同时也反映出布依族是一个古老的农耕民族，一个男耕女织的民族，一个善于分工合作的民族，一个重视家庭和睦，充满智慧的民族。

沿花溪河岸前行，来到一座有几百岁年轮的石墩桥，十分有“小桥流水人家”的词意。桥上流是荡荡的溪水，桥下流是一池碧玉簪一般的水塘。塘边有几群布依人在洗衣物，塘中有几群鹅鸭在戏水，水中倒映着两岸的柳树、竹林、石墙，当然还有传统民居的布依杆栏瓦屋……

文人最容易犯的毛病是触景生情。此时此刻，如果要寻找最触动人心弦的词汇，那非“乡愁”莫属了。作为一个事画者，看到如此美丽的乡村画面，是免不了要想起“乡愁”的。这也许是因为乡愁是艺术之魂，是创作之根，是承载艺术生命的一个载体的原因吧。

在石墩桥边四处搜寻美丽的画面，人的心情不仅愉悦，而且想打破砂锅追问“花溪”这一河名的由来。

据必克八十四岁高龄，但精神依然矍铄的陆永淦老人的介绍，“花溪”是依据布依语“挖然”的翻译，意思是花潭溪水。

传说第一个来到必克的始祖，因为看到河两岸地势宽平，树木繁茂，百花盛开，景色迷人，于是决定定居于此。为了使环境持续优美，安定下来后，始祖还制定热爱花溪河，热爱环境，特别是花溪河源头的村规民约。

花溪河的源头距离并不长，但支流较多。为了寻找源头，我们决定在村里找一个向导。

正在研究如何找向导时，我的老表陆泽广从“小桥人家客栈”走出来，说午餐已经做好了。

本来我们已在县城填饱了肚子，并随身带上充饥的干粮，不准备麻烦这里的亲戚，但老表的心意又不得不领。

接受了盛情款待，我又请老表帮忙物色一个向导。没想到老表早有安排，请必克小学校长韦克平做我们的向导。

韦校长是必克人，对必克的一山一水，一草一木，可以说了如指掌，做我们的向导是最合适不过的了。

在韦向导的带领和介绍下，我们收获很大，意料之外的惊喜连绵不绝，让我们更深几层地了解了必克花溪河源头，了解了必克星罗棋布的洞潭。

下午的第一个景点是哑潭。

哑潭不怎么大，但很深，幽幽的，有一种让人说不出的恐怕。

就“哑潭”这一名字而言，如果先入为主，那势必很容易让人这样想：这潭水不可饮，饮后会致人哑口。其实哑潭的名字源于一个传说。

很多年以前，有一个大户人家，有三女一男。女儿个个长得如花似玉，聪明伶俐，方圆百里提亲说媒的踩断门槛，但听说有一个哑巴兄弟后，都纷纷打退堂鼓。时光荏苒，三个女儿很快就要过了谈婚论嫁的年龄。哑巴虽不会说话，但心里什么都明白。为了成全三个姐姐，他选择了一个雷雨交加的夜晚投潭而终。哑巴潭就由此而得名。

接下来，我们分别走访了四方潭、贵水潭、铜鼓潭、圈口潭、铧口潭、深底潭、宰鸡潭和泥鳅潭。这些潭名或以方位，或以形态，或以用途，或以声音命名。

四方潭是典型的以方位命名。“四方”不是狭义上的形状，而是四面八方的意思。四方潭是一个潭群，潭与潭之间的距离几米几十米不等，数量较多，且潭水相连。这潭群有大有小，有疏有密，有直有曲，有方有圆，十分奇绝。步入其间，仿佛进入一个奇幻的世界。连接潭与潭之间的“桥梁”——石板，厚薄不等，纹理各异，大小相拥，起伏跌宕。走进群潭，宛如进入“皱、透、漏、瘦”俱佳，形态各异的奇石园。

以形态状名的，诸如铧口潭、深底潭、泥鳅潭。

以用途命名的主要是宰鸡潭。在自来水未安到每家每户前，附近的人家宰鸡都要到这里来，一者水质好，二者便于打理，三者间接性地告诉外人，家里来客，或有重要事要做。

以声音命名的当数铜鼓潭了。韦向导说，铜鼓潭因其发出的声响像敲击铜鼓的声音，故美其名。铜鼓是布依人重大节日和重要祭祀活动的神器，鼓面不可朝天，在运转过程中都要用布将其遮盖。布依人的宗教观中，铜鼓的声音是人与天神沟通的“纽带”。敲击的节奏，用力的轻重都有严格的规定和要求的。由此可见，铜鼓潭应该得到必克人的重视和肯定。韦向导遗憾地说，要闻其声，只有在雨量充沛的季节和较为特殊的时候才能如愿。

随太阳慢慢地西下，光线渐渐地晦暗下来，尽管还有很多潭点未走访，但我们不得不依依不舍地离开必克古寨。

必克小花溪

◎毛 鹰

必克布依寨位于贞丰县城东北面8公里处，由坡脚、合心、中心三个自然村组合而成，总面积五平方公里，耕地面积1644亩，共有700多户3000多人，全是布依族，为州境内最大最古老的布依村寨之一。

必克寨始建于元代，至今已有六百多年历史。自古以来，必克寨以自然风光优美，民族风情浓郁，人民勤劳好客，文化生活丰富而闻名。寨子筑在较为平缓的坝子里，房舍多为依山而筑，傍水而建。四面青山拥抱，绿水环流。东有青龙山舞步而来，南有狮子山昂首而立，西有白虎山仰天而啸，北有将军山佩剑而守。有清澈明亮的塔老河顺着石道绕寨流淌，有榜达河穿寨而过，犹如两条青绿长带轻轻飘动。当山风吹拂时，河水碧波荡漾，鱼虾嬉戏，水草飘然。河岸有翠竹绿柳，随风婆娑起舞；还有独特的小桥、石台、古树和宽敞的石板广场，供游人歇息，观赏河中之鱼水中之月，或聆听情意缠绵的布依族情歌。古人有诗赞美必克："水经石上流，风从花间过，人在诗画里，胜似桃源国"。村寨有大大小小的水潭近百个，水质清凉爽口。有"必克九十九个潭，十个出去九个官"之说，形容必克山好水好出人才。最著名的要数击鼓潭，每当久晴不雨时，潭里会发出"咚咚"之声，犹如击鼓，不过三日，天即降雨，很是灵验，因此又叫报雨潭。

必克是布依戏的发源地之一，寨中心有古戏台、戏楼遗址。寨之东、西、北面筑有高大而古老的墓群，其墓体墓碑的设计、造型、碑文、墓联、刻工等，有较高的观赏和研究价值。在坡脚村的王氏与合心村的陆氏院内，保留有古老而独特的民居建筑楼。寨西角的大山里有一座特大溶洞，走一个小时也未穿通，内有多种颜色的钟乳石，若用锤敲击，会发出各种声响，悦耳动听；寨之北角还有个通光透亮的崖洞，名曰"月亮洞"，宽敞平整，极为幽静，分上下两层，可容纳数百人，下层大，比较明亮，上层小，比较暗淡，是个极好的天然舞台，每当清风拂过，会发出声响，似竹笛吹奏，别有神韵。寨之东面有天然游泳池和瀑布群，有许多的山花，绿草，古树野藤，小鸟啼鸣，蜂蝶采花，鱼儿戏水。每当盛夏常有渔翁在那里执竿守候，还有成群的布依小伙、姑娘，在碧绿的水池里，自由自在地游水嬉戏。由于必克的山水灵秀迷人，便有"贞丰小贵阳，必克小花溪"之美称。

必克这个古老的布依寨，至今仍保留着许多古朴纯真的习俗风情。尤其是通过一根长线，连接两枝竹筒，在淡淡的月光下，男女青年通过竹筒沟通情感，求婚说爱的景象，再现了远古的谈情方式。而以长长的竹竿横挡于寨口，用葫芦盛酒，劝客喝进寨酒的情景，别有风味。每当过大年(春节)和六月六节，姑娘小伙们挑起一串串的枕棕长粑，向亲戚拜年，非常热闹。姑娘们一队队一群群在河塘溪边，浆洗青布白布，或轻轻摇动纺车，静静地专心刺绣花朵，或入神地盘绕着头帕，着迷地对照水塘明镜梳理长发。

必克寨钟灵毓秀的山光水色，孕育着一代又一代的能人志士。影响较大的有民国年间的文人学士陆照辉，他聪敏过人，学知精深，开明豁达，曾就读于贵阳达德学校，与王若飞是校友，十六岁就任职贵阳路务局局长，为乡人修路搭桥，组织乡人撤除古庙，建造学堂，留下了功名。被时人称誉为“朗朗明星陆照辉”，与当时的盘江名人“鼎鼎英名陈思进”齐名，陆照辉有不少诗文流传于世。还有不少的优秀教师、模范共产党员、抗战老兵，有记者、诗人、作家、音乐家、表演艺术家等。

必克大寨旧时处于安白(安顺至白层)古驿大道上，历来经济文化比较发达，勤劳智慧的必克人创造了许多光辉灿烂的民族文化，诸如布依戏、杂技、玩龙、舞狮、糠包舞、刷把舞、铜鼓舞，等等。被贵州电视台、云南电视台、重庆电视台和中央电视台摄下精彩镜头，向海内外观众播放，被邀请到昆明、重庆、新疆等地演出，获得好评。舞狮在垒着六七张八仙桌的高台上，随着锣鼓敲打的节奏声，轻松自如地表演着攀上蹿下的各种技艺，叫人看了触目惊心，连声叫绝。那热闹的表演场景，有诗人以“火树银花闹丝弦，粉墨登台戏万千。四乡观众集若市，乐而忘返几流连”的诗句作了形象的描绘。

现在，当地政府和民族、文化、旅游部门已把必克定为民族风情旅游点，每到春暖花开和盛夏消暑期，游人盛极，热闹非常。

如果可以

——双乳峰游后记

◎李　扬

韩树俊／摄影

初到贞丰，我们就迫不及待地游览了双乳峰。

双乳峰青翠、挺拔、秀美，静静地矗立于群山环抱中。

望久了，人就沉醉了，沉醉于双乳峰的灵秀气韵。更不由赞叹大自然的美好，折服于它“养精养气养天地，哺云哺雾哺日月”的雄浑气魄。

一时间能诗者诗，善歌者歌。我虽无所长，也咔嚓咔嚓按动快门，定格美丽画卷。

限于时间，留影后我们便匆匆登车离开了。美丽的双乳峰被摄入相机，留存在记忆中。

可是，我没有想到的是，再次想起双乳峰不是回头路过，不是翻检照片，也不是听人提起，却是因为那个女孩儿。

那日，跟随采风团队行至一布依村寨，陶

醉于乡野纯美的自然风光，我拿起手机一路拍个不停，拍好又来回翻看挑拣着。这时候，一个脆生生又怯怯的声音在耳边响起。

“姐，这是哪里？”

我抬起头，看见一个女孩儿。梳着马尾，额前几绺刘海斜斜地拢向两侧。正用笑起来弯成月牙般的眼睛看着我和我手机上的照片。

“就是这里呀。”我递过手机指给她看，“这个是广场边的那片田，这个是刚才路过的那条河。”她兴致盎然地凑过来翻着看着。

女孩儿脸庞不大，下颌略尖，透着稚气。身量比我略低，不算高，肩膀略显单弱。穿一件粉红色小衫，衬得小脸也活泼生动了起来。她翻看着手机，笑得很灿烂。

看着她纯净甜美的笑容，我不由想起自己十三岁的儿子。想来她应该也不大，顶多十六七，更觉亲近起来。

“你多大了？”我随口问着。

“二十。”

我愣了一下，不由又细细地打量着她。这次，我注意到她的胸前交叉绑着两根红布带，布带绕过肩头拴住了身后的一个背篓。又沿着腰际绕回身前打了个结。背篓上盖着块兰花小毯子。背篓下方左右两侧各露出一个包裹着棉鞋的小脚丫，原来女孩儿背着的是个小宝宝。

这时候，背篓里发出咿咿呀呀的声音。女孩儿回过头，掀起小毯子。篓里的小宝宝似乎受到了惊扰，闭着眼睛，瘪瘪小嘴，作势要哭。

“哦，哦……”女孩儿一边哄着宝宝，一边晃动身子，颠动背篓。宝宝很快安静下来，又睡着了。

看到女孩儿熟练的动作，我问：“你的孩子吗？”

“是呀。”

“多大了呀？”

“七个月了。”

“男孩儿还是女孩儿？”

“男孩儿。”

“好可爱。”

女孩儿听了，又笑了，笑得有些羞涩。

“家里有谁帮你吗？”

“老公呀，”女孩儿眼睛眨了眨，补充道，“白天出去找钱了。"

我还想再多聊几句，但女孩儿似乎对手机更有兴趣，指着手机问我：“这个也可以拍照吗？”

“可以啊。我们一起拍一张吧！”我举起手机，按下了自拍钮。屏幕上留下了我俩的大头照。她看了很开心的样子。

见她喜欢，我提议单独给她拍一张。女孩儿理了理额发，笑眯眯地站在一处院落前，阳光照耀着，头顶的树叶闪闪发光。我按下了按钮，女孩儿就笑眯眯地站在了我的手机里。

“看，多甜。”我拿给她看。

这时候人多起来了，也有其他人邀请她拍照、合影。她都笑眯眯地，大大方方地配合着，和大家交谈着。谈话中，我知道她是外村嫁过来的，家就在往山下走不远。

不多久，我们该离开了，女孩儿就静静地笑眯眯地随着我们一起走，直到一条路的分岔。要告别了，同行韩老师问她怎么把照片给她。她似乎没有想过这个问题，也不知怎么回答。

“你有手机吗?或者邮箱?或者村里有地方可以上网吗？”韩老师问。

女孩儿有些茫然，摇摇头。

“那能不能寄到村里转给你，你叫什么名字，留个地址也行。”

女孩儿没说话，只是笑眯眯的。

时间到了，我们得走了，韩老师还在试图留下女孩儿的联系方式。这时边上一位阿婆出面解释说：“她不识字。”

终于只能挥手告别了，最终我们没能找到把照片给那女孩儿的办法。

走出一段，我回过头，看见女孩儿还站在

原地。阳光从身后照过来，女孩儿的身形被镀上金边。金边勾勒出她单弱的线条，只是胸前有明显地鼓胀，显示出她是一位哺乳期的年轻妈妈。她就站在那里，看着我们离开，笑眯眯的。

我忽然在心底泛起一丝酸涩。

回程路上，那阳光包裹的小小身影一直在我的脑海里盘桓。她看上去那么稚嫩单弱，尽管她说自己二十岁，但给我的感觉却是个孩子。可是她已经是一个孩子的母亲。她没有电话，不知道上网，不识字，甚至没有自己的联系方式，却已经承担起人妻人母的责任。静静地，笑眯眯地在那里，默然，淳朴，只是用天赋的乳汁哺育着后代。

渐渐地，我的脑海中，不再只是女孩儿的身影，公路上、田野中、河流边、村庄里随处可见的女人们背着孩子。有年轻的妈妈背着自己的孩子，有年老的妇人背着自己的孙儿。她们一边劳作，一边抚育后代。用稚嫩的、温暖的、衰老的身躯延续着血脉。

恍惚间，她们从四面八方而来，聚合在一起，幻化成挺立于天地的双乳峰，占满了我的眼帘。一样的饱满，一样的静默，一样的永恒地付出，哺育了世世代代。她们便是双乳峰在人间幻化的天使。

天使给人间带来了美，带来了爱。然而付出之后，会不会疲累、枯竭？需要滋养和安慰？我的手机里有一位天使的小照，如果可以，我希望能让她收到，或许会是一个小小的安慰！

对她？对我？

梦入万峰林

◎朱恩骅

万峰竞秀，百泉争流，黔西南矗立起一片峰林。广袤的大地上，峰连着峰，泉连着泉，三座小村背靠着纳灰河，阳光中，睡得恬静美丽。轻柔的风伴着暖阳拂过，模糊了我的眼，整个人都变得透明恍惚起来。迷离的心，在梦中走进了这片山峦——万峰林……

一片葱翠的山峰，在纳灰村后严阵以待。每一座峰都像铸剑名家打造的神剑，绿得发青的剑鞘，丝毫掩盖不住与生俱来的锋锐。阳光下，山峰似乎不是石灰岩堆积而成的，反而泛着些许金属光泽，给人一种坚硬刚强的感觉。远远望去，成百上千座峰，就是成百上千对天挥舞的利剑，是大地的先头部队，要刺破天穹，要倾倒天河之水于大地。

天庭震动了，降下千万大军，以山的体质出现在大地万峰面前。先来到大地的是一座小小的石柱，石柱虽小，却是统率着千军万马的大将，身着一套银甲，手执百草之鞭。石柱立在万剑之前，身后是数不清的天庭大山。大山向同一个方向昂首挺立，黯淡的甲胄并没有削减它们的力量，每一块岩石，每一片枝叶，都凛然面对比大山还高的利剑。

陈永明／摄影

万千群山，在我眼前流动起来，整个世界都充溢着岩石，树木。我回到了地质运动时，见到漫天飞石，巨大的山脉升起又消失，演绎着沧桑变幻……

洪荒时代，终究成为过去，群山的争斗也尘埃落定。地上的群山刺破天穹，天水倾泻，大地数次成为沧海，又数次干涸，成为良田。

稻麦成熟的秋天，不同的麦垄色彩各异，竟然合成了一幅八卦图！这是天然的图景。当年的沧海在如今的桑田下留下了一个伏笔，地下水形成的漏斗，完美塑造了一座庞大的八卦图。

油菜金黄，稻麦红褐，两条阴阳鱼互相围绕。空气中飘荡着农作物的芳香，有丰收的甘甜。八卦图上空，飘扬着村民们发自内心的愉悦。

向远方眺望，叠帽峰林上场了。层层山峰互相托举，互相依靠，纷纷繁繁展开一片葱茏。山上草木茂盛。平缓的山坡长满青青小草，铺呈一片舞台，静静烘托着上面的舞者——树木。万千草木长长的绿色裙裾飘洒在舞台上，我还似乎听到了山里传来的天籁之音……

然而这声音渐渐远去，化作天边一缕轻轻的云。

万峰林辽阔的土地渐渐在我眼中淡去，八卦图也变成了海洋中的一个小浪花。茫茫大地是一片沧海，每一座峰都是一艘巨舰，磅礴的力量冲破海水的阻拦，似乎在前进，但又看不出方向。远古时代，这里还是滇黔古海，巨舰就如同天外来客降落地球的载体，划过辽阔的海域；也像中古时代的鱼龙，庞大的身躯穿过一片片大海，游荡，环伺。

黔西南，是一个神话，是一篇穿越历史迷雾的史诗。

一阵清风吹过，带来山林草木的气息，唤醒了沉睡的我。睁开眼，又是恬静的田园，美丽的群山。

符文棍/摄影 栏头题字/宋 虹

专栏主持/彭林家 郭 丽

会员阵地

西藏的净土

◎巴图苏和

心在
佛的目光下，有根
沐浴阳光

朝圣之路

在信仰中延伸
向蓝天触手可及的高原
在与佛陀最近的净土
在阳光透过心灵的远方

经幡飘扬
雪峰连绵
用身体丈量的朝圣之路
将心，引向超越自我的
界墙
在超度和轮回中
升华
人与天，人与佛的融合
就在那里

恶魔的影子
在朝阳下融化时
佛的声音穿透一切
用雪山之圣水
为你洗礼
恩赐雪一样的洁净

所有人的眼眸
充满祥和的光芒
埋葬了黑暗
都在诵经
都在祈福
只是为了灵魂的

圣洁

季节的情人

◎洪海荣

感受到的季节 除了各自的独立
仿佛它们之间还是彼此互补的
并且成为彼此的情人
春天与秋天　冬天与夏天
滚动着年复一年

情人 出现仿佛总不是时候
自定义的那一刻起
就注定是季节的节外生枝
附和不了一个季节的变化
只能是暗无天日地存活

情愁　如同锋利的刀刃
总是最先斩断自己　在茫茫的苦海中
背负重重的良心的枷锁
浇灌一个季节的花蕾
让一个季节暗藏生机

在季节之中　再甜美的爱情
仿佛也存在保质期
唯有补充营养或妥善经营
才能确保万古长青　顺理成章地
出现在某个时候　并融入到季节的枝头

栏头题字／鲁建飞

理论之窗

专栏主持／秦兆基 张无为

彭林家 名家笔底雾生花

名家笔底雾生花

——敲吟中国散文诗的当代美学观和审美风格的趋向

◎彭林家

名家是一部智慧的教科书，以自我个性的文学之道的风格脱颖出一面面时代的旗帜，在思维无限扩大自由的疆土上，潜移默化的笔锋和鲜活灵性的文采，有意无意地跳跃在字里行间，不仅流露出不同于常人的感知力和洞察力，而且闪烁着千年的宗教意象和集体文化的遗风，促使一切经验世界的组合、联想和判断活动，随着个性意识的活跃与集体潜意识的蜿蜒流动，一任自由组合的语言强化，淡出淡入，重新排列的符号留香，盈满亏缺。那么，一颗诗人的驰心在激情感受的奔腾与纯情糅合的萌芽中，一种弹丸脱手的微笑将会以充沛情感的诗爱而圆润精美、敏捷流畅，不经意之间，自由情节则会让我们散文诗人不停地寻找人与自然、人与社会、人与自己的行为笔杆，悄悄地渗透着神思中央的一方，像一池心湖的碧莲摇曳在情绪、情感和意象合一的深层契合之点，不管是侧影、倒影的横斜，还是正形、殚形的笔立，“横看成岭侧成峰”的艺术观景点总希望在散文诗的道路上，以象征主义和超现实主义等多种艺术手法，引起每个作家的神思都能由悟而明，由小而大，从而使自我、超我与本我的三魂归一的精神之道得到充分的展示和释放，或者在“智”能中观照自然的光亮，见情成道，步步生花；或者在“慧”能中显现后天的风情，见性成佛，心心相生。因此，从当今文坛的名家风格里，理顺未来散文诗的创作趋向，不仅是名家笔端上栖息的庄周蝴蝶，而且也是所有散文诗作家的思想上的一道亮丽的彩虹。

“晚风，舔着我的肌肤，为我的血液挠痒，挠出了绿浪滚滚……”散文诗是抒写心灵或主观情绪的文体，以其独特的审视人生的方式，即运用比较自由的形式抒写心灵或情绪及其波动，就像波德莱尔所说的那样：“散文诗这种形式，足以适应灵魂的抒情性的动荡、梦幻的波动和意识的惊跳。而一组“动荡、波动、惊跳”的词汇进入魂灵的幻觉，就时有时无地说出了散文诗的心事主张，把我们带进一条“道”的象征主义风景线。

毋庸置疑，中国诗歌蕴含的自身尺度标准，历经了几千年的嬗变，渐渐地成为跨国界的视野。然而，中国的新诗写作的理论依据基本上来自国外的潮流观念而奉为圭臬，有些观念已过去了几十年甚至上百年，在实际应用当中很容易被混淆、误解和曲解，导致一些诗人生产了大批量的文字垃圾，使审美标准分不清好坏与高下、诗与非诗，仿佛让真实情感和思想深度犹如蚊子的哼哼代替了缪斯的歌唱，无形地跌落在精神尴尬的幽谷深渊。对散文诗而言，禅心思维的探索端倪伸向文以载道的信息传递，就给我们的笔参造化探索出一条通向妙笔生花之道。像活跃在当代文坛的散文诗代表人物中，邹岳汉、王剑冰、海梦、冯明德、龚学敏、蔡旭、箫风、夏寒、洪烛、亚楠等一批优秀的散文诗人，一方面，他们用古典诗歌滋养新诗的创作，不仅找到了打通古今中外的创作路径，而且为我们未来的散文诗坛指明了方向。另一方面，他们用象征主义的理念渗透到各种思维领域，有意无意还利用了禅心思路的渠道，凸显多向思维的魂胆而挖掘散文诗的艺术之趣，更为中国散文诗的当代美学观从不同的角度找到了审美风格的文化趋向。

一、秒针，嘀嗒着灵动的才思

生命的时光在秒针里嘀嗒流逝，伴随着社会文学向人的意识形态挪移，散文诗文体的“诗性”问题是当下中国散文诗界绕不过去的心法之坎，一个散文大诗人、编辑家就想听到这节奏的旋律和内在韵律的转变，似乎是一座巨大的古城堡作家的呼声，伴随着精神的风飙和流行风的簇拥，邹岳汉先生在社会责任的担当中，为推动某个时代的脚步，首创中国散文诗的年选本，远远近近，我们便从对先生散文诗观点的学习和理解中，仿佛见到了一缕现代散文诗的光影闪烁在人们明亮的眼前。

奉读《中国年度散文诗》主编邹岳汉笔下的《暴风雨打在窗外》：“脚下坚实的大地，也开始微微地战栗了。狂风暴雨的铁骑，踏着一路雷声闪影奔袭而来。”读着这样的凝重文字，心里的情感伴随着情绪的地震，一下子“大地”“战栗”“铁骑”“雷声”的语言符号袭击着心灵的中央，一个“踏”字的意象则敲击着人与自然的围困，孕育着破坏自然的前奏。自然，这种背景下的情感缝隙必然导致思想裂痕的演绎，你看那“困守坐落山谷间的那间小木屋里，像是被黑森林里蹿出的一群龇牙咧嘴的怪兽，迅速包围。”那么，这种因果关系的深入，表面上看是实证主义的机械的论证，但是，随着诗家创作意念的进一步的延续“扑打。不停地号叫”，就加深了情绪、情感与意象的渲染，使主题的纵横意格逐渐向集体潜意识迈进，意脉的根须也开始蔓延和收敛：“四面敞开的门扉，一齐关闭。”按理而言，自然主义是用事物本身的性能接轨于环境的意造，升华为人性热爱自然的道德规范，然而，仁德的忧虑还在绵延，你看那“怪兽们越发狂躁了。噼里啪啦地敲击身单力薄的窗户，发泄着被拒之门外的愤怒。”试想，对于暴风雨的肆虐，那“怪兽”继续“狂躁”和“发泄”，被人类自我的保护能力“拒之门外”，但是，现实中的意识暗淡，如“雨如弹丸，一滴重似一滴。一马平川的窗玻璃上，奔泻一条条暴涨的河流，又迅速地汇聚成一串紫葡萄般晶亮透彻的湖泊。洪波漫野。”作者为了更进一步深化主题，便借助“怪兽”“河流”“湖泊”

等物象为载体形成一种违反自然的意象，并以夸张、拟人等修辞手法，将暴风雨的恐怖、狂躁和怪异，渲染出一种散文诗的灵动、跳跃和文字的张力，因此，诗家无法平静，尽管只有杉木皮的低矮的屋顶的遮盖："而室内，静谧如初。温馨如初。虽觉些许凉意，狭促。"但是，诗人那种对自然和谐的关注和责任意识的担负，把镜头的视野由远拉近，营造一种室内室外的情绪迥异、情感变换和灵活转折，因此就无奈地说出："塌陷在绵软舒适的麻布沙发里，破例地，我点燃一根略带霉味的卷烟，吸一口，悠悠地吐出一个个灰白的，毫无分量的烟圈。"这样破例的反常态的理念造成陌生化的情感外现，是散文诗的一种写作突破，不要说自我代表着一个时代的发言和呐喊，单单就是一组"舒适""破例""霉味""分量"这样的词汇蕴含所形成的鲜明对比和相互映衬的美感，就足以说明了诗人个性潜意识的预防、担心和忧虑，对于恶势力的蔑视，作者以坚强的意志在自我强化中抵抗暴风雨的力量，表现在人与自然的相处中，必须要有一种敬畏的意识，不然，那些霉味的卷烟散发的信号就会像作者笔下的文字那样："而后，看它们轻盈柔曼地变幻着妖媚的舞姿，向上升腾，向低矮的用杉木皮遮盖的屋顶，渐渐逼近，扩展，消散……"置身在这样一种苦中求乐的精神氛围里，诗家的笔没有停止，作者进一步的细致的描写，把这种心态形象化、具体化，并给予情感的濡染而彰显诗文的内涵辐射，"偶尔，以旁观者漠然的一瞥，投向仅仅隔着一层薄薄玻璃的，另一个癫狂急迫污浊横流的世界"。静一静地想，在暴风雨的包围中，一层玻璃与一个污浊横流世界的相隔，袭来的恐怖不是危言耸听，如此层层铺垫与推进，处于危险的境地却以"旁观者漠然的一瞥"来应对和蔑视，表现得十分形象真实，无形地，隐喻着那些污浊的东西终究会被正义力量所洗涤和淹没。

该文选自2012年第2期的《中国诗人》，著名散文诗作家、编辑家邹岳汉先生，采用了象征的手法，勇于蔑视恶势力的强者，对于暴风雨和遭遇暴风雨的包围，"我"泰然自若，这不仅意味着对大自然的敬畏之心的缺失，而且深刻地揭示了现代文明所造成的恶果。从修辞手法看，作者把各种绘声绘色的艺术手法引进诗文的想象，创造着可怖的氛围，这与作者乐观的态度形成强烈的对比和反差，即使是抒写处身困境中的体验和压抑，语言的表达仍错落有致，情感丰沛，跳跃自然，仿佛时光的秒针时刻嘀嗒着名家的才思，彰显一级作家的思想意蕴。

二、语言，抖落一串文字的幽香

语言与文字的训练来自于意识与潜意识的交融，在散文诗的旅程上扮演着篇幅短小、灵动鲜活的角色，隐隐约约地蕴含着诗的情绪和幻想，具有浓郁的诗意，形象生动又蕴含哲理。因此，很好地运用语言文字的总是那些不同于常人的智者。那么，全国鲁迅文学奖二、三、四届评委王剑冰先生，在心怀生活的热情和关注成功运用语言的例子中，为我们散文诗界找到写作的妙意和文字的乐趣，我们也从先生对散文诗观点的认知和启示中，分享着某种看不见的审美趋向——

品读《散文选刊》主编王剑冰笔下的《石窟》："我们无从知道雕凿者的构制方式，布局何以偶显零乱又条理有致。"无法想象的思考是一种远古遗风的幻象，在现代思维的辐射中，自然难以找到古文明的脉络或者人性神思的折射背影，因此，诗家开始从外进入内心的探索："创造的才华，覆盖了整座山峦。即使是局部也这般生动。这是古阳洞、宾阳洞和卢舍那大佛的铺垫。"那么，宏观的集体文化以"覆盖"二字为支撑点，转动着局部的潜意识信息挖掘，反射着面与点的主题意识和宗教意识的超然情感："洞窟使北魏这个小朝代在历史中明亮了许多。第一声凿音从那时响起，一直响了四百多年。叮当的敲击，如飞鸟一次次漫过美丽的伊河。百年的猜想，千年的沉寂”，单是一个“北魏”就会令人想起拓跋圭所建立的平城（大同市）定都，由国语鲜卑语改为汉语。佛教的兴起，促进了封建化和民族融合。一个“漫”字则是这种精神的衣钵，潜藏着芸芸众生的继承和发展，由此，作者开始思索石窟的另一种状态：“冷峻的山岩，不开花，不长草，不生温柔，只生佛。”是啊，任何生命的存在都是一种佛的法缘，因缘而生，没有独立不变的自性，那么，这种藏性的根源往往来自于三魂七魄的精神合一，不然，生灵的我痴、我见、我慢、我爱将会在由于“意”的作用和“识”的刺激中，使分别之心无法反馈花的开放和草的温柔。因此说，佛是一种人们对宗教意识的精神寄托，不仅是平常百姓的心灵依靠，注重修行、持戒，以求得“自我解脱”，属于君子修行的小我小爱心理学；而且也是能人心法的智慧启悟，强调利他为民和普度一切众生，提倡以“六度”为主的菩萨行，相当于圣人修行的大我大爱心理探究。为此，诗人心魂进一步拓展：“假如赋予这些洞口以语言，漫山遍野回荡的，必是一片雄浑的诵经声。”这里以拟人的手法，让洞口说话，让无言的情感化成有声的情绪，杜撰意象的文章在客体与客体意识的交流中，形成渐悟性的禅心，而使人与物之间产生某种神秘的联想：“这是大大小小拥挤的永不打烊的铺面，每个都储藏了巨大的精神物资。风雨之中，万念之上，佛端坐其中，不仅经营着信仰，也经营着艺术。”那么，这种精神的幻象和思想的外延，除了景物的铺垫和情感的释放，更重要的是在“信仰”与“艺术”两个词语中进行主题意象的升华。信仰是我们对某种理论、思想、学说极其信服，从而将其作为行动的指南。艺术是通过形象塑造来反映思想感情的一种社会意识形态。二者的结合就成了虚与实的阴阳统一。为此，作者自信地说出：“众多的脚步自喧嚣中走来，在这里找到各自的收获。”诗文假如就这样结束了，意识也就是意识了，失去了留白空间的凝重和回味，因此，在潜意识的深入延伸中，名家继续调动心理的能量写道：“其又是龙门山的一个个穴位，摸索这些穴位，整个东方都灵动起来。”这里一个“灵动”文字的磁性方阵，无意之间就把我们带进东方穴位的世界，放大着《石窟》的存在的历史价值，仿佛是一种中国人的骄傲和佛教文化的民族觉悟。

从自主情节上看，对于一个大作家来说，必然要克服先天的五行所带来的心理阻碍，不断地在自我习惯中否定自己，形成反常化的艺术程序，增加感受的难度和时间的延续，获得一种陌生化的文字组合和思维结构。无疑，《石窟》的象征意义的艺术之痕，从集体潜意识的千年古文明挖掘出一组佛教思想的意象，无论是创作手法还是语言表达，都是在一种意识与潜意识的对接中，灵动着散文诗的艺术创新，就像佛一样本我的明心见性，明白阿赖耶识的超我，才能见到末那识的自我。况且语言是一种社会符号，在广泛的认可度中，名家王剑冰的散文《绝版的周庄》入选上海高中语文课本，以自主情节的多维思考的立体化而形成内意外情的表里互动，引起那一串串鲜活文字的幽香，成为人们久久难忘的情感记忆。自然，刻碑于周庄的精神芳流，也流动在当代散文诗人的心里向往。

三、梦境，
如海一样的诗情传话

人生之梦像大海一样浩瀚，无边的意象在有限的时光中，诗家的自我个性与散文诗性的独立形象一起。他，唱着自由抒情的歌，掀一点韵律的波浪，翻一点节奏的浪花，因此，在“中外散文诗学会”主席的目光里，偏散文和偏诗都是对散文诗的误解，虽然其本身诗性和散文性的元素，均是解放的诗或浓缩了的散文，去掉散文铺叙的情节与过渡的桥梁。但是，在推动散文诗的脚步声中，我们不难从先生对散

文诗观点的学习和思考中，猛然觉悟杂乱的众说纷纭，为我们捧出一朵散文诗的清香花朵——

每每吟起《散文诗世界》杂志社社长兼总编辑海梦笔下的《海滩拾贝》“长长的海滩，留下一串长长的脚印，那是岁月走过的痕迹”，吟着吟着，就会想到“海滩”“脚印”“痕迹”所折合叠印的画面，诗家用一串脚印的表象，轻轻地带我们走入海滩的意境。这，不仅仅是情绪与情感的折叠，贯穿着某种自我经历的牵挂，而且也是贝壳与众多生灵的集体潜意识象征，包含着远古的大海对一波一浪的物象景观。在某个瞬间的感悟里，性灵的感应突然引起自我精神观照的遐想：“此刻，她在何方？那风中翻飞的海燕看见了什么?竟如此狂欢！”那“翻飞”“海燕”“狂欢”的物象联动和思绪的追问，仿佛让读者跟随诗家也在风中雨里，看见静止的贝壳和飞舞的海燕等许多生命的存在，只是一刹那的流星，一种匆匆过客的帆影，在意识与潜意识的交接里，为了留住这种思念的快乐和短暂的美好：“我俯下身去，捡拾青春的花瓣。脚印里留着一脉温柔的体温，如一樽浓香的美酒差点把我灌醉。”那么，一切“花瓣”“脚印”“体温”的生命犹怜，在青春易逝的温馨快慰中，诗人在生命关爱的联想中，以大海的背景和贝壳的载体，表层上象征昔日的温馨和甜蜜，或者感情之海所失落的青春；其实，这深层的挖掘里也孕育着人与自然的留恋和回归，因而，情不自禁地触动着自然灵魂的呼唤：“我看见，海潮拍打着少女的花裙，像一只受惊的蝴蝶在海风中轻轻飞舞。”以“海潮”“少女”“蝴蝶”为隐衷物象，嫁接着“拍打”“受惊”的动词、形容词来升华主题的强劲意旨，然而，在天、地、人三魂的作用下发出“情”的意象，“风，停了，我眼前留下一片迷雾”，那么，这种爱情留下的痛苦的疑虑，反刍自然界的风和人魂形成联体的潜意识期盼，一种无法合一的感叹究竟是天赐还是人为？为了这种没有答案的回答，作者只有说出：“我拾起一枚贝壳，那是大海在风浪中丢的一只耳朵，耳朵里装满了亲热的情话。”一只耳朵是现实的存在，另一只耳朵是远离这个红尘世界，诗人在“拾起一枚贝壳”的意象铺垫中，进一步表现主体的意象，尤其一个“丢”字形成诗一般的禅意，耳朵变成了大海的器官，形成了六根互动的象征意识。生活中，也只有舍去我痴、我爱的七情六欲的执着，才会有轻松、放下的甜蜜和对大自然热爱的不变情怀，一个“丢”字的内涵不仅蕴含着一片爱情的示意，从情节故事到时代恋人的回味，一种让人可以感悟到诗以外的花瓣在真善美的心海里，恋上了这个“中国梦”的美好时代。

这章选自 2009 年 8 月第 1 版《新中国六十年文学大系·散文诗精选》，是著名的散文诗编辑家、作家海梦之作，是将爱情诗切入到哲理诗的双向理解，在失去与得到的矛盾中，一种欢乐和希冀的复杂心态，以象征的手法寓意着爱情夭折，联想到对自然的热爱、破坏和回归等多种焦虑，促使某种以诗为内核的融合梦境，像大海一样的散文情话，映照在我们挥之不去的心中。

四、尘听，幻化成一朵觉悟的浮云

透过玻璃镜片，一个作家凭着个人的敏感和想象力来创造超自然的艺术，也许能看穿的是一种隐藏着一个真实的永恒世界；隔着玻璃镜片，由于红尘的执着妄想而无法看到可感的客观世界深处。所以，对自我的自性观照是一种认识、战胜和超越的禅性过程。当生活在自己的世界里和别人故事里的时候，一种心理障碍的跨越需要克服着先天的五行所带来的性情，才能回归自由、生活惬意的状态，不仅是作家最美的家园，也象征着散文诗文体自由、随意和多角度的隽永特征，这种潜藏的精神意旨如同藏性而反射到作家的脑海，必然要通过一种特殊内涵的模糊而未知的东西或者当一个字、一个意象所隐含的东西超过显而易见和直接的意义时，象征性的蕴含便会有一种神思的符号映现在意识的心湖，如同潜伏的野凫翩然而飞。那么，我们从冯明德先生对散文诗观点的吸收和感悟中，像散文诗一样生活的人们在编、写散文诗的时刻，一种藏性的原始意象也就会渐渐浮出水面。

妙品冯明德《散文诗》杂志社总编辑的《听觉》："罗马街头，听风。一把传统的油纸伞，被吹翻。伞骨，仿佛十指，撑开天空。雨，不遮雨；晴，不遮阳。"听觉是感受和辨别声音特性的感觉，有音高、响度和音色的区别，分别由声波的频率、振幅和波形所决定。主要来自于肾脏的器官效应和神灵的主宰。从生理与创作力角度来说，肺生肾，肾生肝而藏志，肾好智慧则盈而水肾生花，不然烦恼伤肾需要"智"除去烦恼。因此，遇事为人心静恬然，像儒家讲智一样，智能养肾养万物，行持久了就能生阳水而积足元精，也就是引起利比多的创造力。所谓水性的人柔和则成圣的根，如孔子听《韶》乐一般，精通乐理，在齐闻《韶》而"三月不知肉味"，由此的禅性与和谐的心境，形成六根互用的效果。那么，诗家在使用耳朵的感受器官看风时，听觉仿佛变成了视觉，以"油纸伞"为载体，启动"传统"两字的象征，遐想着罗马街头青铜雕像仿佛见证了公元前27年曾经的辉煌，却以"吹翻""撑开"两词暗示着兴盛与衰亡。然而，今天的罗马只能是空空的伞骨架，失去了昨天的功效，由此，作者叹惜道："异样的风，让思绪绕罗马大圆柱拐了一个弧形的弯，不知是雨了，还是晴了。"诗文中的"雨""晴"从"不遮、不知、还是"三个空间的思维回荡，尤其是那个"拐"字，隐喻着意大利威尼斯广场的历史时空，从弹丸的罗马小国到统治300多年的古罗马帝国版图扩大，基督教产生、传播和消失，因此，作者的笔在激情的跳跃和激荡中说道："当米开朗基罗让大卫站在冬的寒冷中，萌动的春情，便衣不遮体地随风流浪。赤裸的不是大卫，是风。"意大利是罗马的故乡，艺术家米开朗基罗代表了欧洲文艺复兴时期雕塑艺术的最高峰，在1501—1504年完成了雕塑《圣经》中的犹太少年英雄大卫，在这种集体潜意识背景下，作者为还原当时的"本我"景象，借助于"春情""流浪"的心境诉说历史的演变，因此而感叹大卫不是当年的风流人物，而只是一缕清清的风从我们生活的缝隙里悄然地穿过！

那么，从《听觉》的这一章来看，诗人象征的笔在禅心的作用下，以六根互用的心法描写"自我"的散文诗个性元素，在绵绵不断的灵感中，一口气写了十一章，比如在："沙发扶手上，听呼吸……也许，一种呼吸听不到另一种呼吸，但是，那一把至今还保留余温的沙发扶手听到了，呼吸是彩色的。"试想，隔离的时空，一种能量的呼吸是无法击穿另一种的呼吸能量，但是，那种重量、影像和显影后的赤橙黄绿青蓝紫依然照耀在现代人内心的七曜，便是一种吻合着人性"自我"的精神叠印，只不过在表达没有达到真相情感的宣泄，需要通过多角度、多层次的方法挖掘潜意识的"原我"本质。比如，作者笔端的在"花朵灿烂后，听哭泣……植物，也有植物的语言，嫩绿的羞怯，艳红的坦荡……让你阅读一种生长……我读不懂植物，植物读懂我了吗？"那么，这种原始意象的挖掘，以浓郁抒情的深沉进行诗化的叙事，似断实连，跳跃性的结构组合，无刻板枯燥支离破碎的弊端，而有浑然一体和谐完整的画面推移、意境转换、乐感充沛的震撼性效果，是建立在以心映心的禅性思维基础之上，舍去了经验主义的渐悟意识，通过直觉的手段，由外直接进入内部的潜意识世界，由心魂的主体与客体契合成神性的功效；或者说是一刹那的灵气影像，才能沟通植物的情感而倾听植物生命的喜怒哀乐；反过来说，那也是反客为主的情感换位，如果是这样，一切的听觉就是"自我"对"本我"的直通快车，像诗人笔底的"听信息、听诗、听水、听敲门、听勺、听涛、听羊咩、听火车"都属于自性观照的内意，当化成外境的时候，就是语言与情感的啮合，尔后排列形象的文字便成了散文诗的空灵意象，只不过在展现个人生存际遇和情感经验的同时，无言地把个人的情绪体验升华为人生的情怀，或者跃升为众人的感动，不时闪烁着大爱的精神，远远近近地赋予清晰的现实指向，便完成了散文诗的社会性与审美性相统一，国家一级作家笔下的《听觉》就是这种寓意的折射！

五、看雪，一个宛转像是你手上的月

一个宛转的微笑，像是我写给你手上的情感符号，究竟是诗的散文还是散文中的诗，我不知道有雨中的相亲掺入着心里的甜泪，周围的鸭子成群，竹竿们被风吹弯。你还傻傻地在屋檐下面等候水中冒出的诗……不管怎么说，散文诗的本性融合了诗的表现性和散文描写性的某些特点，蕴含着语言精短、内部韵律的、文字精美的哲思，才会有读者将灯笼们一页页地翻开，像是思维银幕上的雪花银，映照散文诗的独立形象，我们也从龚学敏先生对散文诗观点的认同和妙笔中，多了一份对诗文之道的理解和传达情感的表达方式。

请吟《星星诗刊》主编龚学敏笔端的《重庆万盛黑山谷雪景》："那些稀疏的雪是风在枝上描出的花朵。在黑山谷，冬日的湖水成为雪在童话中开始怀春的一位女子。"文章一开头，我就读着一种象征主义的意味，一组"雪""风""枝上""花朵"的意象，在动词"描出"的旋律中，幻化出一幅"湖水""雪""童话""女子"的图画，诗家绕过逻辑思维的正常通道，无所羁束，以禅心的栈道而直接显示事物意象之美，显得娇媚动人，由此而来的联想，"我在木屋里用松脂走过的路配合时令、茶和炉火，包括一些温暖的词。让它们萌芽。"那么，这种从主观的意识里寻找客观背后的潜意识情感，分别以"松脂""茶""炉火""萌芽"为思维媒介的红娘引线，穿梭在时空的隧道，油然地感受到一种久违的声音徐徐袭来："钟声正在不经意的纸上凋谢。万物寂静"。

试想，"钟声"的韵律不是在某个空间停止摆动或撞击，而是在"纸上凋谢"。在声韵运用美学里，刘勰在《文心雕龙·神思》中提出了"寻声律而定墨"的语音修辞主张。那么，"钟声"的节奏韵律化成语言文字的音乐，声韵格律的物质律动演变成生命的情感，假如用逻辑思维的比照，是无法让听觉走进视觉的移借和互通的，那么，这种心理经验的嫁接也只有在"通感"的思维方式下，进入禅心隧洞的潜意识里拾趣，在三个"如同"的修辞排比中，"如同那么多放在水中，我们无法搬动的名词的剪影。如同万盛。如同冬日里黑山谷的雪景后面掩藏着的春天"，读着读着，我仿佛感觉到"搬动"的是剪影画成的一个龚学敏的"名词"性情，幻化"掩藏"的春天盛开着一枚《星星诗刊》的像章，因此，不管散文诗坛如何变化，主题思想的挖掘必然要以小放大，实现散文诗的灵巧所承载的文章之道，犹如山谷雪景的记忆依然是记忆的重庆，像水浸在纸上，把爱情漫了出来。那么，"浸"与"漫"的情思翻动便折射着人与自然的依恋，犹如力透纸背的仁爱之花，诗人将道德的上古文明缩写成时代的钟声，仿佛悠然地敲响了"中国梦"的东方大门！

名家笔下表现作者基于社会和人生背景的小感触，注意描写客观生活触发下思想情感的波动和片段。这些特点，决定了题材上的丰富多样和形式短小灵活。一口气读完（载《星星·散文诗》2015年第一期封二照片配诗），作者心情的沉重和欣喜，物质的富有和精神文明的滞后，力求发现或破译隐藏在日常事物后面的真实，让互不关联的事物形成潜意识的映照，便是象征主义艺术手法的体现，蕴含着这个时代久未触摸的精神蝉鸣，直到思想入秋的瞬间，自然界的头上才是一片去年飘落的枫叶，仿佛是迎面而来的心湖波纹泛起久未看见的爱情浪花，那么，顺着名家这种艺术的思维走向，用象征、暗示、隐喻的现代艺术手段，昭示着保护自然的无限蕴含。从这个角度而言，散文诗的载体只是"美"的一种幻象，需要我们对着某一时空的客体，实现主体心魂的理想呼唤，语言的文字所承载的纯洁符号，有时候像月一样雪白，一个宛转便成了真善美的身影留念。

六、诗魂，端坐成一个散文体的意象

散文为体诗为魂是一种创新的格调营造，在情感诉说的过程中，神思的心魂不断地游弋在抒情、哲理和内在音乐情绪的躁动中，一读就懂，越想越深。从本质上看，像郭沫若把散文诗当成新诗，超越无韵格律的限制，好比裸体的诗肖像影像，不借重音乐的韵语而直抒情绪，获得一种诗魂主体的守护。在推移与映照步步莲花的观念里，不仅内容上保留诗意的散文性细节；而且使形式兼有散文的外观，或者说，不像诗歌那样分行和押韵，但又不乏内在的音韵美和节奏感，而让读者在发掘生活的诗肠与深意里，一边抒情地吟唱社会与人生的正能量，一边发现喜悦与美的精神回味。我们从蔡旭先生对散文诗观点的描述中，获得了一种思维方向的滋润和对人间仁、义、礼、智、信的感动。

品读不退休散文诗人蔡旭笔底的《那一双眼神》："一双眼神倚在门框上，望着我从楼梯一级级地退落。"诗文的起句就定格在心灵的窗口，使诗魂的意境形成一个主体与客体的空间回环，那么，在这种契合的切点上，诗家的意识开始以"我"为载体，由内向外扩张，尘情逐渐扩散，其思想的意旨是在简洁、明了的艺术创造中，徐徐回归于本情的原始物象，实现"道"的对立统一，诗家于是就说："那一双慈爱、热盼、祝福与叮咛，在我面前一级级升高起来。"这样，通过一系列暖调的词汇，渐渐地寄情那"眼神"的深邃和人间慈爱的心肠，为坚守仁德的孝道，升起真、善、美的人性挚爱，悠然地抵达一种亘古不变的母爱怀抱，完成散文诗的"本我"意旨。然而，随着性情的施展和时间的静静挪移，诗人在动情地回想和变化心境，一种："让温暖与悲凉的激流同时从我胸中涌起，在楼梯转角处，终于淹没了我的眼睛。"显然，作者的主体融合了客体而形成了反客为主的情绪，化成了角度的换位，一个"涌"字折射出了那种"眼神"的正反蕴含，正者为阳光的温暖，反者为阴凄的悲凉，那么，这一阳一阴构成的情感之道，促使人心最柔弱的部分在"转角""淹没""眼睛"的辞味里，反刍着美的惋惜、善的眷恋和真的追随；散文诗的曲线韵律，首先由平静、波动缓缓地开始动荡，然后由"涌"字的惊跳进入潜意识的幻觉、洗礼和意象的再现："那是我的母亲，在我每次离家时，一再复制的情景。40多年，一次次粘贴的情景。"从复制到粘贴的细节里，诗人的甜甜的回味和苦苦的思念，多么希望这种精神的洗礼成为道德的无穷循环啊！

那么，在散文诗的外延里，诗人的灵魂回望在自主情节上，自我主体的积极催化、督促和表现形成于意识层面中，慢慢地进入潜意识的状态；而后又返回到意识上去，来来去去，反复穿梭，再根据"自我"的创作经验借助情绪、情感和审美眼光的锐利，让文字流露于"超我"的笔端：那一双眼神，原先是可以出门的，后来是可以下楼的。后来，就倚在门框上，成为一幅特写。再后来，那一双眼神就站立不稳，只能坐在客厅里，让敞得不能再大的大门，完成与我逐渐沉降的眼睛的对望。而这一次，我从楼梯缓慢地退下时，那一双眼神不见了。"从文章的逐层递进里，无疑，那"眼神"的渲染是发掘的诗肠与深意。你看，从出门下楼、倚在门框到站立不稳，直到"对望"的无奈和深情，拓展出一个"慈母竹"的意象，栩栩如生，让我们情不自禁地叹惜"谁言寸草心，报得三春晖"。然而，"那一双95岁的光芒，已埋没在地平线以下。在楼梯转角处，我回望那熟悉的门框，只是一片空白。我的心，顿时也一片空白……"末句用语的回旋，在"转角"的衬托下，演化成一种散文诗高难度的写作功夫。你看那从母亲的失去到“我”的空白，象征着一种物质的变形到精神道德的空灵反馈，也蕴含着名家笔下的含蓄、留白和凝练，形成诗文之“道”绵绵不息。这“心空”中的温暖永远伴随着自我的信念，在一片心性广大中，涵容着人间一切伟大母爱的致敬！

《诗经》以来的古典诗歌在整体上拒绝生活化用语，自“五四”以后开辟的现代白话文学，才把“非诗”接纳于诗歌的殿堂。而出版26本散文诗集的作者，他的这首2011年5月写于海南的散文诗，在母亲节前夕纷纷登载在各种报刊和微信上，无论是在情绪、情感、意象处理上，还是镶嵌感性的物象上，始终是伴随着理性的思维为基体，凸显一个大诗人应有的自信和功底的释放，如同刘禹锡所说的：“片言可以明百意，坐驰可以役万里。”那么，这种以口语化入味的写作手法，靠近于诗化的散文，将行云流水的语言美感和急脉缓灸的书面感糅入到人性最贴切、最柔软的情肠里，以“第一句定位，最后一句出彩”的风格主张，淡化了儒家文化的重彩浓墨，注重性质、要素、内容、语言的融合，以思维着力的一波三折获得陌生新意的创作效果，凸显散文诗的本性青睐，是曾任《海口晚报》总编辑、海南省作家协会副主席、现任《世界华文散文诗年选》主编的蔡旭先生提出的对散文诗的创新观念。从美学角度而言，只要是文字符号的排列，化成一道情绪、情感与意象的花朵，那就是意识与潜意识的美丽契合，任何象征的意义都必然要迎接这种思潮的轻轻到来。

七、茶道，醒在诗心净化的艺术摇篮

茶道是一种品赏茶的美感之道，吸收了儒、释、道思想精华而有助于陶冶情操、去除杂念，成为喝茶、品茶、茶艺的最高境界。然而，在散文诗名家箫风的笔下，在安化晤识于一种“黑茶”的咏唱，诗的闸门伴随着“黑茶”的联想和意象的映照，一种静心静神的陌生化的表达方式，在四个段落的铺陈与展开中，徐徐地释放“天人合一”的哲学思想，树立了茶道灵魂的外现。文章中，在无边的想象里，慢慢地让笔端的航空母舰沉入心境海底的探索，从“一双乌溜溜的大眼睛”到千姿百态的“黑骏马、黑蝴蝶”等意象叠印、展开和纷飞的画面，使意象的塑造契合着形与神的微妙，尔后，让一种诗意的变化不断地递进着散文情绪的充盈，或快或慢地流淌在意识与潜意识的隧道里，不仅使知识丰盈的运化灵显语言的出色，而且在情感的合唱上，一边滋润着道家归真的魂魄和鸣，一边以茶为媒的生活礼仪超越人伦关系的亲近而走向了世界。为此，我们从箫风先生散文诗构建的视野中，享受到了一道诗歌与散文合成的精神大餐。

品酌《文学报散文诗研究》主编箫风笔下的《安化黑茶》：“在安化，与黑茶不期而遇。一瞬的惊诧，成为一世的惊喜？滚烫的爱，让茶香四溢。”从历史记载来看，安化黑茶乃千年名茶，自唐朝即为朝廷贡品，现已远销日本、韩国、欧洲等地。而诗家在这里的茶缘幻觉的茶道，从茶至心之路到心至茶之路，一句“滚烫的爱”的形象化语言，仿佛是一匹内心裹得很紧的茶叶与一杯陌生的开水相遇，冒出热腾腾的馨香，这样就把诗文引领的“自我”融合在客体的契合之中，你瞧那：“一双乌溜溜的大眼睛，在青花瓷的杯盏里时隐时现。不知道，这裸浴的黑美人儿，是不是我等候千年的伴侣？”显然，作者注意“乌溜溜”与“青花瓷”的颜色搭配，由黑茶的“黑”幻化出王羲之笔下的一点墨迹，不时掺入宋明两代的青花瓷杯中而闪烁时空的光芒。然而，匹匹茶叶在热胀冷缩的作用下，一会儿翩然起舞，一会儿抱成一团，好像游弋的美人鱼一样，亲吻着“自我”的五脏，滋润着“本我”的六腑；渐渐化成崇尚自然、朴素、纯真的美学理念；为了寻找相互表里的"超我"答案，一双寻找光明的眼睛总在日子的顶空眨眼，于是，诗人深情地说着："但我相信：相遇就是一种缘。就像这茶遇见水，再也不会分离。""缘"是情的邂逅和意的认同，不仅寓意着时间、空间与主客体的统一，具有佛家潜意识的认同，而且离那集体潜意识的原始意象越来越近，为此，自我"手捧一杯黑茶，独坐夜的边缘。黑茶舞动的裙裾，如一群翩舞的黑蝴蝶，从我童年的记忆里飘然而至，此刻，正从我心灵的烟波上掠过。"在联想的移动和逆向行驶中，诗人把一组"裙裾""黑蝴蝶""烟波"的物象，反其意而出之，启动一组"舞动""翩舞""掠过"的动词而构建一幅动静结合的画面，当掀开记忆的个人潜意识帷幕，就像是品茶一样的芳香，所谓"衣衫披夜身袭雾，茶道沁心风吐声"，深得品茗的方法与情感的意境。当意识的表层里出现："一群黑色的精灵，乘着风的翅膀在水面飞翔。忽闪，忽闪……"仿佛是道家"天人合一"的哲学思想融入了茶道精神之中，充满了对大自然的无比热爱和回归自然、亲近自然的强烈渴望，便形成潜意识的探究："它们在寻找什么？是我失落的童心吗？"尔后，作者在自我藏性的叩问中思忖道："今夜，与一杯黑茶对坐。我听见，一颗心在黑蝴蝶的翅翼上欢快地歌唱。"冲淡闲洁，韵高致静的茶道是一种通向彻悟人生之路。那么，在茶事活动中融入哲理、伦理、道德的修身上，品味的人生倾斜在一片思想的花瓣，犹如情绪的月光纷纷落在妙笔的峰尖，作者的集体潜意识一会儿栖息在庄周梦蝶的意象上，一会儿又割舍不下散文诗题材的开拓疆域，于是，在遥感的心空上："壶起水落。一群黑色的骏马，在小小的杯中驰骋，乌亮的鬃毛迎风飞扬……"在散文诗的意识流动里，幻觉成徐悲鸿的"骏马"意象，在自由、飘逸和奔放的游离中，灵显散文诗激情澎湃的美学特质，仿佛是《恶之花》的重温，延伸一种自由、细腻、辛辣的情感闪烁："依稀的蹄声，穿越历史的烟尘——茶商军的马队从资水两岸出发，进山西，入陕甘。风雨兼程，一路北上……"这种"情来爽朗满天地"的激情领略，在潜意识的穿越中，仿佛是情感裹住情绪的衣裳，使那种与大自然达到"物我玄会"的绝妙感受披在意象的顶空："马的嘶鸣，茶的幽香，还有马帮沉重的叹息，都已留在茶马古道上。"如此层层推进"更觉鹤心杳冥"，文章中以"嘶鸣""幽香""马帮"等动静的词汇，为古道的追忆碑文上刻下一条古今黑茶的思想印痕，无沉无滞，尔后，轻松跳跃一曲波心摇曳的舞蹈，"黑茶：茶中的黑马。如今，已走出安化，走出益阳，走向世界。"那么，这样名家的笔底便出现一种气氛与情绪交融的渲染，借助于品赏茶的静心、静神去除杂念的美感之道，清静恬淡，内省修行，独奏一曲轻重缓急、抑扬顿挫的旋律，不断地与茶道相联的气息贯穿全文，在衍射出烹茶饮茶的生活艺术里，以修行修身的儒家生活方式穿越历史的时空，也实现诗人元情的伸展与开拓，既显出诗人感慨的遥深，又增加了散文诗的美感，成为自我的味心和他人分享的精神神往，不得不让我和同我一样的人醒在诗心净化的艺术摇篮。

八、月光，映照一片蒙古高原的生灵

那根被折断的笔杆在一片蒙古高原的土地上寻找，清清的月光悬在思维的一方，一切视觉、听觉、味觉、触觉在通感的映照下，沿着一片废墟和荆棘丛生的视野里涂鸦自我的旅程，一路行走的象征意识，借助某种具体事物来体现结构、选材、立意、描写、议论、抒情和修辞等种种抽象的情感，反刍一刹那的心理感受；或者互相沟通大宇宙小尘沙之类的人物、动物、植物等种种选材；然而，一任蜿蜒草原的河流，从日月里流出的起伏和肥瘦不一的骏马意象，惹人谈起童话、寓言或格言的灵活写法，记叙描写、直抒胸怀、议论风生……听着看着，旷野的风突然传唱蒙古高原的一些苦难的凝重，仿佛笔下简洁、准确、生动的文字，让我们从夏寒先生散文诗观点的论述里，不经意举着嬗变的诗魂散意，为本质内涵的语言情感，分辨每一缕晚霞的云彩，一束散文诗的鲜花——

捧起《中国散文诗》主编夏寒笔端的《夏天，独自在蒙古高原》："黄昏。夕阳，斜倚着白桦林的木屋小憩。"一缕原始的性情随着草原的景观，像喷泉一样迸发出来，那物象的铺垫，那情绪的萌芽，如："一阵风，夹裹着沧桑，穿越凌乱的岁月。"诗文中的"夹裹""穿越"开始悄然地在情感的心空里展示潜意识的虚像，恰如"广袤空荡的蒙古高原心事重重，我独自守望"。

主体与客体的换位，自我的期待成了一种茫然的雕塑，"蒙古高原，沉默不语"，唯有周围的生灵和我一起搁置片刻的心情，所以，诗家笔下是"月光弥散。旷野，在瞌睡"。

沉默的覆盖情感的风云变幻，不甘心静下来的主魂无法与蝶魄契合形成精神的空灵和鸣，作者笔锋一转而写道："一条河流，携着夕阳流进了落寞。一片枯叶潜伏在木屋一角，那月光的柔情在听风，听雨"。那么，身前身后的"河流"与"枯叶"开始进入诗家的视野，在通感的禅性糅合里，化视觉为味觉，化触觉为听觉，落寞可以流，柔情可以听，象征意味的梦幻从集体潜意识翩翩升起，"窥探风景。石头，躲在树的阴影里一言不发。虫鸣声，拽着弯月在草丛中隐退"；一切的意象纷纷蠕动起来，一个"躲"字让石头叙述着蒙古高原的神秘；一个"拽"字把虫鸣声描写得活灵活现，既形象又具有高度的概括力。这种化静为动的通感手法的悄然运用，使塞外风光增添一丝丝原野的情调。然而，沉浸的欢乐却被心意之外的牵挂和劳累所干扰，于是，作者的笔调调动在个人潜意识的另一个层面："一些思绪载着乡愁，一缕乡情在时光的沧桑中洒落了一个季节。"即使是进入到这样的层次探究，作者的想象仍在立意、议论和抒情的物象上，起伏着远山、远古和现在的形象追问："远山的夏夜，历经了多少风花雪月？从远古到现在，揽一片苍茫入怀，多少星转斗移，虔诚地匍匐在青青的草地上？"那么，一串串疑问，一个个故事，作者在问自己："一棵树，根须里长满沉默。枝头，挤进月光的斑驳。"也许只有"树"知道，内在的"根须"却无条件地拒绝，满满的隐私不便诉说，而"枝头"呢，也悄然逃离，隐伏在红尘之中，唯有"晚风，舔着我的肌肤，为我的血液挠痒，挠出了绿浪滚滚"。哦，多么形象的通感描写呀，单说一个"舔"字就足以剥皮见血，更不用说一个"挠"字那样抓心挠肝的疼爱，浸泡肉体的感受和艺术体验的品位，不经意地亲吻着集体文化的原始幽情，而且在诗性正义与审美洞察中，捕捉的主体与客体的契合点，以司空见惯的物象，绵绵不断地折射出理想的"本我"需要对现实"自我"的反思。在意识的流向中，名家以动词的灵动性与名词、形容词的对接方式，从纷纷的意象中剥离出散文诗的个性元素，不仅是嚼着生命的图腾而渗透在集体潜意识的原始模型，而且采用化实为虚的手法，彰显散文诗的魂魄嬗变和"道"的无限之美。

由此，诗家反思着："窥探脚下遗失的情绪：七情六欲的种子，种植在脚下，等待雨露的滋润。当我的脚步踏上了青云，是否可以找回七百六十年之后的这片绿莹莹的土地？"七情六欲本是抒发的情感和思绪，是最基本的人之性情，也就是元情，追根溯源，如《诗经》之《鲁颂》和《商颂》便是在周武王灭商以后产生的作品。然而，诗人本来担负着培育和提升民族心智的责任，从事审美创造和审美判断时，伦理学的维度在某种道德内涵里所发射的信号，就会不由自主地与眼前景象比照，悄然地显示狩猎游牧民族的本色。显然，诗家对这一陌生化的表述和错落有致的语言盈满13世纪前中期《蒙古秘史》的笃爱，也就是对《元秘史》的白话文作品的一种自信的怀念。那么，七情与七百六十年的谐音对接所孕育的某种溯源，传达着一种民族精力最旺盛、元气最充沛的信息，他们把内蕴的精力转化为文字的伟大的产物，是蒙古族创世记式的回忆、想象和精神历程的记录，一方面是那里不少围绕着成吉思汗勋业的英雄叙事诗，一方面名家以“绿莹莹的土地”为客观的切入支撑点，出于内心原始本能的感官被调动出来，以情感的真实性，侧重表现“情”之魄的体验，由外向内逼近形成反理性的审美特征，在“天苍苍，野茫茫，风吹草低见牛羊”的遐想中，暗示着颤动的生命高原对远古时代的幻象幽情，抑或幻化出蒙古的高原在洁白的月光下，映照一道精神文化与物质文明合一的虚构图画！由此而被评为2015年度中国好散文诗，非君莫属也。

九、诗情，一根燃烧不灭的蜡烛

诗魂的本身是宗教的精神依托，每天都要念一遍《诗经》，做一个茫茫人海里的托钵僧，那么，这种自性观照的意识形态所形成的性情矛盾，为自己辩护着内心的隐情，谁愿意谁就为之而死去吗?一个要做活着的烈士的散文诗人在一种绝望中坚持写诗作文，成为别人仰叹的雕像，似乎意味着更大的牺牲，孕育着绝望的折磨比希望的快乐更令人兴奋。现实中，把诗当成铁饭碗来端着，像祈雨般期待着天上掉馅饼，哪怕只落下几枚叮当作响的硬币，成为散文诗人灵魂上的零花钱。我们从洪烛先生对人生观和散文诗观点的诗论中，获得了一种为人作文的精神化的意向指点。

中国文联出版社编辑室主任洪烛笔下的《爱情到底姓什么》:“苏堤因苏东坡而姓苏，却让我想起另一个人：苏小小。不远处有她的墓。白堤因白居易而姓白，却让我想起另一个人：白素贞。雷峰塔是她的故居。”诗家一起头就从景物的名称联想到一个钱塘的著名歌伎，一条千年修行的蛇仙；也许正是这样的发射性的思维成为叙述散文诗的铺垫，引起诗人内在情感的躁动，要么是家喻户晓的芳魂缠绕人性的美好，花光月影，一抔黄土的埋香增添西泠桥畔的愁色；要么是胭脂润面的红颜倾诉人间的酸辣苦甜，一次烟雨锁情的吊古了了佳人的遗愿，玉骨冰肌，一桩桩，一件件，延伸外境的意象的塑造。于是，作者就说:“恐怕正是同样的缘故，西湖让苏东坡想起西施，要么素面朝天，要么化着烟熏妆，越看越有味道。飞入百姓家的燕子，要么姓王，要么姓谢。”也正是因为思维的迁移或者互文性理论的推想，才有那“欲把西湖比西子，淡妆浓抹总相宜”的诗句，遥想古代的妇女不施脂粉而入朝觐见天子；或者浓妆艳抹引起七情六欲的遐想，静静地，反思着“旧时王谢堂前燕，飞入寻常百姓家”的缘分回环，仿佛是情感凸凹意识的流动，抑或庄周的梦幻纷飞，梁祝化蝶的亲切幽情:“漫山遍野的蝴蝶，要么姓梁，要么姓祝。”作者一次次潜意识的追问，一次次意识的自我对接，蕴含着阴阳和鸣的甜蜜对话:“爱情啊到底姓什么？”同时，也折射着情爱之“道”必然要在时间、空间和本体意识上统一，单单是一厢情愿，或者满足不了时空的组合便无法抵达爱情的驿站，所以，诗人的答案:“你的爱人姓什么，你的爱情就姓什么。或者，你信什么，就有什么。”

是啊，在桎梏的红尘人间，这种笔调的转动和因果的根源在“心意识”的佛典上，识是指前六识，意是指末那识，心是指阿赖耶识，也就是人的“六识”为本根性，意识不确定。“第七识”为执着性，为前六识根源而建立，具有我痴、我见、我慢、我爱的烦恼执着。“第八识”为平衡性，为前七识所依的本体，具有能藏、执藏的能力，能引发思想种子的现行，本性对心灵的善与恶却不记挂，凡平常之人所不能觉知，就像地魂“超我”一样，随时平衡着现实色魂“自我”和“本我”天魂的矛盾。那么，以人为主位的心识活动里，就是触作意，受在想，一切善与恶的现行种子由前七识所种下，亦只有前七识才有适当的心理功能，去领受各种世间果报之故。那么，作者的一个“信”字就坚定了这种溯源的反向运动。故此而说:“那些不信爱情的人，那些不知道爱情姓什么的人，我姑且把他们叫作无名氏。”在佛道里,“情”则是三魂的外显,属于外界事物所引起七魄的喜、怒、爱、憎、哀、惧等心理状态。“爱”是建立在魂魄和谐的基础上,对人或事有深挚的感情。如此而言,爱情的原委是思维里的运动而形成人性需要的行为,所以,自我的爱情需要一种信念或者适合自我个性的小道,不然就是糊涂的无名氏了。为了继续诠释爱情而苦口婆心地说道:“即使一整天都在煞有介事地看西湖,却不见得能看出个所以然来。你不信什么,就没有什么。”显然,作者是以“西湖”为文章的载体,意味着外界的客观美景必须要在内界的心魂中进行交流、对接和筛选,才会有内心抵达的契合风景点。从美学心理的流程而言,诗的审美特质本是凝练含蓄,以少胜多,是“片言可以明百意”,包含着诗人精练的语言;意在言外、词近旨远,则是“坐驰可以役万景”。名家就是名家,说出来的话总是让人回味。你看那:“对于有的人,西湖很落魄,只剩下风景。对于有的人,西湖很辽阔:比风景更风光的是无边的传说。”是啊,有的人无所追求,只是意识状态下的风景;反之,那些为人类牺牲自我的人,正能量的绽放就是一种雕像的花朵;那么,这种从画圆找根的方法里反思象征主义手法的意旨,主张发掘隐匿在自然界背后的理念世界,从而抖落散文诗的性情根须,是一个艺术家的潜意识感应,很容易让人想起臧克家笔下的《有的人》,但是,这种感应必须要建立在同一个思维频道上,经常与自我、超我交流,然后借用禅性思维的方法而形成心心感通的神思,难怪洪烛在央视电视诗歌散文大赛中获得一等奖的桂冠,这绝不是偶然的灵气显现,而是一种本我之“道”的诗情燃烧,就像一根不灭不息的蜡烛,时刻闪烁在雕像的永恒记忆中。

十、河面,
栖息一行嘶叫的鸿雁

踏着激情的河流韵律,体味一次分行新诗的情绪号角,从生命表达的意象中,以象征和通感的手法,通过具体生动的形象,让人如临其境,拨动心弦,内心火焰在思想旷野上熊熊燃烧而生成的奇观,在经意与不经意之间创造优美的意境,使表达思想情感形成一种厚重感和冲击力;尔后,怀一颗感恩之心,让文字排列的组合蕴含着土地对“自我”的馈赠、启发和感染,惹起大自然在“超我”的心中唤起的疼痛和忧伤,找回迷失的自己,这样的自我对话,让我们不由自主地从亚楠先生散文诗观点的思考里,感悟“自我”与大自然一切回归“原我”的散文诗之道。

试读《伊犁晚报》总编辑王亚楠笔底的《伊犁河》:“那个夜晚,寂静在空阔的水域把时光遗忘。落叶的声音恍然若梦,月光穿越乡愁,用自己的温情在异乡开花结果。”时光能被一种自然的物质所遗忘,读着这样灵动而具通感的诗句,一下子就能使思维的意识进入集体的潜意识状态,让人的性灵轻吻着水域的情感,发出诗魂邀请客体的信号,让蝶魄的使者在外界景点的筛选和洽谈中,实现象征手段的接轨;尔后,铺垫一组“落叶”“月光”“温情”之类的意象词汇,使“自我”的意识借助于“梦”的红娘媒介连接储存在大脑里的个性潜意识,与自然界的潜意识认同。然而,主题挖掘必然需要内境外界的组合图像,于是,诗家的笔继续赶路:“我沿着一种思绪飞翔。清冽的水透着秋色,此刻,白杨树用景仰把天空擦亮。”诗文中分别用“透”与“擦”两个动词,蕴藉着秋天的纯真和烂漫,仿佛走进宋朝李朴《中秋》诗:“平分秋色一轮满,长伴云衢千里明”,那么,昼夜的伊犁河在红尘世界的怀抱里流淌,又该是什么样子呢?作者的悲天悯人的情怀便拉开了帷幕:“风中的红柳若即若离,踏着波浪,季节在忧伤中遗忘了归路。而远处,群山耸立,寻梦的人正走在路上。”你看,那“红柳”与风的交谈不再是亲密的促膝谈心,那“季节”在路上行走不再是先前那样快乐的样子,而“寻梦的人”却无能为力或者

漠不关心。那么，这种状态下的伊犁河围绕在群山的怀抱，没有一种滋润的元素在维护原始模型的微笑，也许只有推开宇宙的窗帘才能看到没有看过的山清水秀，才能听到多种声音的喝彩与赞美；可是，面对眼前的浮动的景象，一种“本我”的隐情却在作者心里形成情感的灰暗和疼痛：“这时候，月色铺满了河谷。韵致温婉，沉浮在空蒙的秋色里，就像两片雪花，相互支撑，又在某个夜晚，用一生摧毁最后的美丽。”果不其然，剩下的最后一块净土、一片空间却被文明的时间所占领，你看那蜿蜒曲折的河道，穿流在多沼泽与湖泊的宽河谷之中，翻动着国际河流的浪花，尽管“月色”竭力地用自己的体魄和温情呵护这片秋色的和谐，然而却熬不住人为智能的袭击，如同《楚辞·九辩》“皇天平分四时兮，窃独悲此廪秋”。“摧毁”二字使思想的主体像地震一样刺疼自我的心房，片刻晕倒在道德阴影的枪口下；然而，时间依然在挪移：“河水依旧奔流不息。此刻，两岸的生灵在月光中，让喧嚣遁入夜幕。”那么，这样的背景映照的心境，一个“遁”字使所有的生灵带着一种遗憾而离开：“而我并不想听灵魂拔节的声音。在这样的季节，生命又一次淬火，骤然上升。”这样的结果只能加速灵魂与现实的分化，而“淬火”是一种工业生产中的热处理工艺，其中使钢强化的根本原因是相变，也就是奥氏体组织通过相变而成为马氏体组织或贝氏体组织，以满足某些特种钢材的铁磁性、耐蚀性等特殊的物理、化学性能。而作者的引用含义是希望这种尴尬的天空下，让生命进行一次相变而脱胎换骨，来抵抗理想与现实的矛盾，却不免自我叹惜：“我知道，那一刻，所有的歌唱都会黯然失色……”

那么，诗家的“自我”在精神维度纵深延展中，形成凡人不凡的诗心诗爱，对于构成了散文诗完整的生命感和理想意识的河床，获得首届鲁迅散文诗提名奖的亚楠，似乎对一切的呐喊和呼唤都会像一只嘶叫的诗雁，象征的意味无法抵达原始理想的意象，也许诗只是吟诗作赋的宴会，然而，名家笔下的“失色”却努力让一颗感恩、博大的诗心为饱受磨难的自然沧桑返回“道”的物质归位，落下最后一滴血泪！

末了，送上一朵结束语的花朵

散文诗是一种新型的艺术产品，不管是出名或未出名的散文诗人，读者分不清诗文的优劣品位，或者说因阅读的情绪障碍而看轻作品本身，都是一种自我心理审美的扭曲和任性。水平的高低凭的不是名气的大小，也不是人伦关系的认知，而是作品潜意识的含量渗透，所谓“风雅体变而兴同”都必须以“理”的感人意兴而触疼人的虚弱情感，像灵犀的挠痒一样成为“古今调殊而理冥”的共同审美。况且诗文的构思产生于某一具体景物的触发，惹得神魂的游丝得意忘象，其中蕴含于某一具体景物的吟咏和感叹，好比“残叶溅血在我们脚上，生命便是死神唇边的笑”那样，一种死与笑的反正之道无形地推动着李金发的象征主义进入中国诗歌的市场空间，在有形的文字组合中，以“无我”的“顿悟”而启发着散文诗人无限的想象力。反之，某种“有我”的“渐悟”形成的“花样”仍然是在经验主义的根性里兜圈和模仿，滑入技术主义的种种陷阱，很难从心理定式的泥潭里自拔出来，恬静地走向陌生化的散文诗世界。

这样一来，散文诗的写作难度是一种“有我”与“无我”的临界点，需要在自信与不自信的对立统一中，提升人格的境界而完善自我。不然，只能看到汉语超低空飞行的某些精彩动姿，却看不到散文诗另一面的隐性高空飞翔，失去了阴阳合一的鸾凤和鸣；由此，在现实的表达与理想的“道”之间，掂量最好的物质载体和切入点的角度，还是莫过于散文诗为“道”的禅性表达，虽然我们的散文诗人始终在尝试着摆脱传统写法的某些约束，试图借鉴象征主义或超现实主义的西方艺术手法，走出常规联想与修辞依赖的迷宫。事实上，它们的局限是不能完全承担“道”的禅性任务。假如有的人把写散文诗当作是家常便饭，可以信手拈来，则很容易沉溺于自我的个性境界而看不到写作的难度。所谓的诗道者，才气还魂，明心见性，互为表里，则可以在如饥似渴的意念里，随机随性地游弋于精神的彼岸，抵达别样诗情别样红的艺术领域。其实，也只有当心境达到一种禅定的时候才有可能和人的本性本相一致，接近于“道”的本质，激发一种阴阳之“气”的旺盛，从而获得“气盛言宜”的功效。从佛教的美学角度而言，具体创作的阳性驱动表现在七魄之中的身、口、意，也就是部分六根，六尘之中的触、味、法，一一相对应，心灵的情丝才会有“登山则情满于山，观海则意溢于海”的艺术感应。犹如刘禹锡在《董氏武陵集纪》一文中指出：“诗者，其文章之蕴耶！义得而言丧，故微而难能。境生于象外，故精而寡和。千里之谬，不容秋毫。”意思是说，诗比一般文章更精髓微妙，折射思维的运化需要在情绪与情感的合一时刻，营造的意象之花就是我们所渴望的艺术之美，如同刘禹锡在《唐故尚书主客员外郎卢公集纪》中写道：“心之精微，发而为文；文之神妙，咏而为诗。”在意境上，“义”不能离开“言”，“境”不能离开“象”；但“义”与“境”无穷，又远远超出“言”与“象”的有尽，形成实与虚、无与有的表里统一。这样的禅心情感和“道”的意念，在思维的奔放中就可以让我们窥视“道”的质点大小，运化成绵绵不息的思维泉涌，或者说，我们的散文诗家则有底气而思考心灵的无疆与众生各异的性情意旨。所以，蕴含着任何一种写法的诗学主张的散意，都不同程度地体现了语言与情感和谐的矛盾，也恰好说明了散文诗的“道”和诗性的本体意识都是拒绝统一标准的枷锁的，因为诗性的优劣探索更需要在一个长久的时空去观照“床前明月光”的背影……

由此而言，创作的难度不仅是体现在性情的笔性不一，也体现在阅读、欣赏和推广上的交接缝隙。因此，在人性自我的小爱与自然界大我的宇宙融合中，列阵当代散文诗坛十大名家的作品，不仅是一种人格的境界和悲悯意识的提升，也是一种变动的抛砖引玉和某种标准尺寸的参照；尔后，虔诚地从名家笔端的脉络里，学习如何把握思维的禅性之道，盈盈地，找到我们情绪、情感、意象的表达方向，为文无定法的潜意识探索，不遗余力地寻找着适合自我创作的散文诗之路，佩戴一朵了意末了的胸前之花。

2016年2月15日作于上饶万年

文学新视界

WEN XUE XIN SHI JIE

文学新视界

投稿须知与声明

一、《文学新视界》编辑部对来稿有删改权，若不同意修改的应在来稿时注明。凡来稿请发到指定投稿邮箱，来稿时应在稿件末端注明作者详细地址、邮编、电话及真实姓名。

二、《文学新视界》谢绝一稿多投，对一般来稿不能一一回复，一旦采用，会在网络或微信发布目录，公布作者名单与作品篇名。若作品三个月内未见公布，作者可另投他处。

三、《文学新视界》只接受电子来稿，不接受纸质投稿，请您在来稿时用 word 文档，切记不要添加附件（有作者照片除外）。

四、《文学新视界》部分专栏作品由专栏主持人推荐，编辑部择优选用。一旦被选用，会按作者投稿地址挂号寄发样书 1 本。

五、凡来稿者，均视为同意以上条款，不同意以上条款者请勿投稿，谢谢合作！

投稿邮箱：zgsws888@126.com

主编微信：18648106127

《文学新视界》编辑部